吴中杰，教授，博士研究生导师。1957年毕业于复旦大学中文系，留校任教。主要从事文艺理论与中国现代文学的教学与研究工作，于鲁迅研究用功尤勤。已出版的学术著作有《吴中杰评点鲁迅作品系列》《鲁迅传》《鲁迅后传》《文艺学导论》《中国现代文艺思潮史》等，又有散文集《人生大戏场》《旧途新旅》《曦园语丝》《海上学人》《复旦往事》等。他所主持的"文艺学系列教材建设"项目，于2001年获上海市教学成果奖一等奖、国家级教学成果奖一等奖。

鹿城纪事

吴中杰 著

复旦大学出版社

本书为纪实散文集，与作者已出版之《海上学人》与《复旦往事》（复旦大学出版社版）属于同一系列，是用特写形式，反映出时代面貌。

本书以20世纪鹿城生活为背景，以特写的形式，写出时代的演化给百姓所带来的生活变迁。写得较多的是自己所熟悉的教师、学生、学者、医生等知识阶层，也写了一些地方民俗文化，力图能写出地方风情。

中国的史书，大抵写的是帝王将相的历史；时下的纪实散文，也大都是学者名流的记事。但历史的主体是普通百姓，他们的命运，最能反映出时代的变化。本书着重写小县城小人物的故事，写他们的生存状态、民情风俗以及在历史巨变中的承受。这才是历史底层的东西。

本书以20世纪中期的社会变革为核心，上溯古代情事，下及新世纪变化，使小城故事具有立体感。

目 录

1　河水分流

17　台湾寻骨记

26　宋家台门

37　隔岸相望

44　庆典上的悲声

54　邵氏父子

70　朱洗与琳山农校

84　周文达与台州医院

88　陈宏阁：从印刷工人到造币专家

101　一个银行高管的末路

105　市井中的文人

113　位卑未敢忘忧国

120　**真诚的求索者**

133　**惜君此生未尽才**

143　**爱的教育**

154　**沙粒，在大浪中浮沉**

164　**苍茫山水吟咏中**

177　**江南八达岭**

188　**台州义军与台州绿壳**

197　**一个泥水工的文化情怀**

212　**被遗忘的将军村**

224　**巾山上的钟声**

234　**鹿城弦歌**

246　**功存文物千秋业**

256　**大陈沧桑**

265 古刹之劫

270 故乡的饭菜

278 清明忆旧

286 从抬阁吹亭到秧歌腰鼓

294 为即将消逝的民俗留痕

301 后记

河水分流

小时候父亲教我读《古文观止》，最先选读的两篇文章是《公羊传》上的《吴子使札来聘》和骆宾王的《为徐敬业讨武曌檄》。他说：季札是我们吴家的祖先，骆宾王是我们义乌的先贤，初唐四杰之一，所以你要先认识一下。

骆宾王是义乌人，而且在我当时所住的临海县做过县丞，书上说得清清楚楚，是我乡先贤不假，文章也的确写得漂亮，敢说敢骂，痛快淋漓，值得熟读；但说季札是我们吴家祖先，我总觉得有些玄虚，两千多年前的事，又没有族谱可查，谁能说得清楚？就是族谱上写着，也未必可靠，中国人总喜欢拉着同姓大人物当祖先，不甚可靠，就像我外公家的灯笼上写着"陇西李氏"四个大字，颇有攀附世家大族之嫌。可见我这个人从小就有点叛逆，难怪日后在复旦大学受批斗时，别人说我脑后长有反骨——其实我只是想搞清其中的事实根据和逻辑关系，不肯从众轻信而已。

不管我们家是否像阿Q自吹的那样，先前曾经阔过，总之，到了近世，早已是穷苦百姓，即使拐弯抹角，也排不出什么显赫的家世来。我父亲能够说得清楚的，只有他的父亲，即我的祖父吴嗣荆。祖父号九成，人称九成先生。乡亲们叫他先生，是因为他以教书为业。先教私塾,后教学堂,一介寒儒而已。因为家里很穷,回家脱下长衫还得下地种菜。种的菜自吃有余,就叫我父亲挑到街上卖了补贴家用,说得好听一点,算是"耕读人家"。但我祖父字写得很好,放学后常被人家请去写字,只是当时义乌还未形成文化市场,所以他替人写字没有润笔,只吃一顿酒菜,常常喝得大醉而归。1953年我到上海复旦大学读书时,在丁吕堆表伯家碰到一些义乌乡亲,其中有些是我祖父的学生,他们还对我大夸祖父的书法,说是当年义乌城里,有一大半店家招牌是九成先生写的。我父亲和叔父都继承了祖父的特长:字写得好,而且酒量也大。只是鉴于祖父常酒醉误事,所以父亲平时从不喝酒,而在宴会上却能划拳拼酒。但这两个特长,到了我身上,却都失传了。我的字写得很蹩脚,酒量也极差,真是末代子孙。

祖父虽然教书兼种菜,非常勤劳,但是家里人口多,前祖母丁氏有三个子女:我大姑兰翠、我父亲汝熙、二叔汝为;续弦的后祖母龚氏又有两个子女:我小姑兰碧、小叔汝烈,所以生活一直非常困难。经济上一困顿,家庭矛盾必然就多,这种矛盾最容易爆发在后娘与前妻所生的子女之间。我父亲说后娘如何虐待他,经常打骂,他在家里呆不下去,于是决心外出谋生。

那时,我父亲自己母家的表哥丁吕堆已经到上海进了三友实业社,他就请表哥介绍,也进了这个厂家。这家工厂属于纺织行业,生产的毛巾很出名,直到我懂事时还在畅销。我父亲因为读过几年书,能写会算,很受老板的器重,但另一家小公司来挖他，许以职员的位置，当时无论是经济待遇或是社会地位，职员都高于工人，他自然就跳槽了。可惜跳过去不久，这家小公司就倒闭了，我父亲不好再吃回头草，于是就失业了。失业之后，在上海就很难生活下去，他又不愿落魄回乡，觉得无脸去见江东父老。正在为难之际，恰逢当时的政府在招兵，他就去报名投军了。但中国有句老话，叫作"好铁不打钉，好男不当兵"，祖父听到他跑去当兵的消息之后，大发脾气，要他马上退出。我父亲本人也受这种传统观念的影响，并不以为当兵是好职业，但是若要退出，又能到哪里去谋生呢？也只好混下去再说。要混，就得混个样子出来。于是他就一级一级往上爬，在抗战以前就爬到了连长这个位置。不但自己没有遵照父命退出军队，而且在父亲死后，还把两个弟弟也带进去了。

不过，他也并非故意违抗父命，实乃出于无奈。

我们家中除了几间祖上传下来的东倒西歪屋之外，别无恒产，就靠祖父教书的薪水和卖菜所得勉强度日，祖父一死，一家人的生活就难以为继了。大姑已经出嫁，两个叔叔和小姑便都陆续出外谋生。二叔和小姑到上海做工，小叔在杭州一家商店做学徒。但由于市面不景气，工厂裁员，商店倒闭，两位叔父先后都失业了。失业之后，再找工作也很不容易，就先后都到父亲部队里去当兵吃粮。父亲对他们很照顾，但也颇为感慨。有一次他对弟弟说：军队是要打仗死人的，我们家有我一个进来就够了，真不该把你们都带进来！

但他们不进军队吃粮，又能到哪里去谋生呢？

二叔是一直跟着父亲在国民党部队里混，小叔则在抗日战争开始以后不久，就回到家乡去了。他脱离国民党部队，是受了小姑的影响。小姑在上海做工时，就受到红色工会的教育，抗战后回到家乡，参加了共产党的地下工作。当时虽然已经开始第二次国共合作，但两党的阵线还是分明的，她不能让弟弟在国民党部队里混下去，就把他叫回义乌。小叔先是以小学教师的职业为掩护，与小姑一起做地下工作，我们家也就成为义乌共产党的地下联络站，连小脚的祖母也常常帮他们送情报。凡做地下工作者，通常都要改换名字，以免暴露。我小姑改名为坚毅，小叔改名为子刚，从字面上看，也比原来的要革命化一些。但后来小叔还是参加了部队，不过这是共产党领导的队伍。那时，金华、义乌一带沦陷，共产党在金华、义乌、浦江三县边界相毗邻处建立了抗日根据地，是浙东根据地的一个组成部分。有了根据地，当然要有自己的武装，这支武装力量也属于浙东根据地统一编制，叫作第八大队，属于新四军金萧（金华、萧山）支队。当时地下党缺乏军事干部，小叔在国民党部队里混过几天，参加过上海八一三淞沪战役，进过干部训练团，算是懂得一点军事，于是把他作为军事干部调入八大队，开始担任军事教官，后来担任一个中队的队长。

这样，我父辈兄弟姐妹五人，除大姑嫁到农家做农民外，其余四个人，刚好分成两半，一半在国民党，一半在共产党，开始是一致对外抗日，后来就深深地卷入了国内的政治斗争。我们家父辈的分化组合，很富有戏剧性，也具有时代意义。只是，他们并不在同一地区工作，形不成正面交锋，构不成"三一律"或别的什么律的戏剧冲突。不过，舞台和屏幕上的戏剧冲突，也是虚构的成分为多，现实中的事，本来就是松散的，这倒是生活的本来面貌。

我父亲在抗战前属于郑洞国部队，因为有些文化，又能治军打仗，所以深得长官的信任。我的名字中极，还是郑洞国取的，说是我出生的那天晚上，他夜观星象，以中极星最为明亮，所以就以这个星座为名，也是希望我将来有出息的意思。可惜世运变迁，等我长大以后，他已经成为败军之将，连这个名字都成为反动性的象征，一再受到批判，我之所以写文章时改用吴中杰为笔名，也就是要避开中极这个本名的意思。

我父亲性情刚烈，讲究直道，受不得窝囊气，见不得不平事，常要打抱不平，而且乡下人的野性不改，弄不好火气就要上来，所以虽能吃苦，也能打仗，但升迁却不是很快。听说他在郑洞国部队做连长时，顶头上司营长很霸道，有一次冲突起来，我父亲拔出手枪来要与那营长对决，还是郑洞国出面制止，这才作罢。好在他对郑洞国还比较相信，所以郑洞国的话，他还能听。

大概在我出生的时候，日军步步进逼，形势就已非常紧张了。所以在我满月不久，就由母亲带回她的老家浙江临海。我外祖父李柳堂是个小商人，赚了钱后买了点田地居家养老。他先后娶过三任外婆，只有第二任外婆生下一个女儿，就是我的母亲李菊芬。没有儿子，是他最大的遗憾，弥补的办法，就是招一个上门女婿。但上门女婿在当时是被人看不起的，条件好的人不肯当，肯当的人条件差，所以我母亲拖到二十三岁还没有结婚，这在当时就算是"大龄剩女"的了。这时，刚好一个邻居的丈夫张仲甫与我父亲一起当小官,两人关系不错,他知道我父亲的家庭情况,不可能回到义乌去,就介绍他到临海做上门女婿。我父亲觉得从小缺少家庭温暖,做个上门女婿,有个新的家庭也不错,反正在外面做事,不会经常住在临海,而且只要自己有地位,别人也就不会讥笑了。这样,他们结婚后就以临海为家。我小时候从母姓,算是接续李家香火,直到抗战胜利,母亲带我到洛阳,父亲才把我改为吴姓,说是他在外面总还有些朋友,人家知道是他的儿子,会有些照顾,如果姓李,别人就搞不清楚了。这时,外祖父已故世,母亲觉得他说得有理,也就同意了,但回到临海之后,外婆还嘀咕了好一阵子。

我出生后刚满月不久,二叔护送我们母子从蚌埠回临海,路过上海时与小姑、小叔合影。左边是小姑、小叔,右边是二叔、母亲和我

我出生后的第二年，抗日战争爆发了。八一三淞沪战役中，我父亲的部队调到江湾、大场一带防守。中国军队抵抗得很顽强，损失惨重。有些部队是整连整营地牺牲。总算我父亲命大，只受了点伤，活着走出战场，而且在火线上被提升为营长。撤出之后，让他回家疗伤，这样，他就回临海住了一些时候。但那时我还太小，没有留下什么印象，只是从照片中看到他牵着我在东湖石桥上散步，我还刚学走路。

不久，父亲就归队了，但却已经调离郑洞国部队，而改属胡宗南指挥的九十军六十一师。想不到这一走就分别八年，整个抗日战争期间，母亲带着我生活在临海，父亲则在豫中和豫西与日本人打仗，然后就调到陕西韩城、宜川一带驻防，于是天各一方。我因为在临海长大，所以就成了临海人，身份证、户口簿、工作证上的籍贯栏里，都填的是浙江临海，直到上大学后才到义乌去探过亲。

抗战胜利后，父亲的部队在河南洛阳接受那一带的日军投降，并做日俘的遣返工作。他自己走不开，就派了跟他当兵的我母亲的表侄回到临海来接母亲和我。从临海到洛阳这段路，现在大概一天就可到达，但那时交通极其不便，轮船，火车，最后还乘上马车，走走停停，不断地等票、转车，走了十多天才到。但全家团聚没有多久，国共内战就开始了。父亲的部队奉调去打共产党的陕甘宁边区，家属则留在洛阳，我们家又分离了。

内战开始时，国民党高层的调子唱得很高，有些少壮派将领发出豪言壮语，说是三个月之内可以解决共军问题，但中下层官兵却普遍有厌战情绪。一则，刚打了八年仗，人心思定；二则，那八年是抵抗日本侵略者，事关国家存亡，民族安危，不能不拼命，现在是打自己的同胞，就不那么起劲了。只是军令如山，不得不服从。这仗一开始就打得很艰苦，共产党部队善于打游击战，经常拖着国民党军队在山里转，拖得他们非常疲劳，时常吃不上饭，喝不上水。有一次我看到母亲买了一小包人参，说是为父亲准备的，让他放在衣服口袋里，在饥渴难耐时含上一点可以救急。我这才知道打仗的艰苦。但是，士兵没有这个条件，如何救急呢？士气的低落也就可想而知。

但后来他们终于打进了中共中央所在地延安。打下延安，好像给国民党部队注射了一针兴奋剂，上下都很兴奋，大事庆祝。但他们打下的延安，其实是一座空城。共产党的主力部队早已撤走，中央机关也已转移，并没有太大的损失。而国民党部队则陷入了被动。不久，我父亲所属的部队就在宜川瓦子街中了埋伏，全军覆没，师长严明和一些旅长、团长都战死了。我翻阅过一些描写西北战场的战史和有关宜川战役的回忆录，都说第181团团长吴汝熙失踪了。其实，我父亲是被解放军俘虏，他化装成一个伙夫，趁隙逃了出来。大概因为他原是农民出身，又做过好几年工人，本来就是从底层上来的，扮个火头军自然很像，所以没有被识破，不像那些少爷出身的军官，穿上士兵的服装也不像士兵，一眼就被看穿。

回到西安之后，他参加胡宗南召开的宜川战役检讨会，对于指挥失误问题，提了很多意见。他认为这样的打法，这场仗非失败不可。但是他人微言轻，上峰并不把他的意见当作一回事，而他也不愿再打下去了，所以决定脱离部队，解甲归田。那时候胡宗南正要重建打散了的部队，当然不肯放他走，遂封官许愿，要提升他为师长，加以挽留。但他去意已决，就以到上海开刀治疗疾病为名，请了病假。只是到上海后并没有进医院，就直接回到临海，接替一个朋友之职，做了大生纺织厂的代理厂长。而二叔汝为，则没有听从我父亲的劝告急流勇退，却跟随国民党部队一路败退到了台湾。

这个时候，小叔和小姑在哪里呢？看来，我父亲开始时并不知道。我从小叔保存下来的文档里，看到一则我父亲在抗战胜利后寻找他的启事："吴汝烈鉴：胜利后叠次寄信未覆为念，究在何处，近况如何？见报速来信。洛阳六十一师吴汝熙启。"但这启事也没有使他们联系上。因为在重庆谈判之后，共产党浙东根据地的部队都撤到苏北去了，加入了中国人民解放军华中（后改为华东）野战军第一纵队。即使后来小叔看到了这个启事，他也不能将行踪告诉在国民党部队里的兄长。

我父亲后来是从义乌本家那里知道姑叔都参加了共产党，认为他们"误入歧途"，甚为着急。他给小婶王海萍写信道："弟妹：烈弟无知，致我等悬望。刻有信致你否？如可能通信，盼速转告，嘱望来我处，一切可由我负责也，告他毋再彷徨。你母子均好否？近况如何？速告。我在，不使你等为难也……"这封信很有大哥的风度，但却是一厢情愿。他们现在有自己坚定的信仰，怎肯放弃革命事业，再来投奔你大哥呢！不过我父亲始终是从他这个角度关心着弟妹们。1948年秋，他刚回到临海不久,突然接到义乌堂弟的急信,说是小婶作为共军家属,被县政府抓走了。他和母亲带着我妹妹洛锦,急忙赶到义乌去营救。那时,他病假未满,一切证件都还有效,所以穿着军装,带着标志军衔的领章,直冲义乌县政府。县长知道他是胡宗南部队的军官,牌头硬,不敢与他正面碰撞,但是,惹不起躲得起,我父亲从县政府前门进去,他就从后门溜走了,来一个不相照面。义乌共产党的地下组织也在设法营救,他们每天在我父母所住旅馆房间的门缝里塞进一封信,报告我婶婶王海萍的动向,被关押的地址,但也是从不照面。我父亲就根据这个情报来追踪,但都被县里躲过了。最后一份情报说,明天一早要将王海萍押赴杭州,并示以出境路线图。我父亲据图赶去救人,但小婶却已从另一条路被押走了,仍旧没有拦到。不过小婶后来还是被释放了。这一方面是由于地下党的营救,另一方面则因为小婶毕竟只是新四军的家属,不是什么重要人物,而当时主政浙江的陈仪,正在与共产党进行联络,也不想斩尽杀绝,愿意网开一面。

父亲兄弟姐妹们重新联系上,是在1949年之后。不过这时他们的处境与以前大不相同,地位完全颠倒了过来。现在是共产党胜利了,姑叔都是光荣的革命干部,而我父亲却是"伪方人员"。现在是轮到小叔小姑来关心我父亲的生活和思想了。

不过在"伪方人员"里,我父亲的命运还算是好的。据说,政府有一条政策保护了我父亲:凡是在辽沈、淮海、平津三大战役以前脱离国民党军政界的,一律不作历史反革命处理。我父亲虽然参加过攻打延安,但是在三大战役之前脱离了国民党军队，所以一直没有立案，也没有被关押，让他在家劳动，自食其力。当然，他之受到宽大处理，或许还有一些其他原因，即客居他乡，在地方上没有形成自己的势力。他早年的同事张仲甫，脱离部队更早，但回家后成为地方上一股势力，这是政府所不能允许的，所以被清除了。而我父亲在临海却是一个外来户，只是靠母亲的社会关系认识一些人，自己并没有形成一股势力，所以可以生存下来。这样看来，他到我母亲家里来，易地而居，倒是一件好事了。

但现在他是一家之长，母亲家的地主帽子也就戴在他的头上，再加上"伪方人员"的经历，处境就很不妙了。我父亲虽然有点天不怕地不怕的精神，并不在乎什么帽子，但实际生活却是每况愈下。大生厂厂长本来是王亚平请他代理的，王亚平被镇压之后，他的厂长也做不成了。好在他年轻时做过纺织工人，所以一家人就以纺纱织布为生，但后来不知怎样一来，却被下放到生产队里做农民。这时他已五十多岁，而我的弟妹都是抗战胜利以后出生的，年龄很小，生活就十分困难，有时到了揭不开锅的地步。

姑叔对父亲还是很关心的。1953年下半年，小叔曾调到临海工作过一小段时期，他常常到我们家来看望父亲。不过这时我已到上海读书，不知他们谈些什么。我也不知道他们有没有直接接济我父亲，但对我是有经济上的支援的，这也是间接对父亲的支持吧。我考大学时，小叔就寄了二十万元（相当于币制改革后的二十元）给我作上学的路费，否则我也无钱到复旦来读书。我在复旦读书四年，没有向家里要过一分钱。那时，学费、饭费和住宿费是全免的,零用费还可申请,分四元、三元、二元三等,我家太穷,不好给三等,但是成分不好,也不能给一等,所以给我二等待遇,每月三元。我靠这三元钱,勉强可以应付零用,但要想添置件衣服或买本参考书就不行了,小叔小姑也常给我一些钱,让我支撑到大学毕业。

但他们在政治上的要求是严格的。小姑是政工干部,喜欢做政治思想工作。她常教导我说:你与父亲在政治上要划清界限,要做他的思想工作,但在经济上还是要支援他,现在家里生活确有困难。她对我父亲进行了阶级分析,认为他从小苦出身,本质上是好的,但在国民党部队里呆久了,所以思想反动了,应当争取他回到人民的队伍中来。我按照她的指示去做父亲的思想工作,但每次都被父亲驳倒。我说的是空头理论,他说的是生活事实,我无法说服他。不过,这情况我没有敢向小姑汇报。有一次我回临海度假,小姑要我找大队支部书记了解一下父亲的思想情况。这位大队支书是我母亲的学生,不愿意为难我们家,说你父亲还是老老实实愿意接受改造的,我告诉小姑后,她也就放心了。不过她脑子里也并不全是原则,虽然感情被挤在一个角落里。她不止一次对我说,她小时候与我父亲一起上山拾柴、下地挑野菜,我父亲怎样照顾她,有一次她实在走不动了,我父亲还背着她回家,说时很动感情。

小叔更重感情一些,口头上不讲那么多原则,但实际上也是关心我父亲的思想改造工作的,不过他的方法更缓和些。记得有一次父亲对我说,小叔买了一本长篇小说《保卫延安》寄给他，叫他看看，重新认识那一段历史。我父亲看后认为这本书写得与真实情况有距离，西北战场的情况不是书里所写那个样子。我想，文艺要为政治服务，难免会有些宣传性，在亲历者看来，就会觉得与真实情况有距离了。可惜我当时没有追问真实的情况究竟如何。

小婶则不管这些大道理，完全从感情出发来看事。父亲去世时，我没有通知姑叔，怕他们为难。不来吊唁吧，感情上过不去，来吊唁吧，怕影响他们的革命立场。所以直待丧事结束后，我回上海路过杭州时才去报丧。在小叔家吃饭时，我对小婶说，爸爸很感谢你，说你对他很好。小婶眼里含着泪水说，你爸爸对我好，我一直记得。我想，她说的是当年我父亲到义乌去营救之事吧，事虽未成，但她一直记在心里。

我父亲是直到"文革"结束，实行改革开放政策之后，才重新获得社会对他的尊重。那时县里要他出来参加黄埔同学会工作，这就是要他做对台的统战工作。他其实并不是黄埔军校的学生，只是在中央陆军大学或军政大学受过短期训练，也被算进去了。但我父亲不愿意再介入，遂婉言谢绝道：我现在忙于带孙子，没有空出来做工作。的确，他每天带着一群孙子、孙女、外孙、外孙女，自得其乐。我女儿说，那次她回乡看望爷爷奶奶，爷爷就带着一支儿童团到汽车站迎接，有两个小弟弟还拖着鼻涕。

姑叔的生活在"文革"前还没有什么大波澜，"文革"开始之后，就不平静了。

小叔20世纪50年代初参加抗美援朝战争，回来后在医院里休养了一段时期,就转业到地方,做了杭州园林局党委书记兼副局长。这工作倒符合他的兴趣,他也工作得很投入。但"文革"一来,他在国民党军队里呆过一小段时期的经历,就成了大问题,审查来审查去,审查个没完,当然也查不出什么名堂。所以"文革"结束后官复原职。但不久就离休了。离休之后,他身体还好,就带领一批退休工程师,骑着自行车搞调查研究工作,花了几年时间,制定了一个西湖西扩计划,后来被杭州市采纳,付诸实施,使西湖旅游区扩大了很多,很受游客

父亲与小叔晚年在杭州相逢

欢迎。这之后，他就写字、画画、写回忆录，自得其乐。

小姑的麻烦要大些。抗战时期，她在担任瑞安地下党县委书记时，曾经被捕。老虎凳、辣椒水等许多刑罚都给她用过，她按照事先得到的应对教育，说是用刑时咬紧牙关就可挺过去，结果把牙齿都咬碎了，年轻时就满口假牙。因为搜不到证据，只是个疑犯，而且还有孕在身，所以最后被放了出来。50年代我见到她时，她的身体已经很差，而且实际上已不被信任。这只要看她的官职愈来愈小，就可了然。她开始是在上海公用事业局做领导，后来调到陕西宝鸡一家重工业工厂做人事工作，最后是回到杭州做植物园的党支部书记。"文革"期间，更是受到审查、批斗。按当时的通行做法，对被捕过的人一定会扣上一顶叛徒的帽子。我怕她接受不了这种冤屈，曾到杭州去看望她。但又不好直接问这些事，看到她很镇定，很坦然，也就放心了。真正使她不安的，是在80年代改革开放之后。一则是青年的思想变化，二则是个别干部的腐败现象。坚持了几十年的政治原则，突然失灵了，她感到特别难受。她对我也有所不满，不过没有当面教训我，只是对她的儿子洪波说，你表哥思想有些问题，你不要受他影响。因为洪波在上海工作，与我接近得多一些。但洪波的思想比我开放得多，他回到上海就笑嘻嘻地将这事告诉我了。我虽然不赞成小姑的保守观念，但很能理解她的痛苦心情。我不愿意伤害她的感情，所以在她面前只谈家事，不议时政。我知道，她对于许多问题还是有所反思的，只是不愿再往深处想罢了。

历史的河流滚滚向前，分分合合，合合分分，主流支流，支流主流，是是非非，非非是是，岂是凭着一些简单的条条框框就能评说得清楚的！

父母亲晚年以带孙辈为乐

台湾寻骨记

20世纪80年代,大陆这边实行改革开放政策,台湾那边则废除党禁报禁,海峡两岸都有所变化,开始了一定的接触交流。台湾当局允许当年渡海而去的老兵回乡探亲,大陆这边也不再将这些老兵看作敌特分子,而改为欢迎态度,于是老兵回乡成为一道风景,而且演出了许多动人的悲喜剧。

这个时候,我们家人只要聚在一起,就会谈论起二叔的事。二叔汝为正是败退到台湾去的老兵。

我们浙江人在国民党时代当兵吃粮的很多,跟随蒋介石到台湾去的也多。弟妹们常说,东边谁家的丈夫回来了,西边谁家的爸爸也来探过亲了,怎么我们二叔一点消息也没有?而且还做出种种猜测:是不是我们搬了几次家,他找不到了?或者是在那边又讨了老婆,不好意思回来见婶婶了?爸爸听后,淡淡地笑了一笑,说:临海就这么大点地方,再搬几次家他也能找得到,分离那么多年,另讨老婆是可能的,但只要他还活着,不管怎么样都不会不来找我的,恐怕还会是第一批回来;现在那边回来过那么多人了,他连个音信都没有,我看是已经不在人世了。

父亲说得很肯定,我也相信他的话符合实情。因为我知道,二叔是一直跟着我父亲闯天下的,他们兄弟情深。

二叔和我父亲是同胞兄弟,但是性格迥异:我父亲禀性刚强,遇事喜欢自作主张,有决断力;二叔脾气随和,但比较软弱,缺乏主见。他们生母死得早,后娘常要打骂他们,我父亲总是护着二叔,到处带着他跑。二叔到上海进工厂,是父亲介绍的,后来到部队当兵,也是我父亲安排的。不过当兵在当时并不是好差使,打起仗来子弹不长眼睛,很是危险,所以父亲原不希望二叔进部队,后来二叔失业久了,没有办法,只好跟着去当兵。不过他进的是辎重部队,搞运输,管后勤,虽然升迁得慢,但危险性也小一些。我父亲自己却是带兵打仗,在枪林弹雨中跌打滚爬。

我与二叔原很陌生。虽然我生下来刚满月不久,他曾护送母亲和我从蚌埠回临海,但那时我不能认人,所以毫无印象。直到抗战胜利,母亲带我来到父亲部队的驻地河南洛阳,这才与二叔相识。我们与二叔一家合住在一个小院里,朝夕相处。父亲是儒家信徒,又是军人脾气,对我管教很严,二叔总是护着我,常常连累他一起挨训。有时他干脆将我藏在他自己的房间里,因为里面有二婶在,父亲不便进去,只好作罢。但二叔对我也不是一味放纵,如果他认为我不用功、不长进时,也要竭尽督促之责。记得在洛阳第一天上学时,父亲不在家,我和母亲只知道浙江的规矩,以为总是在早饭后才背着书包上学,所以早上起得比较晚,不料二叔一大早就在院子里高声大叫,呼着我的小名说:你这个小懒汉,太阳都晒到屁股上了,还不去上学!我赶快起来,一问,才知道河南的小学生是连早自修

抗战胜利后,我们与二叔一家相聚于洛阳。左边是二叔与二婶,右边是父母亲,中间是我。那时弟妹们都未出生

也要到学校去上的。从此我每天摸黑出门,走着夜路上学,天刚亮就进教室读书,比在临海时用功多了。

但我们相处没有多久,国共内战就爆发了,他和我父亲都奉调到前方去。我父亲在宜川、韩城一带驻防时,与共产党部队有所接触,比那些高官们更知道实际情况。他在一开始,就觉得这场战争前途难卜,部队调动之前就叫我母亲早日收拾行装带我们回老家去。那时我有了一个妹妹,二婶也生了一个儿子。但我母亲是个优柔寡断之人,觉得不会有什么事吧,父亲走后,她就带着我们,与一些军官家属一起住进部队的留守处。直到解放军第一次逼近洛阳城,这才匆匆带着我们兄妹和二婶母子,一起逃回临海,丢掉了不少行李衣物。

我父亲在宜川战役失败后,不愿再打下去,即以治病为由,决定解甲归田。他在临行前曾嘱咐二叔,叫他设法早日脱身回临海。但父亲走后,部队中的朋友劝他不要走,说你哥哥病好了很快就会回来的。他也就稀里糊涂地拖了下来。后来,战局逆转,他要脱身就更难了,于是就一直随着部队败退到越南。记得1950年我父亲还收到过二叔一封信,说是他经商到了越南,路上很不太平,历尽艰险,益意兄染疾身亡,他自己则尚健朗云。我们一看就明白:我父亲的老朋友陈益意(时任副团长)已经阵亡了,二叔则跟着部队败退到了越南。这之后就音信全无。再后来听说国民党将败退到越南的部队接到台湾去了,想来二叔也跟随部队到了台湾。

我们年轻时很强调对组织上要忠诚老实,我在填履历表时把二叔的去向也如实地写上了。但这层"台湾关系",在当时可是个大问题。据说,在我的档案里,就明确地写着:此人有"台湾关系",不可重用,只能做业务工作。好在我的兴趣本在业务上面,并不想做什么干部,所以这个限制对我打击不算太大。但后来一直受到批判,大概也与此有关。当然,即使没有这层"台湾关系",单是我父亲在国民党军队中的经历和家庭的地主成分,我也注定要入另册的。

二婶进工厂做工,在各种压力下,与二叔离了婚,当然只是单方面离婚,二叔并不知晓,但在我们这里,与台湾军政人员离婚,却是可以单方面进行的。不过二婶并没有马上再婚,她口头上是说怕她儿子受委屈,实际上可能还在等待二叔,直到我堂弟中权长大成人,有了工作,并且娶了亲,她等待二叔无望,这才与一个追她多年的南下干部结了婚。

尽管我们同意父亲的判断：二叔已经不在人世了，但总想得到一个确切的消息。我曾拜托一位到复旦大学参加学术会议的台湾学者打听情况，这位学者听说我二叔是胡宗南部队的，就说他与胡宗南太太很熟，胡太太手里有一些胡部的资料，可以请她查查看。我听了很高兴，就一心等待消息。但等了很久，却音讯全无，只好另找门路。倒是一位在旅行社工作的朋友，托一名台湾旅游业同行找到了信息。他到台湾"退伍军人辅导委员会"打听，查到了我二叔的死亡档案，证明已于1964年在台北荣军医院亡故。我立即将这个消息告诉我父亲、小姑、小叔和堂弟。堂弟想把他父亲的骨灰迎回临海安葬。那时大陆的人还不能到台湾旅游，只有托台湾人来办理。堂弟托过几个到临海做生意的台湾商人，请他们吃饭时，个个都很有把握地答应下来，但回去之后却都是杳无音讯。我女儿大学毕业后曾在一家外贸公司工作，有时要出境洽谈生意，她说等她有机会到台湾去谈生意时，一定要把二叔公的骨灰找回。但她的出差地点，是由上面指定的，不可能任自己来挑选。她一直没有等到这样的机会，就出国留学去了。

后来倒是我自己得到一个赴台讲学的机会。2002年暑假，我应山东大学文艺美学研究中心之邀，到青岛去参加一个学术会议，东道主曾繁仁兄介绍我与到会的台湾东吴大学校长刘源俊教授认识，相谈之下，颇为投契。刘校长听说我刚从复旦大学退休下来，看我身体还很健康，就要请我到东吴大学做客座教授。校方的请柬很快就寄过来了，而且还邀请我夫人同行。但赴台手续在复旦方面却颇费了一些周折。学校管理此事的部门说我已经退休,不能办因公赴台讲学,把材料退回中文系。我想仿照办因私普通护照那种方式来办一张因私赴台证,但打听下来才知道到台湾讲学只能公办,不能私办。正在为难之际,陈思和打电话来,说他听说了此事,认为校方不应这样处理,他要去力争。当时思和是中文系系主任,系里事他有发言权。学校管理部门说,外出讲学名额应该给在职老师,不应由退休老师去;陈思和说:这是人家指名邀请吴老师,他不去,别人是不能去的,我们的教师退休了还有人邀请讲学,是我们的光荣,学校应该支持。在系主任的一再坚持下,校方总算同意了,只是夫人不能获准同行。我只好自己一个人去。因为除了想考察一下台湾的学术风气以外,我还有一个私愿,就是要去找回二叔的骨灰。

找骨灰的事并不麻烦,他们的档案工作做得很好。我打电话到"退辅会",报了我二叔吴汝为的名字,以及所属部队,他们在电脑中一下子就找到了,告诉我,骨灰存放在台北县某某路几号的骨灰塔中。这台北县,就在台北市旁边,好像当年上海市旁边有个上海县一样。我决定在清明假日先去祭奠一次,再商谈领取骨灰盒之事。有一位同学自告奋勇愿意陪我前往。有当地人陪同,当然就方便得多了,我们很快就找到那地方。这是一个塔形结构的骨灰堂。院子里两边各摆放着内战时期留下来的一辆坦克和一尊大炮,表明塔里存放的都是当年老兵的骨灰。塔有好几层,每一层都密密麻麻地排列着许多木柜子,样子有点像书橱,但分成许多小格,每格放一个骨灰盒。我报出二叔的名字,办事员打开电脑一查,就告诉我,在二楼第几号格子中，并给我该格的钥匙，说可把骨灰盒请下来，在一楼的祭厅中祭奠，但不能烧香烛纸钱。

我们到二楼打开这个号码的柜门，拿出骨灰盒一看，骨灰盒是木制的，木料很好，盒盖上刻着死者的军衔、名字、籍贯和生年：陆军上尉，吴汝为，浙江义乌人，某某年生，一切都符合我二叔的情况，就捧到祭厅来，买些水果来祭奠。我想，二叔孤零零地一个人流落到台湾，许多朋友都已早死，剩下的几个朋友也都年事已高，不知平时有人来祭奠否？一时颇有些伤感。但转而一想，人死之后，什么感觉都没有了，有没有人祭奠已并不重要。看看骨灰盒保存得很好，骨灰堂也很整洁、高旷，算是可以告慰在天之灵的。

祭奠完毕，将骨灰盒放回原处，我就下来与管理人员洽谈领回骨灰盒之事。管理人员很客气，说家属来领是可以的，带回大陆也有先例，但是要"退辅会"开个证明来，这里才可放行。这话说得在理，我就告辞回校，准备与"退辅会"打交道。心想这只是个手续问题，不是难事。

谁知这一关却一直过不了。

"退辅会"的人说，你只是吴汝为的侄子，不是他的儿子，所以不能直接领他的骨灰，要大陆公安部门证明吴汝为有个儿子吴中权在大陆，而且要吴中权出具证明委托你来领骨灰，我们这边就可发放。这话当然也有道理，我就通知堂弟中权，要他赶快按台方提出的要求去办。他先寄来他的委托书，同时向当地公安局要求开证明。不想一向将中权作为台属打入另册的公安局，这回却不肯认这笔账了，说办这种事的不止你一个，要台湾方面先开来证明，我们才能给你开证明。我连忙再找"退辅会"，要求他们先开证明。但他们坚持要大陆方面先开证明，双方都是寸步不让，皮球踢来踢去，这就苦了我们小老百姓。我想，这事大概是办不成了，心里很是恼火。

有一次给一个在职学生研究班上课，课间休息时大家聊天，不知怎的，谈到了此事。于是我就大发牢骚道：我叔父为国民党卖命，把命都送在台湾，现在我想把骨灰带回大陆去都不给，岂有此理！学生问我怎么一回事，我就将双方踢皮球的情况说了一下。有一个同学悄悄对我说：老师，我给你想想办法看。我想，她一个普通学生，做着普通的工作，能有什么办法呢？无非是安慰我罢了。没想到下次上课时，她交给我一张条子，这张条子是她过去的一个同学写给骨灰塔负责人的，略谓：我的老师吴中杰教授要到你处领出他的叔父吴汝为的骨灰盒，带回大陆老家，以尽孝道，请给予方便。我说，能管用吗？你这同学是什么来头？她说：一个普通小会计，但刚好管那边的医疗报销。你去试试看吧。

一到星期日，我赶快再到骨灰塔去，拿出这张便条递给那位负责人，心里还有点惴惴。想不到那人看了之后，马上说：你要现在就领走呢，还是等学期结束回大陆之前再来领取？我怕夜长梦多，忙说：东吴大学到这里路远，跑一次不容易，现在就领取罢。他说好。我赶快领出，带回学校。想不到两岸虽然暌隔多年，但是人情的作用却还是一样的。一切阻碍，在人情面前，都冰消雪融了。

当时我与另一位大陆来的教授同住在一套单元房里，虽然各自有一间卧室，但客厅是合用的，不便将骨灰盒带进来，我就将它放在研究室里。我的研究室在一个小山坡上，夜深人静，每当我备完课，抬头看见书橱中的骨灰盒时，就不禁思绪万千。我想到了他幼小时困苦的境况，想到他抗战时的到处奔波，想到他内战时的身不由己，想到他稀里糊涂地跟着到了台湾，而台湾又给了他什么呢？我记得抗战胜利，我刚到洛阳时，他就已经是上尉军官，直到将近二十年后死去，骨灰盒上写的军衔仍是"陆军上尉"。我问过"退辅处"，吴汝为有没有遗物，可以让我带给他儿子留个纪念，回答说：什么也没有。是的，他死于1964年，台湾的经济尚未起飞，他们的生活还很艰苦，而且当时蒋介石念念不忘"反攻大陆"，所以不准老兵们在台结婚，当然也就没有在台遗族。作为一个小民，他是随着时代的风云而漂流，自己又能有多大的选择权呢？

我从台湾返沪前，先打电话给堂弟中权，告诉他我回沪的日期和航班。他因为没有出过远门，有点摸不清方向，所以特地要我那个做生意的弟弟宗左陪着赶到上海浦东机场接机，很高兴地将骨灰迎回临海。次年我回乡探亲时，堂弟陪我扫过我父母的坟墓之后，又带我去扫二叔的墓。这是一个新建的公墓，条件不是很好，但堂弟却感到很欣慰。他虽然自幼与父亲相别离，恐怕没有留下多少记忆，但他还是千方百计要将父亲的骨灰迎回自己的身边。这是天然的骨肉之情！

宋家台门

我小时候住在临海县城北面一条僻巷的一个大台门里。这条巷叫小安宫（又写作小晏宫），巷里有一座小庙，供着一尊黑脸菩萨。长辈告诉我，这菩萨姓安，生前是一个秀才，有一天夜读未寝，发现有人在门前水井里投毒，他一大早就护着井栏，不让居民取水，居民们不相信他说的话，硬要将他拖开，他就跳井而死，全身发黑，大家这才相信水里真的有毒，于是造了

作者周岁留影照

小庙将他供奉起来,感谢他以自己的生命挽救了众人。但离此不远处,还有一条巷叫大安宫,也有一座庙,比小安宫的庙略大一些,供的是红脸菩萨,不知有什么典故,我好奇地问大人,他们也说不出个所以然来,只好存疑。

说小安宫是条僻巷,因为当时它少有行人,原来还算宽阔的道路,两边长满青草,只剩下中间一条石板小路。但这条小巷却不算短,一字排列着三座大台门,东边还有一大片菜地,当初也是屋基,说不定还有一座台门。江浙一带的台门,相当于北方的大院,一般都是大族聚居之所。小安宫这三座台门的主人一律姓宋,所以叫宋家台门,很少像我们这样的外来户。东西两个台门口还有几对一人高的旗杆石,上面刻着"道光某年进士及第"之类的文字,大门里则各有一条过道,开始不知是作何用,后来我到澳门参加郑观应学术讨论会,参观郑氏故居,经介绍,才知道这是官宦人家供来访客人停轿驻马的场所。可见宋家原来是官宦人家,曾经辉煌过,这条僻巷也必然热闹过。不过到我记事的时候起,他们各家差不多都已败落,虽然败落的程度有所不同,而这条巷也就随之变得冷僻了。

在我幼小的时候,宋家东台门发生过一场火灾。母亲说,那时火势很猛,差一点就要烧到我们所住的房子,她们已将箱笼和我一并抢运到门外,后来火势终于在我们一墙之隔处被扑灭了,我们这个台门没有受到什么损失。从我家楼上向东看去,只见一片瓦砾地,当地叫作"火着基",很觉凄凉。

东台门还残留一个院子,住着两户人家:一户主人叫仁志,年轻时参加过共产主义青年团,后来又参加了共产党,组织过

破落的宋家台门

剧团，编写过剧本，在当地是个很活跃、很有名望的左派知识分子。"四一二"政变后被国民党当局追捕，他翻墙逃走，到了上海，虽然失却了党的组织关系，但还参加左翼作家联盟的活动。抗战时期，他又回到台州，在海门、天台教中学，抗战胜利后再到上海，任教于大夏大学。1952年院系调整时，大夏并入华东师范大学，他做过一段时期的中文系主任。20世纪60年代初，我参加高考阅卷，还在他领导下工作过。仁志先生长期在外，家中由他母亲主事，两个子女也跟着祖母长大。大女儿小咪比我低一班，小时候还一起玩过。她祖母年轻守寡，持家甚严，不让外人随便进她家门，即使像我这样的小孩子也不例外。他们家能供两个小孩读书，应属小康人家。同院的仁渠家，就差一些了。他也是父亲早死，寡母当家，单靠几亩薄田，已不能糊口，仁渠很早就辍学了，靠糊裱褙来补贴家用，年纪很大了还没有结婚，讨不起老婆。

被烧的两家，情况也并不一样。汝安家后来又造了新房子，虽然比原来的小，但一家人住得也还不错，汝安本人读到交通大学毕业。仁地家就惨了。他们有个大哥，已经出外谋生，下面姐弟三人都未成年，父亲早死，母亲无力再造房子，只好把烧剩下来的茅厕和柴房清理出来住人，并在面临后街的一边，破墙开一家小店，卖草纸、肥皂等日用品和糕点零食，我们家常到他们小店买日用品，外公有时给我几个铜板，我也到那里买零食吃。他们家只能供儿子仁地读中学，大女儿菊荪读的是免费的师范学校，小女儿小敏就没有进中学。然而，塞翁失马，焉知非福？家庭的败落促使菊荪走上了革命的道路，后来的日子倒过得比别家好。

菊荪姐与我妈蛮讲得来，常到我们家来串门。有时，吃中饭会捧着一大碗面条，到我们家边吃边谈。讲社会新闻，也讲《三国》《水浒》《红楼》等小说故事，很吸引人。有一次，她很高兴地告诉我妈："我有工作了，能够养活自己了！"她说，她找到一个乡下小学教师的职务，工资不多，但够她一个人生活，如果再养一个人，那就勉强只够吃饭，连草纸也买不起了。说得大家都笑起来。后来，她常常带我妹妹出去玩。我们当然不在意，觉得老邻居之间这样做也很正常。直到新中国成立之后，妹妹才意识到，菊荪姐当时带着她出门，是一种掩护，其实是为共产党做地下通信工作。这实在是个好方法，一则，带着小孩子串门是家庭妇女常有之事，不容易引人注意，二则，我妹妹是国民党军官的女儿，也算是一层保护色。

原来菊荪姐正是在那个偏僻的乡下小学里接触到地下党。那时，共产党在四明山的正规部队虽然已经撤到苏北去了，但留下一部分人做地下工作，所以附近几个县的革命运动还是非常活跃，这是在城里的人所接触不到的。新中国成立初期，她嫁给了一个南下的部队干部，就跟着丈夫走了，后来听说到了广州。20世纪80年代，我到广州出差时，曾两次去拜访她。第一次找到一所中学，她在那里做校长，见到我很高兴，赶快带我到她家里吃饭，还是那样热情，还是那么健谈，问了很多我家的情况和我所接触到的老邻居的情况，而且对我也很关心，说是广州的物价比上海高得多，叫我不必到饭馆里花钱，可以每天都到她家吃饭，还要交给我一把家门钥匙，说她们不在家时就自己进来烧饭吃。但因为我住的地方离她家很远，而且每天东奔西跑，也只好跑到哪里就吃到哪里，无法领受她的好意。第二次去时，她已退休，家里聚着一帮人正在搓麻将，看到我，马上叫人代她搓，抽身出来接待。这时刚好进来一个小姑娘，给她送来一小篮点心。菊荪姐介绍说，这是她妹妹小敏的女儿，小敏死时，这孩子还小，她就带过来抚养，现在这孩子已经成家，今天自己做了点心，送一点过来给她品尝，说着很感欣慰。

中央台门的主人有两家：一是我的房东仁华家，一是我的校长仁礼家。

仁华的父亲与我的外公是好朋友。外公原来在一条叫江厦街（又写作江下街）的江边商业街开店，赚了些钱之后就典租了朋友家的一边房子，住到小安宫来做寓公。两个好朋友都抽上了鸦片烟，一起在烟榻上吞云吐雾，直到大家把家产都抽得差不多了，这才歇手戒掉。我们家后来是靠我父亲寄钱，我母亲还做小学教师，勉强还算小康，仁华家父亲死后没有别的进账，仅靠几亩薄田过着苦日子。仁华的姐妹很早就辍学了，仁华也没有读完中学，就去找工作谋生。抗战胜利后，曾在一个政府机关里做过文员，后来又回家继续读中学，解放前夕与地下党有了接触，后来在邻县做了公安干部。

仁礼家田产大概多一些，日子过得比别家好。仁礼是我所就读的北山小学的校长，所以我叫他宋先生。他很洋派，经常是西装革履，冬天则穿一件呢大衣，皮鞋外面加一层呢鞋套，十分潇洒，从不穿那种臃肿的棉袄或棉袍。皮鞋也有好几双，有一双是黑白套色的，临海城很少见，引得一位弱智者很羡慕地宣布道：我将来也要穿这种皮鞋！宋先生还喜欢玩一些稀罕的物事，如脚踏车、照相机，这在当时都是平常人家所没有的。有一次我看见他点香烟不用火柴，却用一个聚光镜对着太阳取火，感到十分新奇。他家楼上专门装修了一间洋式书房，但却没有什么藏书。他交游广，宾客多，出游忙，没有时间读书，书房主要供会客之用。他吃得比别人都好，每顿饭总要有一两盘好菜。但这也只是对他一个人的优待，子女们的吃食，有时还不如我。我们家有好吃的东西，总是先照顾外公和我；有时早上煮一个自制的咸鸡蛋作为下粥菜，外公和我各半个，外婆和母亲就只吃咸菜。而他们家有好菜，则须等宋先生放下筷子离开餐桌后，子女们才能下箸，往往是一抢而光。但他们家子女习以为常，并没有觉得这有什么不合理。后来他家兄妹到上海有事，我请他们来家里吃饭,汝龄看到我家生活是以女儿为主的,就以老大姐的口气把我教训了一顿,说:你怎么带孩子的?好东西应该大人先吃,小孩子将来的日子还长,有的是吃的机会!你这样会把她宠坏的!我想,以长者为本位,是他们的家风,我要给她讲以幼者为本位的道理,一时也讲不通,就只好笑笑作罢。

但他们家这样的开销,也难以持久。单靠田租和宋先生做小学校长的收入,是不够用的。所以只好陆续卖田。在当时,卖田是败家子的行为,而且,田卖光了之后,一大家人靠什么吃饭呢?这样,家里就难免要产生矛盾。大概为了躲避家庭矛盾,宋先生辞去校长之职,跑到杭州去做公务员。但他是过惯了衣来伸手、饭来张口的舒服生活的人,要在外地独自谋生,却也不易。没有多久,就肺病发作,吐血不止。宋师母赶快到杭州去把他接回。回家后就住在楼上书房里养病,我这才看见他安静下来,躺在藤椅上读书,不过读的是武侠小说。病好后,在县三青团机关里找了份差使。大概就是这最后一段经历,或者当初做小学校长时也有一定的社会背景,这使他在解放以后受到审查,而且还被拘留审查。其实,他这个人只是会享受人生,并不是一个认真做事的人,即使在什么党团机关里,也没有做过什么要紧的事,所以审查了一段时期,也就放了出来。这时,土改运动已经结束,田地都分掉了,房子还留下一部分,有个住处,但是没有了收入,生活就非常困难。大儿子汝修已经从船运学校毕业,分配在长江轮上工作,还可以接济他们;二儿子汝贤高中毕业后因病没有考大学,现在也只好去教小学谋生;女儿汝龄初中还没有读完,就辍学在家纺纱织布,赚钱补贴家用——后来终于在乡下小镇上找到一个小学教员的职务，也就嫁给这个小镇的镇长；其他几个儿子则年纪尚小，只会吃饭，还派不上什么用场。他家生活日渐窘迫，只好到处借钱。但与他有交往的人，在土改之后，也都自身难保，无力帮助他了。这样，他就陷入了困境。后来肺病复发，也没有钱医治，住在城门外一个叫后岭殿的寺院里静养。他是热闹惯了的人，在寺院里听晨钟暮鼓，当然深感寂寞。偶尔有人去看望，他高兴得不得了，叫人家坐在门外，他躺在屋里，远距离聊天，说是以免传染云。没有几年，终于因病而死。

宋家西边很大的一个台门里，只有一家人住，主人也是仁字辈，但他从不与人交往，所以我不知道他叫什么名字。偶尔在街上碰到，也不与人打招呼，大人指给我看，是一个干瘪的小老头。听说他待人很刻薄，做事很抠门，上街买东西还要带杆秤来复称，怕别人多算他的，真是"锱铢必较"。就在这样算计下，他赚出来一份家业，盖起了三重楼（三层楼）。那时，临海城里都是平房和二重楼，三重楼只此一家，所以只要一讲"三重楼"或"上角（即上城区）三重楼"，指的就是他家了，用不着再多解释，可见名气之大。可惜两个儿子很不争气，吃喝嫖赌样样都来，还没有等三重楼的地板铺齐，就把家当败得差不多了，活活把老头子气死。老头在临死前，将房产交给已经出嫁了的女儿经管。这在当时封建性很强的社会里，是违反常规的。也实在是无奈之举，否则就什么也剩不下来了。

1948年年底，我们家在中央台门典租的房子租期已满。因为房子已经破旧，而房东却没有钱修理，我们家只好另找房子，找的正是隔壁这边西台门,而办理租赁手续的就是这个出嫁了的女儿。不过我们租的不是三重楼,而是连在旁边的附屋二重楼,两上两下,比原来三上三下的建筑面积略小一点,但使用面积倒也差不多,而且房子新,很结实,走起路来不必再小心翼翼,怕踩坏地板。

但没有想到,却碰到了更大的麻烦。这三重楼因为房子好,面积大,房主人又没有什么政治势力,就被国民党的部队看中了,征用了作为兵营之用,而且住的是新兵。当时的新兵都是拉壮丁拉来的,哭哭啼啼,还常有逃跑的,所以防范很严,简直有如犯人管理所。解放后这里仍做过短时期的兵营,后来被法院接管,正式做起犯人管理所来了。我们回浦中学前校长卢铎先生,也关在这里,他女儿经常来探监,就坐在我家等待。

宋家三重楼废墟

与兵营同在一个院子里,已经很不方便,与犯人同住一院,就更加不舒服。所以这院子里的几家住户,都很谨慎,不相往来,邻舍间不再有原来那样亲密的关系了。而这样的局面也不能持久,因为法院要扩大住房。开始是要我家让出一间房子,将对面一户人家并进来,不久又让我们几家租住户都搬了出去,整个台门归法院专用。

但租住房子是有契约的。因为我们的租期未满,房东女儿就将她夫家的房子腾出几间来给我们住,面积不算太小,但房子的质量就差得远了。租期满后,我们又搬了出来,另找房子。后来家境愈来愈艰难,房子也住得愈来愈差,邻舍之间的关系也就愈来愈淡薄了。留下温馨记忆的,还是小时候住在宋家中央台门时候的那些邻居。不知是小时候的玩伴特别相亲,还是那时候生活尽管艰难,但大家还有一份余裕心的缘故。

我们后来各自都为生活奔忙,不能经常见面,但大家都还有所记挂。

20世纪70年代,在水产公司工作的老邻居仁地哥,听说我妻子到黑龙江插队落户去了,我在上海一个人带着女儿生活,就托人带了一大包虾干淡菜和黄鱼鲞来。这时,我已在上海市四十万人大会上受过批斗,而且还进行电视转播,弄得臭名远扬,他不会不知道。汝龄姐虽然批评我太娇宠女儿,说是应该让她艰苦一些,但听说我妻子不在上海,却还是关心我女儿的生活,托人带了几次虾干来,这些虾干是她自己晒的。最后一次收到她的虾干之后不久,就传来了噩耗,说是她带着儿子观看体育表演,散场时被人撞倒在地,脑出血死亡。我闻之凄然,

小安宫小庙今犹在

顿有人生无常之感。

后来,宋家几个台门渐次颓败,中央台门最先拆除,改建成鸽子笼式的公寓房,出入别有路径,小安宫这条巷也就不复存在了。但是,当年小安宫宋家台门里那些邻居们,却一直存留在我的记忆中。

隔岸相望

以前看过一部反映1949年国共战争的影片，其中写到蒋介石战败后在解放军进逼之下离别大陆时的情景：他在奉化老家，带了儿子蒋经国到母亲墓前祭别，然后走到海边，乘上小船默默地摇向停在远处的军舰。这时天幕低垂，人物无语，留给观众的是一片凄凉景象。接着，在军舰驶向台湾的途中，编导还特意安排了蒋介石孙子背诵李后主亡国之词的镜头。童稚之声，撞击着剧中人，也撞击着观众的心灵："四十年来家国，三千里地山河，凤阁龙楼连霄汉，玉树琼枝作烟萝，几曾识干戈？一旦归为臣虏，沈腰潘鬓消磨，最是仓皇辞庙日，教坊犹奏别离歌，垂泪对宫娥。"这就更为加深了编导所要表达的亡国之君的意象。

但事实上蒋介石并没有"归为臣虏"，他是带着他的全家撤退走的；他也不曾"沈腰潘鬓消磨"，而是掌握着相当的武装力量，一直做着"反攻大陆"的梦，虽然这个梦始终未能实现。但在60年代以后，由于整个世界格局的变动，台湾的地位也有了相应的变化。

在这两岸对峙的局面中，受害最深的，还是底层士兵和中下级军官。他们不但无庙可辞，而且仓皇得来不及拜别祖坟，也没有条件带着妻儿撤退,溃败之中,一片茫然,只能跟着部队,走到哪里是哪里。于是,有多少家庭,支离破碎,有多少怨偶,隔岸相望。两岸沟通之后,有些人家终于获得了白首团聚的机会,但也有不少人家却留下了永远的遗憾。而这遗憾又是多种多样的:有些人未能等到两岸沟通,早已客死异乡,能被家人迎回骨灰就是好的;而有些人虽然人还在,却由于别种原因仍未能回乡团聚,只能永远隔岸相望——我的小学老师郭怀瑾先生和她的丈夫陈启亚就是如此。

怀瑾先生与我家关系很密切。她的父亲郭静垞是我母亲的老师,怀瑾先生当时年纪小,家里不放心她出来读书,是我母亲向郭师母担保,带着她进师范学校上的学,毕业后一起在一所小学里教书,她的小弟郭友于又是我的同学,我们两家无论在什么处境下都保持联系,相互支持,大家一起随着时代的风涛而浮沉。

临海城虽在海边山区,但地近宁波,而且与上海也有轮船相通,所以还不算太闭塞。大革命时期共产党在这里很活跃,还出了一对名人:王观澜和徐明清。王观澜因毛泽东写给他的那封"既来之,则安之"的信而广为人知,徐明清则因另外的原因,也很出名。怀瑾先生的堂姐郭凤韶,就是徐明清的好朋友,跟着徐到南京晓庄师范读书,并且加入了共产党,从事地下工作,后来因叛徒出卖而被捕,受尽酷刑,坚贞不屈,1930年在雨花台英勇就义。现在临海城里还建有"郭凤韶纪念馆"。这是台州地区唯一的烈士个人纪念馆,也是浙江省的一个红色教育基地。

但是，等到我母亲和怀瑾先生这一辈人长大时，红色革命已处于低潮，国民党的统治则相对稳定，社会风气又为之一变。我在母亲的存书里，还看到过一本"晨光社"的书，晨光社是浙江的革命社团，可见她们也曾接受过红色革命的影响，但当我看到这本书时，它已经被放在针线筐里，作为针线夹之用。她们毕竟不是时代的弄潮儿，所以只能随波逐流，接受命运的安排。我母亲嫁给了一个下级军官，怀瑾先生则嫁给了一个警校的教官，都是媒人介绍，家长做主成婚的。

郭家是临海城里的大族，陈家则是乡下的小地主，所以怀瑾先生嫁给陈启亚，不是高攀，而是下嫁。她不习惯于乡下生活，大部分时间还是住在城里娘家。抗战胜利后也曾到南京去住过几年，但形势一吃紧，她又回到了临海。因为其时她有了三个女儿，陈启亚没有能力带着她们一家子逃亡，而且也不知最后败退到何处，只好暂时把她们安置在老家。谁知此时一别，就终生分离了。

新中国成立之初，怀瑾先生一家的日子还可维持。但土改之后，失却了生活来源，就得设法谋生。怀瑾先生与我母亲一样，本来有一份小学教师的工作，工资虽低，总还有些收入，抗战胜利以后，为了与丈夫团聚，都放弃了教职，去做"全职太太"了，这在当时也是一种风气。现在一些时髦女性，以做"全职太太"为荣，其实这就是专管家务的家庭妇女。而"全职太太"是以丈夫的收入为生活来源的，失却了这一点，虽然还是太太，却已无法"全职"了，找工作就成为第一要义。但以她现在的身份再谋教职就不大可能了。她所能找到的，只有体力活，但她还是努力去做。有一次，她找到了一份挑砖瓦的活。怀瑾先生是个读书人，没有干过体力活，到工地里挑砖瓦，已经是勉为其难了，不料小工头却还要故意刁难，把她的担子装得满满的，使她挑不动。怀瑾先生一怒之下，丢下担子就走人，她不受这份窝囊气。后来还是在朋友的帮助下，在家里纺纱织布，勉强度日，并将三个女儿扶养成人。大女儿蓓蒂上了兰州技校，后来做一份技术工作；二女儿蓓萍在本县插队落户，做了农民；三女儿蓓蓓进了绣花社做工。她的经济状况虽然仍旧不好，但总算喘了一口气。

怀瑾先生社会地位的改变，是在"文革"结束，特别是海峡两岸开始交流之后。县里将她作为统战对象，安排了职务，

郭怀瑾和她的三个女儿

目的是要她做对台的统战工作。但是，正由于两岸沟通了，她也知道了家庭的变故——她的丈夫陈启亚已经在台湾另娶太太了。

国民党撤退到台湾之初，因为准备"反攻大陆"，开始几年是不准官兵在台娶亲的。后来"反攻大陆"的调子虽然一直在唱，但大家心里都知道已经无望，在婚姻问题上也就放松了。陈启亚的朋友圈子里，较早另娶的是朱鸿兴。朱鸿兴是陈启亚在警官学校的高班同学，也是临海人，两家人本来就熟悉，到台后当然更要时相来往。朱鸿兴死得早，他的新太太就转嫁给陈启亚。这样，到了两岸沟通，台湾老兵可以回大陆探亲的时候，陈启亚就十分为难了。不回去吧，他还是思念故家的，回去吧，在台湾太太面前又无法交代，两者难以取舍。于是他想出了一个折中办法：他带着新太太到香港，叫三个女儿到香港见面，并送给三个女儿每人一条生肖项链、一台电视机。这样，三个女儿得到了安抚，却独独排斥了原配妻子。

怀瑾先生对于这种做法，当然是很愤懑的。她写了一封长信，历数这些年来的艰辛，斥责陈启亚的忘恩负义。陈启亚觉得很为难，他知道自己理亏，但又不能回大陆定居。既然准备在台湾终老，则台湾的妻子就不好离掉，那么，大陆的妻子如何安置呢？这时，定居台湾的临海老大姐余婷金给他出了一个主意：给郭怀瑾在临海买一套房子，让她能安度晚年；过年过节再寄些钱，补贴家用。陈启亚都照办了。大陆的房价那时虽然还不似后来这么疯涨，但也是个不小的数字，陈启亚没有多少积蓄，还是余婷金帮他到处借钱，才解决了买房的问题。过年过节，也寄了两三年的钱，后来陈启亚自己瘫痪在床，也就寄不出钱了。我后来每次回乡探亲，都去看望怀瑾先生，她就住在这套六十平方的商品房里，虽然并不高档，总算还过得去。最近一次去看她，她却已经住进了养老院，房间是独住的，但黯浊浊的，条件很差。我问她，为什么不住好一点的养老院？她说，这地方离家近，女儿可以经常来看望，送点家里的小菜来吃。她带着一生的委屈，就准备在这里终老了。

不过，怀瑾先生的遭遇还不算最差的，她的妹妹怀玉就比她更不幸。怀玉的丈夫朱美池在国民党空军基地做地勤工作，1949年从美国学习回来到临海探亲，适值解放军进城，他被军管会抓去关了几时，放出来后，赶快离开，先到上海，再转香港，最后到了台湾。怀玉有一子一女，在乡下夫家住了几时，土改后无以为生，就到上海投奔哥哥，经哥哥介绍，做了代课教师，但代课是临时性的，后来到北京石景山技工学校做实验员，勉强度日。但"文革"开始后，台属的日子就更难熬了。她被遣送回乡，子女则先后到东北插队落伍。女儿在黑龙江乘渡船过江时，不幸翻船死亡。这对怀玉的打击很大。后来总算熬到"文革"结束，大陆改革开放，台湾也准许老兵回乡探亲了，但这时朱美池却亡故了。怀玉派儿子过去将朱美池的骨灰接回临海归葬。而不久，怀玉本人却得了老年痴呆症，病死在养老院里。

在天翻地覆的大时代里，吸引人们注意的，是那些慷慨悲歌的大事件，和那些公众视野中的大人物，有谁又会关心芸芸众生的悲欢离合呢？

养老院中的郭怀瑾

庆典上的悲声

现在各个学校都喜欢举办校庆活动，意在宣扬校威。为此，一方面请了许多当官的校友来装点门面，显示办学成绩；另一方面，则尽量把校史拉长，即使是1952年院系调整之后重新组建的新院校，也要把调整前的某一现已不存在的老校接上，以举行百年或百年以上之庆。

我所就读的回浦学校，虽然是一所海边小县城中的普通中、小学，在全国教育布局中排不上号，但自从1912年建校以来，在许多历史波折中幸存下来，倒还算得一所真正的百年老校。所以在2012年举行百年校庆，应是名副其实。我从来没有当过官，一介寒儒，而且早已退休，承蒙母校不弃，邀我参加盛典，我也就欣然前往。

校庆办得很热闹，自然免不了官员、名流的讲话，还请了一位中央电视台的节目主持人来主持节目，她是回浦校友的第二代，算是有点沾亲带故。但是，那些讲话并没有给我留下什么印象，使我深受感动，而且经久难忘的，是节目主持人与陆逸的对话。

陆逸是回浦学校创始人和董事长陆翰文的长孙。后人要追溯回浦的校史，无论如何是绕不开陆翰文的，所以校庆前夕，

庆典上的悲声

回浦校史室王金龙编写并出版了上下两册的资料集《回浦学校的创始人陆翰文》，以资纪念。请陆翰文的后人来参加校庆活动，也是题中应有之义。但陆翰文的长女陆家桔和长子陆冬都已过世，次子陆小秋与小女陆贝贝在外地安家，已经退休，但却都没有来。所以这第三代陆逸，就是陆家的全权代表了。节目主持人在主席台上对他进行了现场采访。开始时的对话倒也平常，但当主持人问他是否以有这样的祖父而自豪时，陆逸忽然悲从中来，大哭起来，说："我小时候恨死了有这样一个祖父，害得我到处受歧视，连考学校也受限制。"这一说，唤起了年长者的历史记忆，台下也都唏嘘起来。整个场面，与喜庆气氛颇不相称。好在主持人很机灵，赶快扭转话题，说，现在好了，大家都来纪念你祖父了。陆逸也转悲为喜道："现在我知道祖父为教育事业做了许多贡献，建设了回浦这样一个好学校，我为他而骄傲！"

但我以为，陆逸的悲声对于热闹的庆典来说，虽然有点扫兴，而他的话却说出了一段历史事实。回避这段历史，就不能很好地总结经验，也无法使教育事业走上正轨。

回浦不是一家三家村私塾，也不是一爿营利的学店，而是一所启蒙的教育机构。

晚清时期，东南沿海一带深受革命潮流影响，吾乡浙江临海也出了几位革命家。其中较有名望的，一位是因制造炸药而牺牲的杨哲商，辛亥之后，他的同志为他造了衣冠冢，置于风景区东湖边上，供人瞻仰，遗族还出资建立了一所哲商小学，造福桑梓，他的衣冠冢到了20世纪50年代被毁，哲商小学也被并入临海师范附小,又改名为人民小学,到80年代才恢复本名,而且成为重点小学;另一位是杭州光复后曾被举为浙江督军的屈映光,后来虽然宦海浮沉,长期担任闲职,但影响仍旧很大,1948年被列入战犯名单的空军司令周至柔,还有联勤总部军需署副署长和上海解放前最后一任上海市市长陈良,都是他从临海带出去的,20世纪初我到台湾东吴大学讲学,有一次外出旅游,还走过一座"映光桥",碑文上写明是纪念屈映光的,可见至今尚有影响;还有一位王文庆,是光复会的重要军事头领,陈其美攻打江南制造局被俘,就是他带人去救出来的,后来杭州光复,曾被推举为浙江参议院院长、浙江省省长、民政厅厅长等职,成为浙江军政府的重要人物,临海有一条文庆街,就是纪念他的。陆翰文一直追随王文庆,做过敢死队营长,参与光复上海、光复杭州、光复南京之役,为民国的建立立下了汗马功劳。

但是,在革命党取得政权以后,陆翰文却没有参与争权夺利,而是退出政治圈子,回乡办学。生物学家朱洗对此大加称赞道:"当初,陆先生在革命成功以后,有官不做,有禄不享,愿至台州僻地创立回浦,专心从事教育,此种行为和一般受高官厚禄、衣锦归故乡的革命志士截然不同。"(《旅法通讯》)

陆翰文回乡之前,本地几位革命志士就已于1912年春创办了临海私立高等小学,陆翰文回乡时,恰好校长项士元应革命后的浙江省图书馆馆长龚宝铨之邀,要到杭州省图去任职,就请陆翰文接手办学。1913年春,陆翰文将校名改为私立回浦高等小学。盖因汉昭帝始元二年曾在此建立回浦县,回浦也就是临海的古称,将学校改名回浦,既富有深厚的历史感,也避开

回浦学校董事长陆翰文

了私立学校冠以县名的尴尬。从此,陆翰文主持校政三十六年,直到1948年逝世。将回浦从小学办到初中、高中,再加上幼儿园,形成一个教育系统。抗战时期许多大城市沦陷,多数大学都在流亡之中,陆翰文还想利用临海尚未被日军占领的条件,再办一所回浦大学,只是后来由于条件限制,没有办成。

陆翰文的教育理念,育人是第一位的。他在一篇文章中说:"教育是教人做人的,是盼望受教育的人将来能够做人,并能够替社会尽些力量,使不能做人和不肯做人的人都去做人。所以有见识的人说:目下人欲横流,非从教育去挽救不可。"在他谱曲的《回浦校歌》里，开头第一句便是："我来回浦究何因？不学别的要学做人。"这与鲁迅在《文化偏至论》中所提出的"立人"主张和五四新文化先驱们所揭示的"人本主义"思想，是相一致的，都是革命者从事启蒙工作的一部分。

正因为把"学做人"作为教育中心，所以他特别强调艰苦奋斗精神和平等观念的教育。他常教导学生："我极希望你们要刻苦，要俭朴，要有进取的气概，要有冒险的精神，万不要骄奢逸乐，做成富家的骄子。"回浦学校对学生的服饰有一些特殊规定：男生一律剃光头，女生剪齐耳短发，校服则是由一种蓝纬白经交织的"家机布"做成。"家机布"者，即农民家里织布机上自织的土布，很低档。大家都是光头、短发，穿着这种土布校服，官家富户的公子小姐和寻常百姓的子女，也就没有什么差别了。这种土布，后来被称作"回浦操布"——因为当地人将校服叫作"操衣"，这个说法是由士兵上操时所穿制服衍化而来，于是做操衣的布也就叫作操布。早上上学时，还有值班教师在校门口检查，不合规定者不准入内。那时临海尚无名牌服装一说，就是穿着高档一些，也要被杜之门外。当然，这还只是表面上的工作，要从观念上改变贵贱之别，那是很不容易。城里人歧视乡下人，是中国人固有的陋习，有些学生受此陋习的感染，难免时有流露，陆翰文知道后，一定要严加教育。据许绍棻先生在《我来回浦学做人》文中回忆道，有一次，陆翰文听说一个同学称乡下人为"乡下木佬"，就教育他说："你城里人靠什么，靠石板街？乡下人比城里人有志气，哪一样不及你城里人？"而有时乡下学生自己也把农民低看一等。有一次一位乡下学生的父亲挑行李送他上学,同学问:"他是谁?"这个学生竟回答道:"挑脚担"——即挑夫。陆翰文知道后,就把那学生教训了一顿,说:"你做学生就不认父亲了,日后当了官,更不把他当人了,你有良心吗?"他还特意叫厨房好好招待这位乡下来的家长用饭,十分亲切。

陆翰文用人也是不论出身,唯才是举。比如,汤仁德原来是个勤杂工,因为踏实肯干,认真负责,陆翰文就把他提为庶

陆翰文和他早期学生朱洗、毕修勺等

务员；汤仁德由是工作更为勤奋，以校为家，秉公办事，不图私利，而且乐于助人，深得大家的好评，陆翰文又把他提为总务主任，从购买校具什物、添置图书仪器，到增建校舍，都由他负责经理，最后还提为校董会董事。又如，许普森是回浦初中第四届毕业生，学历不高，但办事踏实，刻苦耐劳，陆翰文就聘他做校图书馆管理员，这个图书馆藏书较丰，有数万册之多，而且流通量也很大，但管理人员却只有一名，所以管理员也就是馆长。他早来晚走，不但书架整理得整整齐齐，而且还把借阅得破旧了的书补得很好，并写新书简介、阅读量统计，激励学生借阅，使回浦图书馆成为台州专区最好的图书馆，这对回浦学校的发展起了很大的作用。还有邵西镐，是早期回浦高小毕业生，当时回浦尚无中学部，他升入省立六中，毕业后考入南京河海工程专门学校，但只读了一年，就因经济困难而中途停学，这时回浦正筹办初中部，陆翰文就请他来当教务主任，负责教学行政事务。他不但每学期开学之前排好各班级的课表，安排好各教师的课程，而且还负责招生事宜，从各课命题、刻印试卷到监考批改，都亲与其事，安排得井井有条。邵西镐与许普森，也都先后进入董事会。回浦学校的董事会与众不同，它并不全由本地的社会名流组成，其中还有许多实干家，正是这些实干家，与陆翰文共同撑起了这所学校。

但教务、图书、后勤都是为教学服务的，要办好学校，师资和生源是最重要的问题。陆翰文对师资质量极其重视，只要你有真才实学，思想政治倾向他倒并不在乎，旧学新知都受欢迎，左倾右倾均能容纳，颇有兼收并蓄的风度。就国文教师而言，各种人才都有：章模臣是清末拔贡，他一派名士作风，夏日赤膊挂个肚兜，摇着芭蕉扇给学生上课；项士元是当地有名望的文史学者，他拿手的是传授古代文史知识；陆蠡是有名的散文家，他的课程给同学带来五四以后新的文学风尚；毕修勺留法多年，是著名的翻译家，极其推崇左拉，同时还是一个无政府主义者；徐懋庸当时虽然还不是共产党员，但已是个左倾青年，陆翰文在上海劳动大学执教时就知道他的思想情况，但还是吸收他到回浦来教学，并允许他在宿舍里阅读马克思主义书籍；更有一位中共党员邓锦心，他离校时还带走了两个学生到陕北去……陆翰文对教师很尊重，有位理化教员许雪樵，原是省教育厅督学，抗战后回到台州，在黄岩中学教书，陆翰文将他聘请到回浦来任教。有一次陆翰文轻轻将教室的门推开一条缝，察看学生的听课情况，许雪樵觉得影响了他的教学，马上宣布下课，回家去了。陆翰文赶快叫学生去请回，自己站在校门口迎接，弯腰抱拳，请求原谅。许雪樵觉得陆翰文很诚恳，也觉得自己做得有些过分，问题就化解了。正因为陆翰文礼贤下士，谦恭待人，所以吸引了许多知名教师。比如，英语教师曾杰华原在之江大学等校执教，很有盛名，抗战后回乡，在回浦教过书，曾被黄岩中学高薪挖走，但他比较之下，觉得还是回浦学风好，陆翰文更能器重教师，又回到回浦执教。

回浦学校在陆翰文主持下，办得很出色，成为浙江名校，学子以能做回浦生为荣，投考者愈来愈多，生源当然也就不成问题了。我自己就是宁可降级而去读回浦的。

我于1947年夏天在河南洛阳一所小学毕业，回到临海迟了些，回浦的招生工作已经结束，只有停办多年刚刚复校的振华中学还在招生，于是就考入振华读书。但只读了半年，母亲硬要我重新去考回浦。那时回浦不收插班生，只好重新从一年级第一学期读起。好在回浦有春季班，所以只浪费掉半年，后来到高中毕业时，春季班与秋季班一起参加高考，总算把这半年又拉了回来。

我进入回浦，是在1948年春天。那时，陆翰文已经病重，不能视事，所以我一直没有见过他。到得5月间，陆翰文就逝世了。

陆翰文逝世时，学校举行公祭，有一些大规模的哀悼活动，极尽哀荣。转年间，临海解放，对陆翰文的评价也就有些不同了。他本人虽然已死，但他多年以来在地方上，特别是在教育

临海孔庙大成殿，当年是回浦中学的礼堂和风雨操场

界的影响力，却成为一种障碍，所以他难免就成为批判的对象。在新时代里，教育改革是必然的，可惜的是，陆翰文所坚持的一些办学理念也被革除掉了。

经过多次折腾之后，回浦学校也就日渐衰落了。师资力量大不如前，招生也不能自主，最后连校名也保不住，奉命改为临海二中。一个有特色、有水平的名牌中学，也就成为当地的二流中学。直到"文革"结束，改革开放之后，才又恢复了回浦的校名。现在回浦举行大规模的校庆活动，想要重振雄风，这当然是件好事。但一所学校能否办得好，物质条件固然必不可少，而办学理念实居首位。能否重续陆翰文的办学理念，是回浦中学能否办好的关键所在。

邵氏父子

临海虽然是个山城,地点较为偏僻,但当年教育事业却颇为发达,读书风气很盛,即使是贩夫走卒,也要把子弟送进学校,接受初等教育。我小时候,同学中就有不少出身于底层的穷困生。正因为市民对于教育的普遍重视,相应地,教师也就很受尊重。邵氏父子:邵西镐、邵全声、邵全建,一门三位名师,在临海也算得上是很有地位的人物。

邵氏父子:邵西镐(前排中坐者),邵全声(后排右),邵全建(后排左)

一

邵家不是什么名门望族。西镐先生的父亲原来是个竹匠,大概是靠手艺难以维持生计,后来就投身军伍,在邻县天台、仙居一带供职,但仍是地位低下,收入不高,年老回到临海之后,还得靠妻子帮人干零活来维持一家三口的生活。即使家境如此窘迫,按本地的风俗习惯,儿子上学的事是不能耽误的。也正因为家里供养上学不易,所以西镐先生从小刻苦好学,成绩优异,在回浦小学毕业之后,得以考入浙江省立第六中学,继续读书。这时,新文化运动开始了,西镐先生广泛阅读各种新期刊、新书籍,接受了新思潮的洗礼,渴望着新的生活,向往着新的世界。他有志于继续深造,但当时上大学是有钱人家的事,一般民众无缘问津。西镐先生不屈不挠,仍旧努力追求。他在六中毕业后,先留校任教务员,并在几所小学兼课,借以积累一些学习费用,以备继续深造,并于次年考入南京海河工程专门学校。只是这一点积蓄,要修完大学学业,远远不够,他只读了一年,就已负债累累,只好停学回家。这时,适值回浦小学筹办初中部,董事长陆翰文、校长邵定安都是他的老师,知道他学识丰富,办事勤快,遂聘他为中学部主任(后改称教务主任)。在这个岗位上,他从1924年一直工作到1949年,一共干了二十五年。教务主任要管招生考试、课程安排、学生升留级,等等,是个烦琐的职务,他都安排得井井有条,同时本人还要教很多功课,每周在二十节以上,有时达到三十多节。西镐先生的主课,是数学与英语,同时还兼教语文、史地、物

回浦中学初中第四十四届毕业留影（1951年春）

理、博物，甚至音乐、美术，哪里缺教师，他就到哪里顶替，简直是个全能教师。西镐先生教过我们班级的数学课，他对教学内容非常熟悉，根本不看教材，即可滔滔不绝地讲下去，条理清楚，逻辑谨严。他还热心于写作，常以"心云"为笔名，发表科学小品，涉及生物、数学、天文等各个方面，还写过诗词随笔、读书杂记、人物传记，并翻译过小说、散文和科普文章，真是多才多艺。

西镐先生每月工资有八十元，在当时的临海不能算低，但师母是个家庭妇女——即时下之所谓"全职太太"，没有收入，不过很能勤俭持家，他们就靠这点薪水，养大了五个孩子，还供他们上学读书。而且还从牙缝里挤出钱来，陆续买了一些田地。西镐先生的本意是想使自己的家庭有一个稳定的经济基础，到老来教不动书时，生活有所依靠，却不想后来，社会来了个大变动。土地改革运动中，他被评为自由职业兼地主。自由职业，是指他的教师工作，地主是指他拥有土地。总算是自由职业在前，地主在后，承认教书是他的主业，收租是其次的，所以与一般地主还是区别对待，将土地交出之后，并没有怎么批斗。而且长子邵全声做了回浦中学的董事长，接着，次子邵全建又做了回浦中学的校长，西镐先生本人还是董事会董事兼教导主任，一时间邵家显得风光无限。但到1951年8月，邵西镐先生本人就被调离回浦，安排到黄岩县灵古中学去任数学和英语教师了。

将邵西镐先生调出回浦，这是有一定道理的。总不能一家人都挤在一个学校里做领导工作罢，又不是私营公司。但临海县城还有其他中学，为什么把一个老人调到远离家人的地方去任教呢？无从探究。后来，又辗转了好几个地方，如海门、温州，长期不能与家人团聚。直到退休之前三年，在他自己和家人的一再要求下，才调回临海，任台州中学数学教师。

二

邵全声是西镐先生的长子。当他高中毕业时，抗日战争已经开始，日军占领了许多大城市，大学正在流离迁徙之中。浙江大学本来是在杭州的，现在却取道金华，经过桂林，迁到了广西宜山；浙江有个招生点，也是设在山城永康。全声先生求学心切，不畏艰险，长途跋涉，跑到永康去投考，录取之后，又跑到宜山去上学。西镐先生本来就说过，他这点工资，只能将五个子女供养到高中毕业，以后的深造，只有靠你们自己努力了。现在抗战时期，家庭生活越发困难，读大学的费用更无从筹措。好在那时还设有公费生的名额，专门照顾家境贫困者。不过要求极高，不仅名额仅占录取学生总数的百分之一二，而且报考者如果考不取，则连自费生的资格也没有了。全声先生别无选择，只能拼命一搏。他居然考上了。

全声先生学业成绩很好，但不是一个"两耳不闻窗外事，一心只读圣贤书"的人。他有着强烈的爱国情怀，还是一名社会活动积极分子。1939年冬，他读二年级时，日军进攻桂南，浙大迁往贵州遵义。他在迁校停课期间，参加了"浙大学生战地服务团"，南下宾阳，越过昆仑关，奔赴前线做宣传鼓动工作。后遭日军包围，遂连夜突围而返。同时，他也关心国内政治。1942年初，因参加浙大学生发起的反对孔祥熙贪污腐败的"倒孔运动"，而且言行激烈，被指为"为首学生"，勒令退学。他在同学的帮助下，摆脱国民党特务的监视，逃到昆明，经转学考试而进入西南联大。但未满一学期，又被列入黑名单，只好再次逃亡。后经民主人士孙起孟的介绍，至曲靖中学高中部任英文和国文教师。在这里，他教了三个学期，也读了不少的书。但曲靖毕竟是个小地方，不利于业务的发展，后来他得到一个机会，就转到重庆大公职业学校去教书了。但在重庆这个战时首都，他却被卷入了"费巩教授失踪案"，遭到了无妄之灾。

费巩是浙江大学教授,在浙大已任教十年。按当时一些学校的规定,凡任教满十年的教授,都可以休假一年。复旦大学邀请他利用这一年的休假时间,来校讲学,所以他就从浙大所在地遵义来到了复旦所在地重庆。费巩是邵全声在浙大读书时的导师。这种导师制是从英国牛津大学引进的,导师要对学生的思想和学业加以全面的指导,接触甚多,所以师生间关系非常密切。导师来到重庆,全声先生自然非常高兴,课余时间一直随侍左右。费巩在重庆市区住了几天,一大早要乘船到地处北碚黄桷树的复旦去,全声先生将老师先送到码头,再到寄存仓库中为他搬取行李。但等行李拿到,却不见了老师,到处寻找,也没有找到。开始还以为船上人挤,难以照面,过了几天仍无音讯,这才确定是失踪了。

费巩教授是英国留学生,学的是政治经济学,崇尚的是民主宪政,他写有《比较宪法》《英国文官考试制度》《英国政治组织》《民主政治与我国固有政制》《英国议会政治》《中国政治思想史》等著作,不但介绍英国宪政,而且还触及中国政制,大为推行一党专政的国民党政府所不满。著作之外,费巩教授还介入实际政治运动,如收容被通缉的学生,帮助他们逃到共产党地区,又在郭沫若等发起的《对当局进言》书上签名。所以当局早就指示浙江大学校方对费巩进行监视,而被竺可桢校长所拒绝。现在他单身来到战时首都重庆,特务们正好下手。

但费巩毕竟是名教授,他的失踪当然要引起社会关注。据正棠、玉如所著的《费巩传》记载,在当时的国民参政会中,中共代表及黄炎培、柳亚子等民主人士曾一同进行营救;在

邵全声的导师费巩教授

重庆的四十多位中国留美教授联名写信呼吁，要求驻中国的美军司令魏德迈将军出面营救，而魏德迈也的确出面了；浙江大学和复旦大学学生会还做出决定，为营救费巩教授，举行定时罢课。各界对当局的指责和营救活动，在当时产生了相当大的影响。

在这样的社会压力之下，当局总要有所交代。但他们所采取的却是极不正当的手段：嫁祸于人。邵全声原是到重庆卫戍司令部和稽查处查询费巩教授的下落的，但当他多次查询未果时，却被当作凶犯抓了起来。接着被抓的，还有与他一起奔走寻人的十几个同学。邵全声在严刑逼供之下，同时也为了解脱其他同学，只好承认是自己将费巩教授从码头小浮桥上推下水去淹死的，原因是受不了费巩对他的指责，说他离开浙大后没有认真读书，又怕费揭露他的隐恶。这个供词显然经不起推敲。一、小浮桥是上船必经之地，开门前就有旅客在等候，开门后更是旅客众多，不可能当众将一个大人推下水去；二、小浮桥并不长，桥下江水只二三尺深，淹不死一个大人；三、邵全声已经工作三年，并非在读学生，在争相上船的紧张时刻，费巩哪能有心思来管教昔日的学生？何况他们师生情深，即使有些争论，学生也不可能有杀师之心，这在邵全声处被搜查去的费巩给他的信也可证明。邵全声是聪明人，他的供词，显然为日后翻供留下了伏笔。但审讯者却不与你讲这些道理，也不给你翻供的机会，竟然就凭着这种供词，判处邵全声死刑。延安《解放日报》(1945年5月26日) 对此做出这样的评论："近来重庆又盛传费巩教授已经被害，并传凶犯正企图嫁祸于人，制造一幕和'德国纵火案'相类似的把戏。"

但邵全声终于没有被处决。不过这并不是法理的胜利，也不是逻辑推理的结果，而是人情和社会舆论的作用。

全声先生的父亲西镐先生在读回浦小学时，有个同班同学陈良，此时官拜军需署长，是个实权人物。西镐先生救子心切，只好去拜托老同学。那个时候有些人虽然做了大官，但还讲个同窗之谊，所以陈良接受了老同学的委托，就打电话找主管其事的军统局局长戴笠，戴笠看在陈良的面上，亲自出马复审此案。邵全声开始还不敢翻案，怕再次受刑，直到戴笠说出陈良的名字，这才相信真是来复审的，于是说出了实情。但戴笠也不肯轻信，他请了美国来华到中美合作所工作的心理学专家舒莱勒，带了新出的测谎仪来测验，并派了沈醉等人到浙大进行实地调查，终于证明邵全声现在说的都是实话，他不是杀人犯。而浙大校长竺可桢和费巩的哥哥费福焘也不相信对于邵全声的诬陷，多方奔走呼吁，终于促使特务机关放人。

只是捉人容易放人难。捉的时候，不讲司法程序，放的时候却要移交地方法院来处理了，以示按法办事。邵全声从1945年3月29日被重庆稽查处逮捕，到1947年8月16日接到重庆地方法院的不起诉处分书，被折腾了将近两年半时间。等到家里将路费寄到，他就赶快回家。这时离他考取浙大，充满憧憬地奔向前程，整整已有九年了。走进家门，祖母悲喜交集，双泪直流；父亲因救儿心切，急火攻心，患上了青光眼，视力微弱；母亲则拉开抽屉给他看，里面放满了这两年半中从各个寺庙中求来的"签诗"，从上上大吉，到下下大凶，应有尽有。长期囚禁，本使他身心遭到极大摧残，全家的忧虑，更使他感到心酸。瞻望前途，不禁心灰意懒。

但不久，全国的局势起了很大的变化，压迫他的国民党政权正在崩溃，这又使他心中重新燃起了新的希望。

1949年5月29日，临海解放。作为被国民党迫害过的知识分子，全声先生受到了新政府的重视。他由中国人民解放军军事管制委员会文教部任命为回浦中学董事长，负责组建新的校董会，同时兼任台州中学校务委员。接着，又被推选为临海县第一届人民代表会议代表兼秘书长，这个人民代表，他连任了三届，第三届还兼任常务委员会副主任委员。这在临海知识界，是相当突出的了。

但到得1951年2月，正在走红的邵全声，却被调往天台中学任语文教员。天台当时在台州专区里，是条件较差的一个县份，这种调动，显然是一种贬迁。而新的学期尚未开学，他又被调往杭州华东革命大学浙江分校去参加镇反学习。在这个学习班上，当然是要重新交代历史的。"革大"毕业后，全声先生曾经回到天台中学任教过，但不久便被调往地处绍兴的浙江工农速成中学任教，直到1957年1月调入浙江省教师进修学院，这才在杭州定居下来。

全声先生的妹妹邵掬英是我中学同班同学，有次闲谈时我问道："全声先生走红了一阵子之后，好像就愈来愈不受重视了？"掬英说："他这个人爱提意见，管不住自己的嘴巴。"其实是，全声先生在国民党时期吃过大苦头，解放以后受到了重视，主人翁感就特别强，所以看到对社会事业发展不利之处，难免要多提意见。这正是书生意气，也是鲁迅所说的"隔膜"。

但无论升沉变迁，被重视或不被重视，全声先生总是积极地奉献。80年代初，他查出患有肺癌，手术后经过三年的治疗和休养，终于康复。但健康状况一有好转，他就向领导提出恢复正常工作的要求，未获同意。不久，"外国文学"任课教师卧病，他又一再恳切要求，终于获得同意，重上讲台。他先后讲授过"法国文学""俄罗斯文学""美国文学"等课程，直至1988年退休，未曾请过一小时的假。退休后遇有教师请假，他仍去代课，后来又在朋友们的鼓动下奋力撰写回忆录，终于劳累而死。

这就是老一代知识分子的爱国情怀和社会责任感。

三

邵全建的生活道路，比起乃兄来，要平坦得多了。但仍不无遗憾。

邵全建像

全建先生早期主要从事文学写作。他在中学时代就发表了不少文章，中学毕业后即在当地的《宁绍台日报》编辑文艺副刊《星海》。1944年考入浙江大学，入学成绩名列全省第二。他读的是外文系，而业余仍旧笔耕不辍。他写诗、写散文，也写过小说。他的作品大都发表在《浙江日报》和《东南日报》上，这是当时浙江的主要报纸，所以很有影响。他的诗作《醒来》

和《脚印》还被上海《诗创造》转载。全建先生的不断写作，一方面出于兴趣爱好，另一方面也是经济所需——他需要靠稿费来补贴生活费用。

他曾对我说，那时他暑假也不回家，借住在杭州的寺院里，读书、写作，寺院不能包饭，就自己买点馒头和罐头食品来充饥，生活过得很自在。那时稿费还管用，一篇小文章的稿费能买一件上衣或一条裤子，日子过得还不错。我很羡慕他这种书生生活，在复旦做青年教师时，也想在暑假里到杭州寺院租间僧房来读书写作。那时我的叔父吴子刚正在杭州园林局做副局长，我向他提出这个要求，他说，那是解放前的事，现在僧房不能出租了。

全建先生的诗文颇受何其芳早期作品的影响，纤巧、忧郁。他特别喜欢《画梦录》，我那时就因他的介绍而知道这本书，并请掬英从他的书橱中拿出来细读。我还曾借阅过他自己作品的剪报本，有些文章很有何其芳风格，如《末次的访问》。其中有句云：

"我去过那蓝色的湖滨了……"
烟雨迷濛，湖水也笼着一层薄薄的白纱。我从没有以这样的心情去访晤它的。
是我也染上了淡淡的忧郁症吗？
我要说，不很久，我就回来了。回来了，我翻开了O.W.荷尔莫的文章，我就读到了湖的诉说——
"你来吧，当朝阳辉耀在我的胸脯上，如金色的流苏；

你来吧,在静静的午夜,当我承受着天空的倒影,像一只盛满珠玉的杯子,而不曾流溢了一颗星星。

"你懂得忧邑的深意吗?在你悲哀的时候,你何处可以找到像我一样的同情的安慰?……"

我合上了书,我听到了自己轻轻的叹息。

湖哪!你应该还没有懂得我……

我想离开了。明天,我将流浪他去,我愿意去亲近那没有水分的北方的荒凉,大漠黄沙,有梦的驼铃向我召唤。

这可以说是他当时的代表作。他本人也曾在剪贴本上自注道:"这篇散文在那时有一定的代表性,当时自己也很喜欢它。"类似的散文还有好几篇。

但时代不允许他继续写这类纤巧、忧郁的作品了。国内战争如火如荼,学生运动风起云涌。全建先生受到革命思想的熏陶,也投入了民主运动。还被推选为浙大外文系代表,参加学生代表会的工作。随着环境和思想的变化,他的文风也起了很大的变化。到得解放初期,他写的已是歌颂性的文章,如《新生》《从废墟上站起来了》,还有对小资产阶级知识分子"自私的个人主义"的批判,如《记一个同学的谈话——在精神上,驼背也医得直》。不久,他回到临海,担任回浦中学校长,为接管、改造和建立新的学校管理制度,而付出了全副精力,不可能再从事文学创作了。他自己在剪报本中不无遗憾地写道:"解放初期,还在杭州的时候,写过十多篇东西,后来到临海,就很少,停止不写了。"

全建先生从1949年8月受任回浦中学校长，至1979年离职，前后共三十年。他离开回浦，是因为临海办起了第一所高等学校——台州师专，上面调他去做师专校长，又做了十年，到1989年改为名誉校长。可以说，他这一辈子的工作时间都在做校长，所以临海的学子一直尊称他为邵校长。

邵校长给人的印象是比较严肃，不苟言笑，也并不主动去接近学生，但在学生中却很有影响力。特别是一批热爱文学的学生，总喜欢与他接近。我就是在他的影响下，放弃了做工程师的理想，而转向文学的。我在读中学时，常常因为认死理，敢抗争，不驯服，而受到批判，被认为是一个落后分子，但他并不嫌弃，愿意与我谈天，而且并没有要做我思想工作的意思，所谈的大抵是文学问题，有问必答，谈得很诚恳，甚至他个人的生活经历也坦诚相告。我想看看他的作品，他就把他的剪报本借给我，我看后还与他作过平等的对话。

邵校长有自己的教育理念。他虽然并不张扬这些主张，但从行事中还是可以看得出来。只是可惜很多想法并没有实行，或者刚开了头，马上就煞了尾。

在刚当校长的时候，他曾组织学生办过一份《消息报》，每周两期，将校内各种消息编成简短的新闻稿，有表扬，也有批评，用大字抄写，贴在一块木板上，挂在最显眼的地方。这个报纸的名称显然是从苏联学来的，但从内容看，却与苏联式的政治宣传无关，而是想搞校内信息公开化，搞师生互动。当时大家都很感兴趣，读者甚多。但不久就销声匿迹了，因为这不符合为政治服务的办学原则，也不适应愈来愈紧迫的政治环境。

邵校长对学生的德、智、体教育都很重视，但他心目中的德育，是为人的基本思想品格，而不是政治适应性。所以对那些政治运动中的积极分子并不怎么欣赏，倒是看重一些肯钻研业务的学生。这当然引起那些积极分子的不满，但因为他并不公开反对他们，而且上面也需要他这块"牌子"，所以一时倒没有受到冲击。邵校长还喜欢请校内外专家给学生开讲座，以扩大学生的知识面。但后来也搞不下去了，都为直接配合政治运动的报告所代替。直到改革开放之后，他才重新组织起学术讲座来。不过这已是台州师专时代了。

全建先生虽然做着一校之长，但因为那时他还不是党员，所以工作上受到影响。1955年上面另派了一位在教育界、文化界名不见经传的党员来做校长，将全建先生降为副职，直到1978年10月，才又重新任命他为正校长。但作为无党派民主人士的代表人物，他却有过许多荣誉职务。他不但担任过县政协副主席、县人民代表大会副主任和副县长，而且还曾经被推选为省人大代表和全国人大代表。

但后来，全建先生终于加入了中国共产党。对于他的入党事，我没有直接问过他，但听到过不同的说法：一种说法是，在全国人大和全国政协开会期间，两会要成立临时党组织，开幕前要开一次人大代表和政协委员中的党员大会，全建先生作为非党员，回来之后就提出了入党要求。他入党的要求很快就得到了批准，但下一届的全国人大代表就不是他了，因为他这个代表名额，是专给无党派人士的，他既然入党了，就失去了这方面的代表资格；另一种说法，他是在上面要他做台州师专校长时提出入党要求的,因为大专院校是党委领导下的校长负责制,一个非党员校长,没有资格参加党委会,但又要贯彻党委意图,这很困难,为了做好师专校长这份工作,他提出入党要求。但无论出于何种动因,有一点可以得出来,即全建先生的入党,是为了工作的需要。

在邵校长逝世之后,我曾去看望师母。闲谈之间,我忽发感慨道:"邵校长做了一辈子校长,但经常不能按自己的想法去办校。他很有艺术才华,如果不做校长,一定会是一个有成就的作家。"师母不以为然道:"要是去做作家,弄不好就是个'右派'分子,还是安生一点好。"这话说得也有道理。而且,即使做一个作家,如果不能发挥自己的创作个性,也未必能写得出好作品来。

朱洗与琳山农校

20世纪40年代，琳山农校在台州一带很有些名气。它之所以出名，并非因为有什么漂亮的大楼——它只是在临海西乡一座小山上搭建了几座房子作为教室；也没有多少名师授业——虽然翻译家毕修勺、许天虹，散文家陆蠡，教育家陆翰文等人都来上过课，但平时传道授业的，还是一般的教师。这所学校之所以出名，是由于一种全新的教育模式：一边学习，一边劳动，走一条体脑结合的学习之路。

琳山农校的创办者，也不是什么财主或乡绅，而是一位本地普通人家出身的留洋生物学家朱洗。

朱洗家中仅有十来亩田地和一爿小药店，这样的家庭虽说没有衣食之忧，但要培养子弟读中学已属不易，上大学或留洋，则根本不可能。朱洗之所以能够留洋，是因为机缘巧合。时值五四运动影响全国，朱洗因响应运动，参加罢课，而被台州六中开除，正在苦闷彷徨之时，忽然从报纸上看到李石曾等人发起赴法勤工俭学的消息，于是他就报名参加，这才有了留洋的机会。

为了积攒赴法旅费，他在商务印书馆当了一年的排字工人。到了法国之后，他又花了五年时间打工，才积起上大学的学费。

朱洗与琳山农校

朱洗像

上了一年学,钱袋已空,他本要休学再去打工,导师巴德荣教授知道后,为他谋得一个生物实验研究助理的职务,使他得以一面工作一面继续学习,终于获得法国国家博士学位。

尽管是留洋博士,回国以后可以跻身于上流社会,但朱洗始终没有忘却养育他成长的农村百姓。他回乡看到农民依然是那样愚昧、落后,决心从办学入手,进行启蒙工作:"开通民智,洗刷愚昧,培养人才,建设家乡。"但朱洗既无钱财,又无权力,只能从自己的工资和稿费中挤出钱来,说服本族父老,将祠堂的房屋用来办学。在他回国(1932年)的第二年,就在家乡店前村办起了店前小学和夜校,他自任校长,并亲自给小学生上课。那时,他在广州中山大学任教,不能在家乡久留,就请三弟玉成代理校务,但经济上,一直是他在支撑着。那时,他与同事张作人教授合作编译了一部三卷本教材《动物学》,为许多学校所采用,接着他又写了一本科普读物《科学的生老病死观》,也很畅销。这两本书的稿费,也都用来办学了。

朱洗是一位勤奋的作者。除了专业学术著作之外,还写了许多科普读物。他在文化生活出版社就出过一套七本《现代生物学丛书》,计有:《蛋生人与人生蛋》《我们的祖先》《重男轻女》《雌雄之变》《知识的来源》《维他命与人类之健康》《霍尔蒙与人类之生存》。当时的版税比现在要高,而物价则较低,所以还经得起用。叶圣陶以半本书(此书系与别人合写)的版税,就在苏州盖了一幢房子,此房至今仍为《苏州杂志》所用;但比起别的行业来,稿费和版税毕竟有限。我看到一篇回忆文章中说,有一次朱洗和他的老朋友京剧名旦程砚秋一起到饭馆吃饭,两人争着要付钱,朱洗说,我有稿费,应该由我来付,程砚秋笑着说,你这点稿费算得了什么,我的包银比你多得多,还是应该由我来付。朱洗只好承认这是事实,无可奈何地笑着作罢。但是,就是这么点为数不多的稿费和版税,他却派上了大用场,从初级小学办到高级小学,并在附近的琳山上办起了初级农业职业学校和附属中学,形成一个教育系列。

琳山本是店前、西洋庄、下洋庄、前塘四个村子里朱氏共有的族山,在朱洗的推动下,族人同意划归学校所有。朱洗就将山上的庙宇改为校舍,并且建造了南北两座楼房,作为教室和宿舍。

尽管有了校舍,但琳山农校的开办,还是很艰难曲折。学校原定在 1938 年秋季开始招生，但浙江省教育厅不予立案，招了一届就不能续招。这一届读了三年半，只好停办。直到 1944 年秋天得到批准立案，这才于 1945 年春天开始正式招生。而农校附设的初中部，也是几经曲折：始则拟用中法大学附中的名义招生，没有得到批准；继而又用建成中学分部的名义招生，未能持续；直到 1948 年秋天才得到省教育厅批准立案，正式招生。可见在当时的中国，要为国为民做点好事，实在不易。但朱洗却有一股不屈不挠的精神，他认定了要走的路，决不回头，无论有怎样的艰难险阻，都要走下去。

朱洗办学，有明确的目的："就是要为劳苦大众子女创造读书求学的条件和机会"，"我们的学生不是少爷小姐，读书不是为升官发财，首先要懂得做人的道理，要为建设人类家庭服务"。琳山农校的特点，则是半工半读、体脑结合。这与朱洗本人的学习经历有关。朱洗是从勤工俭学中奋斗出来的，他深知这条道路的艰辛，同时也体会到它所能给予学子的锻炼。农校的办校方针，从朱洗所写的《琳山学校校歌》中，大体可以看出："我来琳山，且工且读。心手并劳，革除陋习。我爱琳山，山青水绿。风景佳胜，天然书屋。愿我同仁，克俭克勤。愿我同学，相爱相亲。琳山我校，如日之升。努力建设，人类家庭。"朱洗还亲自设计了以"心""手""工"三字组成的校徽，意谓"心手同工"，挂在校门正中。正是这种"且工且读，心手并劳"的办学路子，吸引了临海以及附近的仙居、天台、三门、宁海各县许多贫穷学子蜂拥而至。到 1947 年，琳山系列学校已有十八个班级，五百多名学生，其中农校已有六个班级，一百五十余名学生。经过多年的努力,他们把一座坟茔层叠、荆棘丛生的荒山野岭改造成一个综合性的果园、农场,并建立了教室、宿舍、图书馆和标本室,成为风景佳胜的天然书屋。那时,琳山学校与临海的另一所名校回浦中学各办出了自己的特色,人称"回浦重数学,琳山重劳作",即此之谓也。

朱洗的专业研究方向是受精卵的成熟和单性生殖问题,这需要花费他全部的时间和精力。他曾经说过:"搞科学工作需要人的全部生命,八小时工作制是行不通的。"所以,周末舞会、音乐会之类,他从不参加,因为舍不得为此而花费时间,但为什么却又肯花那么多时间去写科普读物和兴办学校呢?这与他的思想信仰有关。

20世纪初期的法国,是政治思想非常活跃的地方,留法学生无不受到影响。影响最大的是两种思想:一种是共产主义思

琳山农校校徽

想，接受这种思想影响的，有周恩来、陈毅、邓小平等人，回国后都成为中国共产党的骨干力量；另一种是无政府主义思想，接受这种思想影响的，有毕修勺、朱洗、巴金等人，他们回国后主要从事自己的专业工作：科学研究、文学创作和各类作品的翻译，同时也通过各种途径来宣传和践行无政府主义思想。文化教育就是他们从事启蒙工作的重要手段。吴稚晖有一篇题为《无政府主义以教育为革命说》的文章，宣扬的就是这个主张。

正因为他们将文化教育作为推行主义的革命工作来做，所以他们不惜为此付出宝贵的时间和精力。朱洗参加吴朗西、巴金创办的文化生活出版社工作——一度还曾担任董事长，他自己又在故乡临海店前创办包括琳山农校在内的系列学校，都应看作践行无政府主义的革命活动。其实，《琳山学校校歌》中所说的"愿我同学，相亲相爱"，"努力建设，人类家庭"，"办学目的"中所说"要为建设人类家庭服务"，也就体现了无政府主义思想。

无政府主义思想在我国的传播，比共产主义思想还要早些。1906年，李石曾、吴稚晖、褚民谊等人就在法国巴黎创办了《新世纪》周刊；1907年，刘师培、何震夫妇又在日本东京创办了《天义报》，都是以提倡无政府主义为己任的。而赴法勤工俭学的活动，本身就是无政府主义者李石曾、吴稚晖等人发起的，参与其事的蔡元培，也具有无政府主义思想。所以，留法勤工俭学的学生中，有很多人接受了无政府主义思想影响，也是必然之事。

无政府主义本来就是社会主义思潮的一个派别,早期的无政府主义代表人物,有些原是共产国际(第一国际)的成员,因而,传入我国之后,人们一时也还难以将两者做出截然的区别,连后来的共产党领袖毛泽东,当初也受到无政府主义思潮的影响。无政府主义的组织和刊物,更是遍地开花。

无政府主义强调互助、和谐,反对强权统治。体现无政府主义理论的代表性著作,是克鲁泡特金的《互助论》。

《互助论》是一部阐述性的著作,也是一部论辩性的著作。它的论辩对象,主要是达尔文的进化论。达尔文在《物种起源》里将动物世界的进化原则归结为生存竞争,社会达尔文主义者,更将这一原则推演到人类社会,为弱肉强食的社会现象提供理

《互助论》书影

论根据。而克鲁泡特金的《互助论》则将动物世界的进化原则归结为互助合作，认为在动物界中绝大多数的物种是过群居生活的，它们的联合就是它们在生存竞争中的最好武器，它们的斗争一般是存在于物种与物种之间，而在物种的内部，则是互相帮助，这样才能生存下来。克氏同样以互助的原则来解释人类社会，他将蒙昧社会的氏族、部落和后来的行会、村社，都看作人类互助合作的表现。

达尔文的进化论在中国产生过巨大的影响。严复的《天演论》，就是根据社会达尔文主义者赫胥黎的《进化论与伦理学及其他》一书的前两篇译述的。但是译者并不忠实于原著，常有针对中国当时的境况而借题发挥之处，所以他自称"达恉"，而不称"翻译"，是很有自知之明的。《天演论》在晚清时期之所以能产生那样巨大的影响，并不因为它所阐述的理论本身的正确性，而在于它在列强欺凌的亡国灭种的险境中，刺激起了国人的救亡图存的意志。所以"物竞天择""生存竞争""弱肉强食""适者生存"就成为社会上的流行语言。鲁迅以进化论作为自己世界观的基础，胡适将自己改名为适，字适之，都是受《天演论》影响的结果。

《互助论》在中国也有很大的影响。早期无政府主义者刘师培、褚民谊都推崇过《互助论》，后来的无政府主义刊物《自由录》《进化》《劳动》《民钟》等多有评介。片段的翻译和全书的翻译，陆续不断。李石曾就在《东方杂志》上刊载过《互助论》前四章的译文，《北京大学学生周刊》上也登载过《互助论》的部分译文。1921年，商务印书馆出版了周佛海的《互助论》译本，1930年又出版了他的新译本，收在《万有文库》第一辑中，但这两个译本都是根据普及本翻译的，而且略去了附录和一些注脚，因而并不完全；1939年重庆文化生活出版社出版的朱洗译本，则是《互助论》的全译本，而且因译者本身是生物学家，有这方面的专门知识，他还为该书增写了一章《中国人的互助》，以补原著缺乏中国资料之憾。

《互助论》原是克鲁泡特金在1890年至1896年陆续在英国《十九世纪》杂志上发表的专题文章，1902年就已汇集成单行本出版，但并不风行。直到1914年印制了普及廉价版，这才广泛地引起人们的注意。为什么这本书要到十二年后才风行起来呢？这同样是有一定的社会背景。盖因1914年第一次世界大战爆发，列强争夺的局面，使人感到了互助的重要。而巴黎和会中国外交的失败，更使中国的知识分子感到"弱肉强食"理论的危险，转而关注互助的学说。1918年11月15日，蔡元培在北京天安门举行的庆祝协约国胜利大会上发表了题为《黑暗与光明的消长》的演说，从协约国的胜利中，总结了四点经验教训，第一点说的就是"黑暗的强权论消灭，光明的互助论发展"。他说："从陆谟克、达尔文等发明生物进化论后，就演出两种主义，一是说生物的进化，全恃互竞，弱的竞不过，就被淘汰了，凡是存的，都是强的。所以世界止有强权，没有公理。一是说生物的进化，全恃互助，无论怎样强，要是孤立了，没有不失败的。但看地底发见的大鸟大兽的骨，他们生存时何尝不强，但久已灭种了。无论怎么弱，要是合群互助，没有不能支持的。但看蜂蚁，也算比较的弱极了，现在全世界都有这两种动物。可见生物进化，恃互助，不恃强权。此次大战，德国是强权论代表。协商国，互助协商，抵抗德国，是互助论的代表。德国失败了。协商国胜利了。此后人人都信仰互助论，排斥强权论了。"此外，陈独秀、李大钊等人也都有肯定互助论的言论。从这里，我们也可以看出朱洗翻译《互助论》的时代意义。

朱洗在翻译《互助论》的基础上，又着手撰写自己的科学著作《生物的进化》。这本书原是世界书局准备出版世界百科全书的约稿。但当朱洗在1942年将书稿写成时，却因太平洋战争爆发，上海孤岛陷落，书局的出版计划搁浅，朱洗的书稿也只好束之高阁。这一搁就是十多年，直到1956年在"百花齐放，百家争鸣"文化方针的推动下，中国科学出版社前来约稿，朱洗才将此书增补完成，予以出版。

《生物的进化》一书，详细地介绍了中外进化思想的渊源，梳理了生物进化的事实，并分析了各家对于进化原因的论述，是一部科学性很强的著作。当然，在介绍和叙述之中，必然会渗透着作者自己的观点。朱洗是《互助论》的译者，相信克鲁泡特金的互助进化观点，难免会在分析中有所流露，特别是在全书的结末部分，有相对集中的表述。他反对达尔文关于弱肉强食的生存竞争理论，认为同种相残是退化灭种的因素。他反对帝国主义的疯狂掠夺，而认为现代文明是由和平、互助和创造诸要素所铸造成的，希望大小战争都能绝迹于人世。

对于生物进化有不同见解，原是百家争鸣应有之义。但"双百"方针原是为贯彻当时一定政治路线的需要而提出的，朱洗的和平互助观点却触犯了当时的理论。1960年2月，上海有一位中学生物教师，就从朱洗的《生物的进化》中闻出了异味，写文章加以批判。而且，还说朱洗偏爱西方学说，"没有用专章介绍苏联的米丘林学说，在参考资料目中没有属于社会主义阵营的著作"。这样，就把朱洗推到无产阶级敌人那边去了。

《生物的进化》书影

其实，这位中学教师的文章中，有些说法早就落后于形势了。比如，提倡米丘林学说，批判西方学派，这是解放初期"一边倒"时的做法，1956年毛泽东提出"双百"方针之后，中宣部马上在文科组织了一次美学讨论，在理科组织了一次遗传学会议，作为样板，以示贯彻执行。因为在苏共二十大之后，由斯大林用政治手段所扶植起来的李森科受到了批判，李森科所鼓吹的米丘林学派也失却了独尊的地位,所以在青岛遗传学会议上,摩尔根学派又得到了相应的尊重。大概这时与苏共的论战才刚刚开始,作为一个中学教师,还未充分意识到国际形势的变化,所以仍用老观念来批判别人。

按当时的惯例,凡是社会上有人提出批判,本单位必须有所反应。朱洗任职的生物研究所属于中国科学院,好在主管其事的中共中央宣传部科学处干部李佩珊和中科院秘书长杜润生都比较通达,他们认为朱洗是一位认真负责的科学家,不是有意进行恶毒攻击,《生物的进化》是一部有价值的科学著作,错误只是局部的、次要的。于是将这意见向主管自然科学研究工作的聂荣臻元帅请示,而聂荣臻也比较开明,对下属并不苛求,而且肩膀也比较宽厚,能够扛得住压力,他让朱洗写一份检讨书,也就过关了。

其实,朱洗的和平进化观点未必全错,而过分强调阶级斗争的观点也未必完全正确。君不见不断斗争、无限斗争的结果,给社会带来多少伤害?这就是后来要提倡和谐社会的原因。当然,在阶级社会里,既然有阶级利益的对立,也不可能没有斗争,但如果只有斗争,而没有互助合作,恐怕也就不成其为统一的社会。还是当年陈独秀说得好:《互助》不独为克氏生平杰作,与达尔文之书同为人类不刊之典。达氏书言万物由竞争而进,不适者自处于天然淘汰(Natural Selection)之境。克氏书言人类进步,由于互助,不由于竞争,号为与达氏异趣。鄙意以为人类之进步,竞争与互助,二者不可缺一,犹车之两轮,鸟之双翼,其目的仍不外自我之生存与进步,特其间境地有差别,界限有广狭耳。克、达二氏各见真理之一面,合二氏之书,始足说明万物始终进化之理。"(《答李平敬〈学习法文〉》)而巴金在为朱洗翻译的《互助论》一书所写的"前记"里,则说:"克鲁泡特金的《互助论》应该说是《人类由来》的续编。据说赫胥黎看见克鲁泡特金在《互助论》中所提供的证据,后来便改变了他的见解。"

这一次批判,因为不是上面有意发动,而且还有人保护,所以朱洗还能侥幸过关。朱洗逝世于1962年,本应可以免于1966年开始的"文革"之灾,但他仍被扣上了"资产阶级反动学术权威""漏网右派""无政府主义者"三顶大帽子,在他坟头

朱洗铜像

开现场批判会。

朱洗是一个不可多得的人才。他在胚胎学的研究上,有卓越的成就;在蓖麻蚕饲养和家鱼人工繁殖方面,为农渔业开拓了新路;他还勤奋地写了许多学术著作和科普读物,并用自己的稿费和工资在家乡办了系列学校,这都是一些利国利民之事。

"文革"结束之后,朱洗得到平反,恢复了名誉。不但重新造墓立碑,而且还在他生前所工作的研究所里,树立铜像,以资纪念。

周文达与台州医院

临海近海,得地缘之便,接受西洋文化较早。还在清朝光绪年间,就有传教士开设了西式医院,初名恩泽医局,不久改名为恩泽医院,后来出售给私人医生,仍袭旧名,但老百姓却用其所在地地名和主人姓氏相称,叫作望天台陈家医院。到得民国之后,西医医院和诊所就更多了。除了恩泽之外,比较出名的还有两家,老百姓也是以其所在地和主人姓氏相称:旧仓头的汤家医院和东湖边的邵家医院。但因为都是私营的,受到资金的限制,规模较小,设备较差,医生也不多——恩泽是父子配,汤家是兄弟行,邵家则是夫妻档。

临海之有公立的大医院,始于台州医院的建立。

台州医院筹建于1946年。那时抗日战争刚胜利不久,美国运来许多援华物资,其中有一套医疗设备,可装备一家一百张床位的医院,在京工作的各路官员都在为自己的家乡争取,最终为临海籍官员所得,准备建立台州公立医院。

当时,全套的医疗设备甚为难得,所以地方官员也很重视。台州专署专员罗浩忠出任台州公立医院筹备委员会主任,临海县县长庄强华为副主任,并请辛亥革命时期的元老屈映光为名誉主任,以资号召。经费则由台州所属临海、黄岩、温岭、天台、仙居、三门、盘安七个县共同负担。后来经费不足,还请省政府动用赋谷,每月拨谷四十五石。

但对于一家医院来说,地方官员的支持,只能解决经费和院房的问题,要真正运作起来,还需懂行的医务人员来主持内部事务。这一点,主事者深有所知。他请出他的堂兄周文达任筹委会副主任,主持技术筹备工作,并做台州医院院长。

周文达是日本留学生,他又给自己取了个名字,叫作煦华,是谓学成报国,温煦中华之意。他在1911年进东京九州帝国大学医科学习,历九年毕业,又留校专研内科两年,共留学十一年,于1922年回国。先在上海开业行医,并任大夏、南洋、东南三所大学医学院教授。1927年在国民政府任内政部卫生司第三科科长,后卫生司改为卫生部,周文达任该部医政司技正。1936年,由美国罗氏基金会提供经费,赴美、英、法、德、瑞士等八国考察卫生行政,对医院的组建和运作问题深有研究。主事者请周文达来主持台州医院工作,正是找对了人。

至于周文达本人,原来并没有回乡做院长之意。抗战时期,周文达没有跟随国民政府西迁重庆,而回到浙江担任省卫生处技正,并兼任英士大学和省立医药专科学校(即后来的浙江医科大学,现在的浙江大学医学院)教授。杭州沦陷后,他随着医专搬迁,辗转跋涉于永嘉、临海、天台、缙云一带,直到抗战胜利,才随校复员杭州。杭州风景佳丽,是一个宜居城市,而且大医院也多,周文达在这里工作,英雄有用武之地,连卫生署(原卫生部改制)想派他到台湾去担任卫生"接收大员",他都不曾动心。现在要他回乡组建台州医院,他也缺乏思想准

周文达像

备。但几经劝说，几经犹豫，终于答应了。这固然也有私人情谊难却的成分，而促使他接受此职的更大因素，大概是老一辈人服务桑梓、建设家乡之意。

但组建一家大型医院，却并非一件容易之事。从院址的选择、房屋的修整扩建，到医护人员的配备、医疗器材的领取和搬运，事事需要亲为。这里举一个小例子：在医疗设备中，有一台 X 光机，是另一个官员捐赠的，需要到无锡去搬运，这种器材在当时是非常珍贵的东西，就是在大城市的医院里也属稀罕之物，而其主件发射管则极易破碎。当时从无锡到上海有火车可通，从上海到临海也有轮船可达，而且都可托运物件，但装卸却极不规范，万一管体有所损坏，国内无处可以修配，机器就要报废，周文达只好将它抱在胸前，一路抱回临海，其辛苦状况可以想见。

对一家医院来说，医疗设备固然必不可少，而医生则更为重要。如果没有好的医生，最佳的设备也只是一堆废物。当时的医生大都个体挂牌，台州的一些医院也是私人开设，不是50年代集体化、国营化之后可以通过组织部门来调配，而是需要协商、礼聘。凭周文达在医务界的资历和人际关系，终于聘请到一些有名的医生。比如，王吉人医师原是杭州同仁外科医院院长，曾同时身兼省立医专、省立高医和英士大学医学院三所医校的校长，也被聘请到台州医院来了。周文达自兼内科主任，请王吉人任外科主任，把架子撑了起来。到1947年6月1日，台州医院就开诊了。

台州医院的建立，为台州的老百姓造福不浅，开业之后，门庭若市，周文达也就成为台州的名人。不过台州人都叫他周煦华医生，含有尊敬、亲切之意，文达这个名字倒不大叫。

陈宏阁：从印刷工人到造币专家

以前，临海人有闯上海的风气。闯荡者大致有两种情况：有些是在当地无法立足，需要远避他乡；有些则是到上海去寻求发展机会。因临海虽为鱼米之乡，但毕竟是小地方，发展余地并不是很大，于是，上海这个十里洋场，便成为临海人的寻金之地。何况，上海市离临海并不太远，从附近的宁波港乘海轮一夜即可到达，后来本县海门镇也有直达上海的轮船，那就更加方便了。我记得，小时候曾随母亲到一个亲戚家去吃喜酒，有一位小学校长喝醉了酒，疯疯癫癫地表演十六铺码头黄包车夫拉客的情状，表明他很熟悉上海的市面，十分得意。这也可见那时临海人对于上海的向往。

上海开埠以后成为一个移民城市，不但吸引了许多外国冒险家，而且国内各地的资金和人才也纷纷向这里汇集。江浙两省得地缘之便，流入最多。早期的海派文人，多来自苏州、常州一带，服务行业中又有扬州人"三把刀"之说，即厨刀、理发刀和修脚刀；浙江移民则各色人等都有，上自金融家、企业家、文人和学士，下至贩夫走卒和产业工人。各人的身份和地位大不相同，但也时在变动之中。

陈宏阁，就是从浙江临海到上海闯世界的移民，他从印刷

陈宏阁：从印刷工人到造币专家

工人起步，一直做到全国有名的造币专家。

不过，陈宏阁不是独身到上海来闯荡，而是跟着父亲来的。他父亲陈凯臣来自临海、天台交界处的一个小村庄，后来中了武举，到台州府衙做千总，管辖地方武装。辛亥革命之后，他这个五品顶戴的武官做不成了，而且与新政权处于对立状态，日子很不好过，只好带着老婆儿女，举家迁移上海，算是避地而居。但上海居也不易，陈凯臣所习的武功派不上用场，而且，他已年过花甲，也不可能从头学艺，只能在家做寓公。但正如俗语所说：坐吃山空，何况他又并无太多的积蓄。这样，就只有靠子女谋生了。他把长女嫁给了浙江慈溪一家富户，收得一笔聘金接济家用；又将次女送到浦东英美烟草公司做工，取得些许糊口之资；儿子陈宏阁则到中华书局印刷厂去当学徒。

上海虽然做工的机会很多，但是寻找工作的人更多，进厂总要有一定的关系才行。恰好，陈宏阁的姨父住在哈同花园附近的民厚南里，周围是中华书局的宿舍，所以他与书局的一些印刷工人很熟悉。那时，中华书局刚从商务印书馆分化出来不久，他们抓住了改朝换代的时机，迅速编印出适合民国所用的新式教科书，抢占了市场，业务正在蒸蒸日上之时，印刷厂急需扩充。这样，姨父就较为顺利地托人将陈宏阁介绍进中华书局印刷厂做学徒，时在1913年，陈宏阁只有十三岁。

陈宏阁在中华书局印刷厂吃了三年萝卜干饭，学徒期满后又工作了四年，主要是管理凸版印刷机，他在技术上正开始站住了脚，中华书局却因营业不振而开始裁员了，陈宏阁也在被裁之列。一下子失却饭碗，使他有点恐慌，因为他年纪虽小，家累却甚重。好在他技术学得不错,而市场上也仍需印刷人才,所以马上有人介绍他到浦东英美烟草公司做平版印刷工作。在那里做了四年,又转入商务印书馆搞印刷机的开发工作,时在1924年。

商务印书馆虽然是一个稳健的出版机构,但在20世纪20年代,却是政治思想非常活跃的地方。青年编辑沈雁冰是中共中央的联络员,各地党组织向中央的报告,中央向各基层组织的指示,都利用商务印书馆收发邮件之便,经由沈雁冰来中转;印刷工人中也不乏社会运动的积极分子,日后成为中共中央副主席的陈云,他的革命工作就是从这里起步的。青年工人陈宏阁处身于这样的环境之中,当然不会无动于衷。但是,他只是同情,只是拥护,却没有参与。后来,他的儿子问他:"大革命时期您的师兄弟都参加了革命,您为何驻足不前?"他回答道:"我是家中的独子,妻子早亡(指前妻),留下三个孩子,上有三老(父、母和岳母),下有三小,还有未出嫁的姐妹,生活全靠我一人支撑。我虽然没有参加革命,但是对于共产党的主张,我是拥护的,也是运动的亲历者。"这话说得很实在。其实,搞好技术工作,也是对国家对社会的一份贡献,原不必大家都要卷入政治斗争的。何况,陈宏阁一向对机器制造工作情有独钟,他的精神就附着在机器上面。

陈宏阁的学历不高,只在八岁时进私塾读了四年书,到上海后就因家贫而无力上学了,只好去做学徒。但他钻研精神很强,随时利用工作机会来补充自己。开始时在中华书局印刷厂印书报杂志,多有学习的机会,后来到英美烟草公司管理平版

陈宏阁：从印刷工人到造币专家

陈宏阁像

印刷机，他就利用早晚和星期日时间，不断研究装配及结构原理。他没有学过机械制图，看不懂图样，很苦恼。恰巧有个邻居杨祝凡，是同济大学机械系学生，可以就近请教，陈宏阁终于学会了看图和制图的方法。他买了一些制图仪器，学习制图，并在业余时间自己设计了一种三色接纹印刷机。他到商务印书馆，就是去制造这种机器的。

但在人际关系复杂的社会里，要专心一意地搞技术工作也很不容易。陈宏阁在商务印书馆工作了两年，他的发明却遭到别人的妒忌，而且原来说好的工资也被克扣，他与经理吵了一架，就离开商务。但自己设计的三色接纹印刷机制造成功，却使他很高兴。这个发明，在一根线上将三种颜色接上，自然吻合，解决了印制票证技术上的难题，也证明了他的设计能力，为他的工作打开了一片新天地。

1927年3月开始，他进入沪江机器厂设计胶印机，直到1929年9月该厂关闭。这之后，他就在家里承包设计多种印刷机，以所得报酬积累了一些资金，于1933年8月，购买了一部小车床，开办了一家弄堂工厂，叫作"陈宏记机器制造厂"。当时上海这种弄堂工厂很多，一般都是租用石库门房子的底层客堂间，放一两部机器，雇几个工人，就承接订货了。经营得好的，慢慢发展起来，经营不好的，很快就倒闭了。这就是市场上的竞争吧！

陈宏记机器制造厂由于产品质量好，业务蒸蒸日上，很快就发展起来。而且由于建立了信誉，许多有识见的老板、专家都愿意与陈宏阁相交、合作，这对他以后的工作大有好处。

那时，陈宏阁交了一个重要朋友，叫柳溥庆。他与陈宏阁同年，但阅历却比陈宏阁更丰富。他十二岁开始，就在商务印书馆做铸字童工，在那里工作了十二年，对浇字、排字、照相制版和印书都有丰富的经验。1921年参加中国社会主义青年团，1924年经毛泽东介绍，赴法勤工俭学，与周恩来、邓小平、李富春等人在一起从事革命活动。1926年加入法国共产党，后转入中共，到莫斯科学习。1930年，因反对王明，被打成"江浙派"成员而受到整肃。柳溥庆被开除党籍，在苏联劳动改造了一段时期，然后遣送回国。但他无论在国外留学期间，还是被遣送回国之后，都未能忘情于印刷事业。柳溥庆在巴黎时，担任法国共产党海外部中国组宣传委员兼国民党左派驻法国总支部代主席,负责《国民周刊》的编辑和出版工作。那时,法国没有华文铅字,华文刊物无法通过排版用机器来印刷,只能用石印,那是先要将版面缮写在特种纸张上,再翻印在石板上开印,很费时费力,如果版面多,就要用很多块石板,非常笨重,而且印数也很有限,所以他就想发明一种照相排字的方法来解决华文印刷的问题,可以又快又方便。但当时他革命工作正忙,没有太多的时间来设计这种机器。1931年回到上海之后,他重新拾起这个思路,花了一年时间,设计了一个"华文照相排字机"草图。但要将草图变成机器,却需要相当的资金。柳溥庆只好将草图放在抽屉里,慢慢从工资里扣下钱来积累资金。积累了三年,到1935年,积了三千元钱,他的弟弟柳培庆表示愿意资助一些,这样他们就准备找一家可靠的工厂来合作制造。刚好,柳培庆与陈宏阁相识,他就带着柳溥庆来找陈宏阁。陈宏阁本来就是一个设计迷、制造迷,一看草图,一听设想,当然很感兴趣,两人一拍即合。他们一起边做边改,边改边做,做了九个月,到1935年9月,终于制成了一架华文照相排字机。这个发明很重要,实际上是印刷行业的一场重要的技术革命。它的价值,从《中国印刷》杂志1936年第一期《国人发明华文照相排字机》的报道中,大致可以看得出来。该报道说:

> 近有国人柳溥庆陈宏阁君,费数年之心血,应用照相原理设计制造排字机,其构造极为精巧,所占地位仅一小间,即能排印各种大小字号之文字,且备有隶体字及其他美术体之字模,可以排印各种书籍杂志。该机现已制成,

正向实业部申请专利。此种新发明，对于中国文字印刷，将发生极大影响，因此此机既能减少工厂地位，又可省去很多附属设备，如铜模浇字机，打纸版浇铅板机等，且能增长不少新式字体，对于中国文字印刷之形式上，加增不少异彩，故"照相排字机"对于中国文字印刷之前途，将起甚大之改革。该机现已完成，兹闻正向实业部呈请专利，不日将柬邀各界参观此发明之照相排字机云。

看来，这项发明的意义，当在毕昇发明的活字印刷和王选团队创造的电脑激光照排技术之间。

除了这家专业杂志有所报道外，当时最有影响的民间报纸《申报》也作过报道。但此后，就无声无息了。既没有申请到专利，也没有得到推广应用。这说明上下两头对于此类创造发明都不重视。

实业部不批准专利，或者是他们没有识见，看不到这项发明的价值，或者是由于缺乏有力者的推荐，他们根本就看不起民间的技术力量，或者还有其他原因，现在已很难推测。而印刷行业之不肯采用，柳溥庆的女儿柳伦在缅怀陈宏阁的文章中有很好的分析。她认为有三方面的原因：一是"通常考虑，更新设备需要许多资金，需要培训新的技术员工，还要承担风险。此前无人见过使用照排机获得成功的实例，也计算不出采用新技术能带来的利益。谁愿意带头冒险"。二是"采用新技术会造成大量排字工人失业，还会使某些有关行业减产或停产，这损失如何计算？谁来承担"。三是"印刷市场萧条，当时书刊报纸发行量很少。换了新设备，又不可能多接活，可能连设备成本都赚不回，谁愿意做赔本买卖"。可见，科学技术的发展，需要有相应社会机制的支持，而新发明的应用，还要与整个社会结构相适应。在落后的社会组织里，新技术的推广的确很不容易。这架比日本同类发明早三年问世的华文照相排字机，只好空置在那里，而让日本产品去占领市场。

这架机器体积并不太大，与单人沙发相仿，但放在狭小的家里还是太占地方。后来终于拆成零部件，装进两只大麻袋放在楼梯下面，房屋易主之后，大概是被新主人当作废铁处理掉了。这项重大发明的被闲置，对两位当事人当然是个打击，但并没有消泯他们的创造积极性。他们接着又根据德国的样品，仿造了影写版凹印机，供柳溥庆的华东平版印刷公司使用。可惜，这时全面抗日战争爆发了，市场萧条，商品已极少再用彩

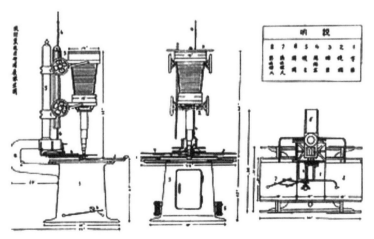

陈宏阁、柳溥庆研制的照相排字机图纸设计图

色印刷包装，多数是用白纸、牛皮纸或者旧报纸简单包装一下，甚至根本没有包装，这架能印钱钞的高级影写版凹印机，也就英雄无用武之地。直到1949年以后，柳溥庆为了还债，将这架机器卖给另一家印刷厂，这才让它发挥了作用。

全面抗日战争爆发之前，是中国民族工业发展得最好的年代，也是陈宏阁业务发展得最好的时期。他后来在自传里说，他的工厂"起初规模极小，只不过是进行修理"，后来"承包制造印刷机，经自己设计图样后借其他机器厂加工。这样连年积累资金，陆续添置车床，以后接洽承包制造雕刻缩小机、照相铜锌板钻床，自动凹凸轧花机、轮转机、印花马口铁机、橡皮印刷机等。"与他联系的印刷公司也多，1937年4月到5月，上海生生美术印刷公司经理孙雪泥还邀请他同赴日本东京和大阪参观制造印刷机的机器厂，回国后陈宏阁即替生生公司设计了一台中岛式印铁皮机。

但不久，就发生了七七卢沟桥事变和八一三淞沪战争，伟大的全面抗日战争开始了。日本人不但侵占了中国大片土地，而且也破坏了中国民族工业，许多工厂都无法生存下去。陈宏阁的工厂设在租界，当时英、美、法诸国尚未与日本开战，日军暂时还不能占领租界，所以这一小块孤悬在日占区中间的"孤岛"，还能苟延残喘一段时期，但到1941年底太平洋战争打响，"孤岛"也失陷了，陈宏记机器制造厂就难以维持下去。陈宏阁不愿意在日本人统治下生活，特别是日本占领军要他出任甲长，他更是不愿接受，于是就带了部分家属逃回老家临海去了。临海不是沦陷区，而且他父母早已回乡，在临海城里安顿下来，他总算还有家可归。但那时物价飞涨，捐税繁多，陈宏阁回乡两年多就把积蓄都用完了，再遇上逃难时财物被抢，更是雪上加霜。好在天无绝人之路，那时宁波高级工业学校迁到临海，校长沈伦之聘请陈宏阁去做机械试验工坊技术员，还有工资可拿。直到抗战胜利后该校迁回宁波，陈宏阁还到宁波去工作了一个学期。

抗战胜利后，上海的工商业也开始复苏，很需要技术人才。生生美术印刷公司经理孙雪泥等人正在寻找陈宏阁，陈宏阁就回到了上海。他先在生生公司负责全部印刷机的运转，后来又转到柳溥庆的华东照相印刷制版公司工作。柳溥庆其实早就重新为共产党工作了，他的华东公司就是为新四军服务的，陈宏阁也就间接与共产党有了关系。不过，陈宏阁仍然没有参加政治活动，主要还是给予技术上的支持。比如，在"孤岛"时期，他曾到苏北为边区的抗币印制解决印刷机的技术问题；1948年，又到香港为永发印务公司修理进口印刷机，这家公司，也是为共产党印东西的，它印过许多红色宣传品，印过朱德、毛泽东的画像，还印过"广州纪念邮票"和"南方人民银行钞票"。

因为有这样的历史渊源，所以1949年以后，陈宏阁继续受到重用，而且进入了最秘密、最高端的印刷行当：制造人民币的印钞业。

1949年是个大变革年代。在共产党部队进军上海前夕，市面上难免人心浮动。何去何从，各人都在寻找自己的出路。陈宏阁买了一架碾米机运回临海，显然是准备回老家去开轧米厂谋生。但他运走了机器之后，又回到了上海，大概还要观察一下动静,而且他在建华机器厂研制三色平版胶印机进入收尾阶段,也不能放弃。这在当时是一种先进的印刷机,可用来印制地图和有价证券。这时,柳溥庆从香港回到了上海,陈宏阁到他家里一看,只见他们几个师兄弟都换上了军装,准备接管一些重要印刷厂。柳溥庆听说陈宏阁研制三色胶印机即将完成,非常高兴,认为可以向新中国献礼。这样,陈宏阁也就不必回乡去开轧米厂了。经柳溥庆介绍,他进入上海人民机器厂工作。这是一家造币工厂,后来改名为上海印钞厂。

解放初期,陈宏阁虽然进入造币行列,但是并未得到重用。因为这时正是中苏友好时期,一切都向苏联学习,一切都要依靠苏联,连人民币也要在莫斯科和列宁格勒印制。这等于是将金融命脉交到别人手里,是非常危险的。而那些政治工作人员却并不自觉,只是一味执行"一边倒"的政治路线。如果有人对苏联专家提些意见,那就会被扣上"反苏"的帽子,后果非常严重。1952年柳溥庆调任中国人民银行总行印制管理局总工程师,1953年就受到批判,罪名是不尊重苏联专家,因为他在技术上与苏联专家有不同的意见。其实,苏联的许多钱币制版专家,原是柳溥庆的学生。当初他在苏联受到王明迫害时,曾下放到莫斯科中央彩色制版托拉斯劳动,那里办了一个彩色制版训练班,叫他担任教师,教出来的学生有许多就成为本行业的专家。而苏联专家,则严格地对中国技术人员保密。有位技术员虔诚地向苏联专家请教造币的技术和经验,苏联专家连连摇头说:"这是仅次于原子弹的绝密技术,不能外传。"所以造币就被称为"亚核"技术。

好在柳溥庆有先见之明，他在中苏公开分裂之前，就提出我们可以自己来印制人民币。这个建议得到中央批准后，即从各地调集专家，在1957年成立了专门研究机构和攻关组。

造币是个系统工程，涉及四个方面的问题：印钞专用纸张，印钞油墨，印制机械和制版防伪。柳溥庆负责组织攻关组，陈宏阁则参加印制机的设计工作。

在这个造币攻关组里，有两个最重要的技术专家，人称"北沈南陈"。北沈，是指北京印钞厂的沈永斌；南陈，自然是指上海人民机械厂的陈宏阁。这两个人都没有什么学历，却都聪明绝顶，有很高的技术。陈宏阁是学徒出身的设计师，柳溥庆称赞道："我们有陈宏阁，可以自行仿制设计制造"；而沈永斌也是出身底层，自学成才，日据时期，他竟能在自己家里印制出伪币来使用，被日本人抓住，关进了监狱，直到解放后才放出来。这两个人，都在造币攻关组里起了重要的作用。

陈宏阁是印钞机的主设计者。他在北京参与研制145甲型印钞机和145丙型多色轮转凹印机的反向低速擦版法获得成功。同时，纸张、油墨等难关也相继攻克。他们用一年多的时间，就打破外国的技术垄断，掌握了"亚核"的绝密技术，结束了委托苏联代印人民币的历史。

1959年8月，陈宏阁回到上海，又加入了245甲型双面印钞机设计组，担任该机的总体结构设计工作，也获得成功。

由于陈宏阁对我国造币业的贡献，他在当时曾获得相当的荣誉，如得到中国人民银行劳动红旗手称号，两次上天安门观礼等；也得到一些物质照顾，如曹杨新村落成后得到分房，经济困难时期得到特殊供应等。

陈宏阁一家本来靠他打工为生,经济稍为宽裕之后,他父亲从家用中省下钱来,回乡买了十六亩二分田地来养家,临海在土改时规定,有十五亩以上土地而自己不耕种者,即划为地主。所以,陈宏阁家就成为地主。但他主要靠设计机器图样的收入养家,应该是自由职业者兼地主。按政策,这类人主要应以自由职业者对待,但到了"文革"时期,为了寻找批斗的理由,什么政策都不讲了。

"文革"开始那年,陈宏阁已是六十六岁的老人,时常开会批斗,并在烈日之下劳动,有时还要受到体罚,很快就病倒了。他在病重时,给儿子写了"枕戈待旦"四个字,可见他还寄希望于来日,想以他的技术来报效国家社会。但是,他没有期待到天明。这位工人出身的机器设计专家,对中国造币业做出很大贡献的人,于1967年6月被折磨致死,享年只有六十七岁。

其实,社会关系本来就很复杂,个人地位也随时在变化之中,要讲求纯而又纯的阶级成分和人生经历,本身就是形而上学,不符合客观规律。

陈宏阁之死,并不只是他个人的悲剧。

一个银行高管的末路

朱在勤先生是我母亲的老师,我只见过他两次面,但是印象却极其深刻。

第一次见面是在 1947 年 9 月间。母亲带我逃出被围困的洛阳,要回临海老家去,路过上海时住了几天,会会亲戚朋友,其中之一就是这位朱在勤先生。他在一家银行做襄理,西装笔挺,很有派头。有一天晚上请我们吃饭,吃的是西餐,小轿车接送,归途中还特地叫司机在闹市兜了一圈,让我们看看夜上海的景致,他自己充当热情的讲解员。

当时临海还没有小轿车,洛阳也只有极少数几辆,有钱的生意人坐的。我父亲是国民党军队的团长,可算是中级军官,出行时配备的代步工具是马匹,只有师长军长这些高级军官才有车坐,但坐的是军用吉普车,还不是小轿车。而且,部队里也不时兴吃喝风,我在洛阳住了一年半以上,难得有机会下馆子,更没有吃过西餐,所以那天感到特别新奇,吃得很起劲。母亲则无心吃喝,有些忧心忡忡,在请教朱先生有关时局问题。我们是从围城中逃出来的,丢掉不少行李,母亲有些惊慌;但路过南京、上海,好像又是一番太平景象,她难免有些糊涂。朱先生似乎比较乐观一些,不断给母亲说些安慰的话。这也难怪，一则，他所生活的大上海，还不见战争气氛，二则，作为主人，他理应宽慰客人，招待客人好好用餐。

第二次见面，是在1961年暑假。那时我已大学毕业，留在复旦中文系教书。因为长期下放劳动，再加上经济困难，所以毕业四年，才第一次回乡。我们家虽然还住在城里，但已全部改为农业户口，在城边的东湖大队参加农业劳动。有一天，母亲从外面回来，说刚才在街上碰到朱在勤先生，问我还记不记得他。我说：记得呀，他在上海请我们吃过西餐，真好吃啊！母亲说，今非昔比，现在他落魄了。我问是怎么一回事，母亲说，朱先生家本来也不是富户，但是他聪明能干，又会交际应酬，曾经做过国民党大员蒋鼎文的秘书，后来又到银行里做襄理，很不容易。后来在银行不受重用，调到苏州去了，后来不知怎么回事，连工作也没有了。本来他还有点积蓄可以过日子，却全被小老婆卷跑了，大老婆也不肯理他，现在只好回到老家来，在西门头摆个小摊卖蕃茴煮镬（按：即用陶制缸灶支一口小锅，煮红薯卖），今天听说你回来了，他要停一天生意，来看看你。

不多久，朱先生来了，一进大门就叫唤我的名字。我赶快迎出去，只见他穿一身旧中山装，脚上是一双旧布鞋，裤脚管卷得老高，还戴一顶破草帽，一副小商贩打扮。不知是因为年老的关系，还是营养不良之故，脸上肌肉松弛，走路有点蹒跚，完全看不出当年风流潇洒的样子。但是，谈起话来，却是满腹诗书，还讲了很多书画鉴赏的事情——这是他当年做银行高管时的业余爱好。其实，他所谈的东西，我很隔膜。一则，书画史我本来就接触甚少，二则，话语体系也大不相同。比如，他评论古人的书法，说这个人的特点是朴茂，那个人的特点是浑厚，而我们那时所学的文艺理论，与他所说的东西，真是格格不入。不过我还是很喜欢听他高谈阔论，觉得长了见识。朱先生见我喜欢听，很是高兴，好像有了谈话对手，滔滔不绝地讲了一个上午，意犹未尽，中午就留在我家吃饭。这时，我家也已很穷困，拿不出像样的饭菜招待客人了。但是，他不在乎，粗茶淡饭也吃得很香，而且食量很大，没有在上海时那样斯文高雅了。

饭后又谈了一会，他说要带我到朋友家看画，我就跟了他去。当时临海城还没有扩建，就是老城区那么一点地方，转几个弯也就到了。我已记不清是哪条街了，但记得是在一座幽静的小楼上，主人是一位比朱先生还要老些的老人。朱先生将我介绍给他，并吹嘘说我是行家，弄得我很难为情。那位老人很爽气地拿出画来给我欣赏。画卷徐徐展开，是一轴自绘的山水长卷，后面还有朋友们的题跋，当然也有朱先生的。山水画并不特别出色，但作为业余画家所绘，也很不错了。我虽然在临海长大，但一直生活在洋学堂里，不知道本城还有这么一个传统文化圈子，自娱自乐。朱先生在卖红薯糊口之外，还有这样一些文化朋友，也算是一种精神上的慰藉。

而且，靠蕃莳煮馒为生，毕竟不易，他时时想另谋出路，或找些外快。大概他听我父亲说过，我的小叔在杭州园林局做副局长，他就写了一本《西湖胜迹介绍》，要我带给小叔，请他介绍出版。那时，我已经开始给报刊写稿，知道凡是新出现的作者，编辑部都要与他的工作单位联系，取得本单位的同意，才能发表文章。我叔父虽然是园林局副局长，并且还是该局的党领导，但也不能私自决定稿件的取舍，而且这类介绍性的文字，必然是本单位组织人来编写，不需外稿的。但我不想太扫朱先生的兴，还是答应回程过杭州时带给小叔试试看。

不到一个月，母亲来信说，朱先生来催过几次了，问稿件处理情况。我回信说，现在不比解放前，稿子到了马上就能决定取舍，一两个月就可出书，现在出书，一两年就算快的了。母亲再来信说，朱先生现在是粥摊在桌上凉，等着吃的，你要催得紧些。我只好硬着头皮去催小叔，没有多久，小叔就将稿子寄了回来，信中说，他已请资料组审过稿，资料组的同志认为，这本书所写的内容已经陈旧，不能采用。

这在我意料之中，并不感到奇怪。只是觉得朱先生在困难之中，我没有能帮上忙，很感歉然。

后来，我自己自顾不暇，就无心去打听他人之事了，也不知朱先生的结局如何？

市井中的文人

小时候,我家前面的一条巷子里有座小庙,叫崔王庙,是纪念唐朝一位府君的。大家也搞不清他有何政绩,与临海地方有什么关系,就入庙礼拜了起来。但后来此处却改为小学校舍了。因为这庙破败时,曾由何姓乡绅出资重修,所以小学校长也就由何家人出任。崔王庙小学规模很小,资金短缺,办得并不起色,在临海教育界排不上号。但是,它的校长何公望先生却很有些名气。只是,他不是以办学闻名,而是以技艺著称。

何公望是个音乐全才,而且兼擅美术。那时临海城尚无钢琴、小提琴之类高级洋乐器,学校里音乐课用的是风琴,民间玩的主要是丝竹与鼓吹,这些,何公望都拿得起来。我所住的宋家台门人口众多,每当夏夜,邻居们常聚集起来,你一把胡琴,他一管笛子,还有京胡、箫、碰钟、木鱼等,就演奏起江南丝竹来了:《光明行》《梅花三弄》《春江花月夜》,等等。我们在旁边听得很入迷,但何公望先生一来,即能指出哪些地方离谱走调了,还能拿起乐器来演示一番,大家对他都很佩服。

何公望为什么会到宋家台门里来呢?因为宋仁礼先生是北山小学校长,在临海的小学教育界很有名气,所以何公望常到他家来,请教之外兼联络感情。宋仁礼是个玩家,既玩脚踏车、照相机之类的时髦东西，也玩麻将、风筝这些古老玩意儿，家里还养了一大群鸽子。有一次，我看见何公望在宋家为仁礼先生做风筝——临海人叫纸鹞。我们小孩子放的通常是瓦片纸鹞，讲究一点的，则放蝴蝶纸鹞，其实都是一种平面的东西，只是形状不同而已。但何公望为宋家做的，却是蜈蚣纸鹞，一节一节地连起来，是立体的，还要着上各种色彩，很是好看。这东西不但做起来难度很大，而且放起来也不易掌握。但何公望既能做，也能放，我们小孩子一直围着他转。他的确是多才多艺。如果让他做音乐教师或美术、手工教师，肯定是临海城里第一流的。

但不知何故，后来，他既做不成校长，也没有人请他做音乐或美术教师，而是失业了。当然，比起宋仁礼来，他的境遇还算是好的。宋仁礼是既失去了工作，也没有了家产，很是潦倒。何公望则有技艺在身，自有生存之道。他将自己家里临街这面墙开出一扇大窗，开起一爿小小的乐器店，店堂里挂满了胡琴、京胡、箫、笛之类，自己则在窗下一边做乐器，一边照顾店面，一举两得。

我路过店门口时，常隔着窗户看他做乐器。那时我已上中学，不再是围着他看做纸鹞的小孩子了，但他还认得我，与我搭讪。他说，这些做乐器的木料、竹材，都是自己到市场上挑选的，进价很便宜，主要靠手艺，比如做笛或箫，一要竹头选得好，二要打洞的位置定得准，洞打得偏差一点点，音调就不准了，这是最难掌握的。我有薄技在身，所以这碗饭还能吃得下去。

何公望就在店堂里吃中饭，我看他的确吃得不错。因为他这家乐器店本来就没有多少资本，主要靠的是技艺。合营后做职工，收入当然会少一些，但生活总还过得下去。

在我所熟悉的人中，同样从学校走向市井的，还有孙一影先生。他既是我母亲的老师，也是我的老师，教过我初一国文。态度温文儒雅，讲话慢条斯理，古文教得很好，现代文则讲得一般。但解放后不久，就看不见他了，不知何去。后来我母亲病了，叫父亲去请他到家里来看病，我这才知道，他自动离开回浦中学，到方一仁国药店去做坐堂医生。

方一仁是临海城最大的中药店，一向聘有名医坐堂，一则方便病家诊病，二则也为本店的生意着想，因为经坐堂医生看过病开了方，病家总不会再跑到别的药店去买药吧。那时候，方一仁的生意很好，坐堂医生的工薪也相对较高。

不过孙一影先生转行的本意，并不在于工资的高低。因为他不算名医，做坐堂医生的工资，不会比中学教师高到哪里去。那么，他为什么要放弃在临海城里很有地位的回浦中学教师一职，而去做默默无闻的坐堂医生呢？他对我母亲说了一句很实在的话。他说："我知道教书这碗饭，不是我吃的，还是早点离开为好。"当时我就在旁边，听了甚为不解。你教书不是教得好好的吗，为什么说这碗饭吃不下去呢？后来经历得多了，知道的事情也多了，才认识到孙先生识时务，知进退，的确是位高人。

原来孙先生早年在国民党尚未当政时，曾做过县党部的干部，后来看到政界污浊，就退出来做教师；但他知道教育部门一定会掌控得很紧,他这种经历的人肯定会受到注意,还不如早日离开为好。虽然政治运动波及各界,但药店里的医师,总比学校里的教员要好得多。

古人说:大隐隐于朝,中隐隐于市,小隐隐于山林。我不知道何公望、孙一影两位先生算不算得上是"中隐"?当然,他们不是那种想走终南捷径而挂"隐士"招牌之人,而是能够审时度势,从风急浪高之处退出来,凭着随身的技艺,在市井之中谋求生存而已。

如果说,何公望、孙一影两位先生,是以避世之道,自觉或半自觉地走向市井,那么,还有一些人则是在文化教育界有所作为而受到打击之后,被动地转入市井。

许绍荼先生在1948年毕业于浙江大学中文系,因为文笔很好,本有一家报社聘他去做编辑,但回浦中学董事长陆翰文先生约他回母校来教书,他抱着服务乡梓的目的,回到临海来了。他曾经教过我们班好几个学期的语文课,所以比较熟悉。绍荼先生性格耿直,说话坦率,敢于褒贬人物,很受学生欢迎。后来,有些老师凡事揣摩上级意图,颇有阿世之嫌。但绍荼先生却不是这样,他自有衡量是非、品评人物的标准。当时我因不太驯服,做事常要自作主张,所以很受班级领导人的歧视,被当作落后分子加以打击。但绍荼先生却说:"吴中杰这个人,头颈硬峥峥,不肯人云亦云,总要发表自己的独立见解,说不定将来会有出息的。"虽然我至今垂老而无所作为,但对许先生的鼓励却还是很感激的。不过,这也可见许先生的思想观点很不合时宜,与主流意识多么格格不入了。在反右运动中,他因为对当时的教育体制和育人方针提了一些意见,被打成了"右派"。当然,这与他的社会背景也有些关系。他家是地主,他的堂兄是国民党时代浙江省教育厅厅长许绍棣,在以阶级关系决定一切的年代里,难免要有所牵连。再加上他"认罪"的态度不好,也就是他所说的"头颈硬峥峥",所以处分得很重。有些右派"认罪"态度好的,可以降薪留用,改做图书资料工作,而绍棻先生却因为头颈太硬的缘故,被送到劳改队去强迫劳动,做最繁重的扛石工。一向受人尊敬的教师,突然变成了劳改犯,手无缚鸡之力的文弱书生,要去做最重的体力劳动,落差之大,使人难以适应。但是他具有顽强的意志,硬是挺过来了。

许绍棻(前坐者)与吴中杰

劳改结束之后，也没有让他回校，而是发配回老家张家渡去做农民。张家渡是个山乡小镇，生活条件虽还不错，但要一个文弱书生靠生产队的劳动工分来养家糊口，却十分为难。好在绍菜先生往日在研读中国古代文史书籍时，曾旁及岐黄，略通医道，故在田头劳动之余，还能为乡人看病。绍菜先生说，那时他想起了一句古训："不为良相，即为良医。""良相"他本来就不想做，现在注入另册，更不可能做，但"良医"倒还可以勉力而行。农村本来就缺医少药，当时虽有赤脚医生，但因文化水平太低，所以医疗水平也就不高。因为医学总是建立在相应文化背景之上的，比如中医，就有着儒、道、释三家文化理论的支撑，不是靠背诵几首汤头歌诀所能掌握的。绍菜先生熟读经史，学起中医来也就容易进入堂奥，医好几个病人之后，名声就慢慢传播开来了，成为当地的名医。张家渡虽为一个小镇，但商业较为发达，每旬有好几次市集，附近村庄和山区的农民常来赶集，于是，前来求医者也就很多。那时农村正在公社化高潮之中，农民手头现钱也很紧缺，但靠山吃山，靠水吃水，他们手中还有些农副产品，就常常送些蕃莳、芋头等物来酬谢，这对于工分不足的人家，也是不无小补。绍菜先生后来对我说，他那时就靠这些杂粮，度过饥荒。

1978年，"右派"问题得到纠正，绍菜先生重返回浦中学任教，1980年调入台州教师进修学院，担任中文科中文教研组组长。他担任教研组长后做的第一件好事，就是将沦落街头的"右派"分子朱东吴调入进修学院做教师。

东吴年纪比我略大几岁，中学时因为不同校，没有来往。

但他就住在我家前面的巷子里,他家的后窗对着我家前窗,所以彼此也还认识。1953年我考入复旦大学中文系,因为报到得早,许多高班同学常到宿舍里来指点、关照,来得最多的,就是东吴。他当时是新闻系二年级学生,因为那时新闻系的很多课程是与中文系合开的,所以两系同学间关系很密切。东吴当时已经是个活跃分子,课余常给报刊写稿,还给一家越剧团编剧本,稿费不少,生活过得很滋润。毕业后分配到北京,进《文艺报》工作。《文艺报》是中国文联和作协的机关报,对全国文艺界起指导作用,当时是令人羡慕的工作单位。但正因为其重要,所以也就处在风口浪尖之上,不断受到冲击。还在1957年之前,先后两任主编丁玲和冯雪峰都被整了下去。到了1957年反右运动,连一批青年骨干,如唐因、唐达成、侯敏泽等,也都全军覆没,朱东吴与他们关系较近,或者说,与他们是一伙的,自然也逃不脱被划右的命运。这些年轻的"右派",大都被下放到艰苦地区去劳动改造,只领取一定的生活费,这时,东吴的台州人硬脾气发作了,他觉得既然要劳动改造,我就不要你这几块钱的生活费,不如离职回家去吧。

但当时全国的政策是一致的,尽管你当年是本地的才俊,受到各方面的重视,但如今落魄归来,也就没有你的位置了。他只好走进市井,在大街头拉板车。好在那时他还年轻力壮,又是单身一人,拉板车也能生活得下去。别人常看见他在小饭店里吃麦饼,日子过得还可以。但这一拉,就拉了二十年。其中酸甜苦辣,非外人所能知。我后来曾见过他几面,他笑嘻嘻的不谈过往,我也就不便追问。

绍棻先生原先与他并不很熟,只是觉得人才可惜,所以在自己恢复教职之后,就乘教育学院扩展之机,提出把东杲调入,使他晚年有个归宿,也可壮大学院的师资力量。东杲有复旦大学的毕业文凭,又有《文艺报》的工作资历,而且正值落实政策的时机,此事很快就办成了。凭他原来的业务根底,做一个称职的教师是不成问题的,但经历了多年的磨难之后,虽然较前沉稳,却失去了当年的英俊之气,这对于创造性的工作,是极其不利的。

位卑未敢忘忧国

20世纪80年代末,我父亲去世时,家人决定从简办理丧事,不发讣告、不开追悼会,但还是有些亲友闻讯赶来吊唁。这些父辈的亲朋故旧,我大都认识,只有一位老者,似乎从未见过面,母亲介绍道:这位是苏先生,你爸爸在西安时的朋友。客人走后,母亲告诉我,刚才那位苏先生,当年在西安是与胡宗南不相上下的人物,后来被胡宗南排挤出来,就离开了国民党部队,1949年没有到台湾去,也回到了临海。那个在"文革"中被枪毙了的苏思源,就是他的儿子。

苏思源这个名字,对于我们这一辈临海学子来说,并不陌生。解放初期,他是临海学联主席,在各个学校做报告,风头很健;后来却成了罪犯,死得很惨。

一个曾经闹革命的人,怎么会落得这样的下场呢?我很想搞清楚是怎么一回事。但人们只知道他的惨死,而不知道他何以"获罪"。最后,接触到他的家属和当年的同事,才了解到大致的情况。

原来苏思源在一个地下党老师的影响之下,解放前就参加了共产党。1947年曾到四明山参加游击队,1948年又回到回浦中学读书,潜伏下来,从事学生运动,做地下工作。解放初期,就自然成为临海学界的风云人物。当时有这样资历的青年不多，自然受到上级的重视。他在学联没有工作多久，因地区成立文工团，就被调到那里去做指导员了。文工团员是从学校吸收来的文娱活动积极分子，有一股革命热情，但自由主义思想还比较重，不懂革命队伍里的规矩，苏思源就担负着引导、教育的责任。团员们还记得，他曾做过一个报告《反对自由主义》，要大家学习、讨论。这时，苏思源已经像个领导人的样子了，很威严，但与四明山游击队出身的领导干部有所不同，他好学、深思、知识广博。文工团以艺术表演为主，不大重视文化学习，而且当时实行供给制，零用钱很少，大家也买不起书。苏思源常常从公款中拨出一笔钱来买书，他先看，看完后再转给大家看。

文工团是一支流动的文艺宣传队，它的任务就是配合政治运动进行演出，哪里有需要，就调到哪里去宣传。那时，舟山、大陈尚未解放，国民党的飞机常来投弹，有一次将海门一条商业街炸得千疮百孔，死了很多人，于是商家关门，人心惶惶。地区领导就把文工团调去演出，演的是《小放牛》《兄妹开荒》等解放区传统节目，虽然与当时的形势无关，但却起到了安定民心的作用。不久，土地改革运动开始，他们就到处演《白毛女》，以鼓动农民对地主的仇恨。有一次演出时，台下观看的一位解放军战士受到剧情的感染，一时分不清演戏与现实，竟提枪向演穆仁智的演员射击，幸好被旁边另一位战士及时托起，没有射中。但这还是作为演出成功的例子上报，受到表扬。此外还有许多临时性的任务，使他们常在专区各县流转。

苏思源像

但当局势稳定,社会生活正常之后,就不需要这样的专业宣传队伍了,文工团也就遭到遣散。不过领导对苏思源还是很看重的,先是安排在台州文化馆做领导,后调至地委宣传部,又调到省委宣传部工作,最后安排在省广播电台当农村组组长。这在当时,已是一个不算小的职务,老同学老同事们都很看好他的前途。

但苏思源的性格,其实不适宜当官。因为他身上还保持着浓重的知识分子习气。他虽然要文工团员们反对自由主义,但他自己的思想却是相当自由的。他喜欢独立思考,不肯盲从,而且恃才傲物,看不起那种唯唯诺诺的庸才。这样的性格,与当时推行的政治要求格格不入,也不能随众应付差事,必然为领导者所不容，也为随波逐流者所忌恨。所以，1958年就出事了。他被打成"右派"分子，到得1962年又被开除公职，下放到老家，成为农村户口。这就是说，他被赶出了干部队伍，失却了赖以为生的工资待遇。这时，他的妻子也跟着他回乡，但还保留着公职。他就靠着妻子的薄薪和自己的体力劳动收入，勉强维持着一家人的生活。

但他并没有因此消沉，仍把自己看作是一个革命者，以天下为己任。他认真地阅读马列著作，竭力想搞清一些使他疑惑的问题。在当时，马列著作是唯一可以用来凭借和吸取的思想资源。而这一读，却读出了大问题。他觉得当时的许多政策措施，是不符合马列主义的。"文革"开始之后，许多做法更加离

苏思源所领导的台州文工团

谱，他认为这样会将整个国家拖垮，必须迅速加以纠正。所以他给中央领导人写信，从内政到外交，列举了十大问题，希望能够从速改正。

苏思源当然知道，写这样的信是十分危险的，即使匿名，也很容易被查出。但又觉得事关国家大事，不能不写。为了躲避追查，他的信不用手写，是从报纸上剪下字来，用胶水粘贴在信纸上，根本就没有笔迹；而且不用手贴，是用小钳子夹着贴，以免留下指纹；信也不在本地寄发，而是托人带到外地去投递，以期把视线引开。

其实这种人民来信，根本到不了收信人的手里，更不可能促使领导人认真研究信中所写的内容，信访部门马上就会转给公安机关去追查。

当时有一种常用的办案方法，叫作发动群众排查。

苏思源心理素质很强，在群众性排查时不动声色。但帮他做事的那个人，却被吓昏了，跳水自杀，但是未遂，被救了起来送往医院，终于招供了。在人证物证面前，苏思源也并不抵赖。但是他只承认作案的事实，却不认为自己所写的信件有什么错误。法院很快就判处他死刑，并且立即执行。时在1970年4月14日。

临海的市民虽然不大了解苏思源的思想，许多人还被公布的他的"罪状"所蒙蔽，但对于他的死还是同情的，一时成为街谈巷议的中心。只是时过境迁，也就慢慢地淡忘了。而留给他家属的，则是无限的悲痛。

按照中国当时的习惯做法，但凡一个人被打倒了，被判刑了,就要家人、亲属、朋友与他划清界限,将他彻底孤立起来。我在临海读中学时,曾参加过一次公审大会,在对犯人宣判之前,先由许多人站出来揭发、批判,接着是罪犯的父亲上台宣布与他脱离父子关系,妻子上台宣布与他脱离夫妻关系,这样就给他在心理上予以沉重的打击,然后才宣判死刑,立即拉出去枪决。但是苏思源的家人却不肯这样做。他的妻子原是一个越剧演员,从传统戏文中学得一些做人的道理,毅然为他收尸,搬回家中,将尸身上的血污洗净,以薄棺入葬。而他的母亲,则是光复

支撑起破碎家庭的苏母,是革命先烈王文庆的女儿

会元老王文庆的女儿,是蔡元培创办的爱国女校的学生,本人也参加过光复会的革命活动,见过大世面,经过大风浪,在丧子之痛中能稳住阵脚,担起主持家政的重担,将五个孙辈抚育成人。

苏思源案是到"文革"结束之后,胡耀邦主持平反冤假错案时,才得到平反的。平反书中说,苏思源作为一个老共产党员,向党提意见是正常的,不能以言论治罪。只是,此时苏思源墓木已拱,宣读平反书的声音,他已经听不到了。但对他的家庭,却还是一种解放。他几个儿子读书都很晚,但都很用功。二儿子是十一岁才上学,只花三年时间就读完小学,再花四年读完中学,后来考入国家公务员队伍,到今年(2014年)我去访问时,他已是临海市文化广播事业局的局长,他的弟弟则在检察院工作。

对临海人来说,这一页不忍卒读的历史早已翻过去了,但它是否能留给我们一些值得思考的东西呢?

真诚的求索者

由于新世纪第一缕曙光的照耀,括苍山的名气忽然大了起来,连山脚下的村镇也被改名为括苍镇。其实,它的原名张家渡更具有文化历史内涵,而当地的老百姓也不愿意改口。

张家渡是一个渡口,为纪念张氏在水边设渡而得名。它的发展,不是依傍于山,而是得益于水。流经渡口的永安溪,上通仙居山区——在那边,至今还留有一个废弃了的市集,叫作皤滩,里面有台门、书院、商店和妓院的遗址,可以想见当时的繁荣;下面则汇入灵江,流经临海城边而达于海门,那里还有海路可通宁波、上海。正因为居于航运要道,所以张家渡这个小小的山麓渡口,才能形成一个市集,并且发展为临海西乡的第一重镇。只是商业发达之后,在这里起主导作用的,已不是那些原住户,而是外来经商的李、金、许三姓。

正是由于商品经济的滋养,张家渡的文化事业也很快地发展起来。最明显的标志,是在这个乡镇里,出现了全县第一所现代学校——立本小学,它由金剑青创办于1906年,比全县最有名的回浦小学(1912年建立)还早六年,所以在这个小小的乡镇里,读书向学成为一种风气。在这种文化氛围中,养育出了一批专家学者,也为国共双方培养出了不少干部。共产党浙江大学地下党支部书记、科学史家许良英,就是从这个小乡镇里走出来的。

许家是张家渡三大姓之一,后来还从排名第三上升为第一大姓。但随着岁月的变迁,同一家族里,也出现了明显的贫富分化。许良英家原是小地主,父亲还经营木炭生意,生活应该是不错的,但是他四岁时就死了父亲,寡母带着五个子女过日子,生活也就日渐紧迫了。由于经济拮据,许良英在小学和初中毕业时,曾两度发生升学危机,后来在师长的支持下,终于克服了困难,继续上学。而且还进入比较理想的高中——杭州高级工业职业学校。这所学校是省教育厅委托浙江大学代办的,教室放在浙大工学院内,教师大都也由浙大老师兼任,这就大

许良英像

大地开拓了学生们的眼界。只可惜在抗日战争开始后不久,就被省教育厅解散了。许良英只好回到张家渡老家。他们兄弟几人在家里建立了一个书房,叫作"风翻书楼",在此认真读书。

他们家自己的藏书不多,但恰好此时原在海门民众教育馆工作的姨丈家运来了一批商务印书馆出版的新书,这是民教馆为躲避轰炸疏散到他家的,许良英与大哥各自选借了一些自己所喜欢的书。许良英借的是"万有文库"第二集中关于物理、科学史和哲学方面的书,如《物质与量子》《原子与宇宙》《物理学之基础概念》《物质之新概念》《十九世纪欧洲思想史》《哲学概论》等。在这之前,他还在杭州购买过一本爱因斯坦文集《我的世界观》,一并在此时加以细读。这些书使他对现代物理学和哲学有了初步的认识,并促使他开始思考人生的意义和价值问题,从而确立了自己的志向:要做一个爱因斯坦式的科学家,做一个当代物理学权威。

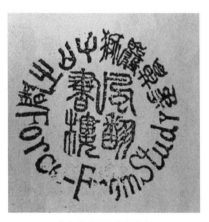

许良英兄弟读书楼徽志

正是怀着这样的志向，他于1939年2月，考入了浙江大学物理系。此时，浙大早已撤出杭州，经过三次搬迁，落脚在广西宜山。但日寇还是追着轰炸，就在许良英到校前三天，日寇十八架飞机在浙大校舍投下了一百一十八枚炸弹。浙大又于次年1月搬到贵州遵义。在这里，许良英接触到了底层社会。他看到背着沉重的煤篓、步履艰难地蹒跚于街头的瘦弱工人，看到路旁以岩窟栖身的赤贫人家，看到身披破烂单裑、光着大腿在寒风中哆嗦却被捆着绳子押送的壮丁，他的心灵受到震动。他醒悟到，正是这些在苦难中挣扎的劳动者养育了社会，保卫了国家，而他们自己却过着穴居野人和奴隶般的生活。他感到惭愧，也对国民党当局的腐败和暴戾深恶痛绝，深感中国必须经历一次革命。这样，他就走出了理论物理的世外桃源，把主要精力放在阅读革命书籍上。而1941年1月的皖南事变，更激起了他的义愤，产生了参加中国共产党的要求。但是，他不知道浙大有没有共产党组织，他就与两个信得过的同学一起，自己开展地下革命活动。他们组织了"质与能自然科学社"，致力于科学真理与革命真理的启蒙工作。

1942年，许良英从浙大毕业。他的老师王淦昌教授认为他诚实、理解力强，而且有创造力，研究物理很有前途，因而要留他做研究助手。但许良英此时已不想做"当代物理学权威"了，而热衷于革命，想做一个职业革命家。于是他拒绝了老师的挽留，而跑到桂林去寻找共产党的关系，但是一直没有找到。1944年9月桂林沦陷前后，他又在桂黔边境山区流浪了半年。这时，王淦昌老师还是很记挂他，在贵阳报纸上登载寻人广告，才把他召回浙大，做物理系助教。而许良英也终于找到了地下党，经介绍，他在1946年暑期复员去往浙大途中，经过重庆，在《新华日报》社解决了入党问题。回到浙大后，就成为浙大地下党支部的领导成员。后来中共杭州工作委员会成立，许良英担任杭州工委组织委员兼中学区委书记，终于迎来了1949年5月3日杭州的解放。解放以后，许良英离开了浙大，到新成立的中共杭州市青委机关担任组织科（后改名为党工科）科长、学生部部长，负责全市大、中学校的党务工作。这时，他真成了一名他所期望的职业革命家。然而，实际上也就是一名机关干部。

但机关干部并不好做。作为一个知识分子，特别是一个从接受爱因斯坦世界观起步的理想主义者，满脑子充满民主、科学、平等、友爱观念，很看不惯有些人的特权思想。对此，他感到格格不入，要求调到科学部门或文教单位工作，但未能如愿。好在不久就有了另一个机会，上级主动把他调到北京中国科学院。不过并非叫他从事科学研究工作，而是为该院的机关刊物《科学通报》和其他出版物进行政治把关，实际上也就是做审查员。

那时，正是左派知识分子以革命者自居，到处革别人的命的时候。1952年1月，一个清华大学学生龚育之在《人民日报》上发表了一篇长文，批评《科学通报》的"脱离政治脱离实际"倾向；同时，中宣部部长陆定一又给科学院院长郭沫若写了一封信，批评科学院出版物的政治错误。这不能不引起科学院领导的紧张，特别是使分管出版工作的副院长竺可桢感到惶恐。

竺可桢是浙大的老校长,他就通过中央组织部来调他的学生许良英去做政治把关工作。

这是一个操着生杀大权的重要工作,但许良英并没有拿了"尚方宝剑"去乱砍乱杀,而是尊重科学规律,给科学家提供方便。他做的第一项工作,是审阅一部寄往国外的英文书稿:北大物理系教授黄昆和他的老师 Max Born 合写的《晶体动力学理论》。这部书稿在科学院已经搁置多日,许良英翻阅后,认定是与政治无关的纯学术著作,于是在便条上写了处理意见,尽速放行。这部书于 1954 年在英国出版后,成为该领域中国际公认的权威著作。领导很满意,认为他政治、业务能力都很强,又有魄力,敢于负责。但他并不喜欢这项工作,半年后,由他提名,调来浙大另一位地下党员来接替他做书报审查员,他自己则专门负责《科学通报》和宣传工作。

但是,不久他自己却成为审查对象。1955 年,经他介绍入党的杭州安徽中学校长朱声(方然),被打成"胡风反革命小集团"的骨干分子,他这个介绍人也受到了停职审查的处分。好在许良英搞的是物理,与文艺工作不搭界,所以胡风集团的事都挂不到他身上。他认为自己的性格不适宜搞行政工作,遂乘中国科学院哲学社会科学学部哲学研究所成立自然科学哲学研究组之机,提出要到该组从事科学史与科学哲学的研究工作。这个研究组,正是根据他的建议而建立的。几经争取,他终于在 1956 年 6 月 28 日离开了院部,到哲学所报到。他热爱科学史和科学哲学的研究工作,想把它当作自己的"终身职业",准备全力为之奋斗。

只是好景不长，许良英从事这项理想的工作只有一年多，就陷落在反右运动的阵势中。他不是对个别问题提出非议，而是怀疑"引蛇出洞"做法的合理性。

于是，许良英就成为科学院第一个"右派分子"，而且被定为"极右分子"。

许良英的妻子王来棣，当初也是浙大的地下党，现在因为与许良英划不清界限，也一起被开除出党，后来又在强大的政治压力下，与许良英离了婚。许良英被撤销一切职务，原定送黑龙江密山农场监督劳动，每月发二十九元生活费。但他腰部患有严重的关节炎，无法适应那边的严寒，只好选择"自谋生路"，回到生他养他的张家渡，靠在生产队的劳动工分来养活自己和老母。

尽管受到这样的挫折，许良英对共产党和毛泽东的信仰没有变，他仍相信党报上所说的话。回乡劳动不久，即遇"大跃进"运动，《人民日报》报道湖北麻城出现"天下第一稻"，早稻亩产三万六千九百斤，他兴奋不已，务实的农民不相信这种夸大的数字，他还与他们争论，说：党报还会说假话？何况报上还有四个小孩坐在稻穗上的照片！几年后，知道这个报道和照片都是假的，但觉得党已做了批评处理，这又使得他相信共产党知错能改，容不得半点虚假，反而使得他对党的信仰更深了。

1961年3月，许良英摘去了"右派分子"的帽子。他回到北京探望妻儿，并找科学院的党组织。党委书记郁文告诉他，党组认为当初对他的处分过重，正在考虑让他回科学院工作。

虽然这事没有办成,但也使他充满了希望。1962年8月,科学院哲学所自然辩证法组给许良英寄来一份《关于自然科学哲学问题的重要著作选译拟目》(草稿),向他征求意见,并要他参加这项编译工作。许良英认真地为该项计划提了二十七页的修改意见,并且表示愿意负责编译爱因斯坦著作选集,获得同意。许良英为此到北京住了四个月,带回十多种爱因斯坦著作和十多种爱因斯坦传记,自然辩证法组也为许良英的生活问题寻找出路,他们将许良英留在北京的《物理学的基础》译稿交商务印书馆出版,使他可以用稿费向生产队购买劳动工分。这样,许良英就全力投入阅读和翻译工作之中,每天工作十四个小时以上。到1964年10月,已按原定计划译成了五十多万字的《爱因斯坦哲学著作选集》,实际上包括了他的有代表性的科学论文和社会政治思想言论。集中二百多篇文章,大部分都是许良英翻译的,合作者李宝恒只分担了一小部分。

但当译稿完成时,社会形势又发生了很大的变化,此类书籍出版工作也就停顿下来。许良英利用这段空隙时间,写了一篇九万字的《编译后记》和一部十七万字的《爱因斯坦的世界观》。为了试探外界的反应,他把这两部稿子中有关哲学思想部分,写成一篇二万五千字的论文《试论爱因斯坦的哲学思想》,经李宝恒略加修改,联名在《自然辩证法研究通信》杂志上发表。这时,许良英虽已摘去"右派分子"的帽子,但"摘帽"只是个定语,主语还是"右派"。"摘帽右派"仍不能发表文章,所以他署的是笔名。出乎意料的是,中宣部部长陆定一对此文大加赞赏,认为学术批判文章就应该这样写,要《红旗》杂志转载。于光远知道此文主要是许良英写的,而党刊不能登右派的文章,所以就叫李宝恒把它压缩一下,单独署名。但初稿刚出来,"文革"就开始了,李宝恒成了"阎王殿"在上海的"黑帮分子",这篇文章也就成了大毒草。

在"文革"中,许良英受到很大的冲击,还进行了一场爱因斯坦著作翻译版权问题的争夺战,很富有戏剧性,表现出许良英台州人的硬气。

1973年11月,商务印书馆约许良英来北京,以临时工身份,每月发五十元的生活费,让他在馆内继续编译工作。但这种照顾,是随着政治形势的变动而变动的。1974年夏秋间,"批林批孔"运动一来,商务方面换了领导人,就把许良英赶回老家,不久又停发了预支稿费。还是他的老师王淦昌教授用王京的化名,每月寄给他三十元的生活费,这才使他能坚持编译下去。但许良英能不能继续编译爱因斯坦的作品,却不只是经费的问题,而是作为路线问题被提了出来。在"反击右倾翻案风"中,"四人帮"派到中华书局和商务印书馆的新领导就以此为例,来说明他们与出版局之间的路线斗争:"我们争论的分歧点不在一个人,而是我们的翻译走什么路子的问题。事实证明,工农兵是可以翻译的,不是离不开许良英这样的人。"可见在当时的局势下,翻译什么作品,出版什么书籍,由什么人翻译,等等,都被看作是事关路线的大问题,因此,书籍的出版也不是单靠个人的努力或某几位领导的支持所能成事,主要的,还取决于政治形势的变化。否则,即使已经发排的书籍,也可以撤版的。

《爱因斯坦文集》第一卷能够在1976年12月出版，而且由内部发行变为公开出售，就与"四人帮"在10月份被打倒的形势变化有关。否则，即使能够出版，也要成为批判资料。而此时，"文革"已经结束，经济建设即将开始，《爱因斯坦文集》的出版也就受到相应的重视，此书还得到了胡耀邦的推荐。接着，第二卷、第三卷也相继在1977年3月和1979年10月出版。而在这段时间内，许良英的工作问题也得到解决，"右派"问题也得到改正。

许良英生于1920年5月，到1978年6月将户口迁回北京，随后向中国科学院自然科学史研究所报到，正式恢复公职，已是接近花甲之年。一般人到了这个年纪，想到的往往是如何安度晚年的事，何况是他这个吃尽了苦头，从死亡线上挣扎回来的人。但正因为有这番人生经历，却使他决心重新开始人生的征程。

许良英早年受五四精神熏陶，从民主、科学思想起步，由于亲历民族灾难，目睹民间疾苦，即使由于正直的性格而被打成"极右分子"，他也没有动摇自己的信仰，没有放弃对于领袖的崇拜。但"文革"的翻腾，特别是"批林批孔"中江青等人的丑恶表演，终于使他醒悟了。而对爱因斯坦的翻译和研究，又使他回到了民主、科学的起点上。爱因斯坦不仅是一个伟大的科学家，而且是一个坚定的民主斗士，他在《我的世界观》中就明确宣布："我的政治理想是民主，让每一个人都作为个人而受到尊重，而不让任何人成为崇拜的偶像。""在人生的丰富多彩的表演中，我觉得真正可贵的，不是政治上的国家，而是有创造性的、有感情的个人，是人格；只有个人才能创造出高尚的和卓越的东西，而群众本身在思想上总是迟钝的，在感觉上也总是迟钝的。"这篇文章，许良英早在上大学之前，就在老家的风翻书楼中读过，而且深受其影响，后来翻译《爱因斯坦文集》，又重新细读，不禁感慨万千。爱因斯坦这种讲民主、讲科学，崇个性、崇理性的思想，与我国的五四精神完全契合，使许良英感悟到，"科学和民主是现代社会赖以发展、现代国家赖以生存的内在动力"。他把这个论断写入为钱三强起草的科学史报告中，让钱三强在为中共中央书记处和国务院的领导人所做的科技知识讲座上宣讲。许良英决心为在中国推行科学和民主思想而贡献余年。

除了参与一些必要的社会活动以外，许良英把更多的精力放在科学、民主思想的理论研究和普及宣传上。

因为他看到，有些领导人仅仅把科学技术当作是一种生产力，而不理解科学发展对整个社会的推动作用，更不明白科学发展的必要条件。所以他与李佩珊一起主编了一部《20世纪科学技术简史》，全面地介绍了20世纪科学技术的发展对社会生产和社会思想的推动作用，而且在"结束语"中特别提出了应该注意的"历史的经验和教训"，说明"政治民主和学术自由是科学繁荣的必要保证"。书中说："整个人类文明进步的历史，毫不含糊地向我们展示：凡是有学术自由和思想自由的时代，学术和文化必然兴旺发达。中国的春秋战国，希腊的雅典时代和欧洲的文艺复兴，就是这样的繁荣时代。相反，凡是不容许有思想自由的时代，学术和文化必然停滞甚至枯萎。历史

张家渡许家台门，许良英就在这里翻译出了《爱因斯坦文集》

上称为黑暗时代的欧洲一千年的中世纪，就属于这种阴暗窒息的时代。"

同时，他也看到民主思想在中国的欠缺，所以他在完成了《20世纪科学技术简史》以后，又与复婚的妻子王来棣合作编写《民主的历史和理论》一书。可惜，这本花了二十多年时间撰写的重要著作未及最后完成，他们夫妇就相继在2013年1月份逝世，这本书是他们逝世之后，由后人整理出版的，生前只发表了部分章节。从已发表的几篇相关文章看，他们对世界民主思想的历史和理论研究之透彻，对现实民主运动批判之深刻，都令人叹服。他在《试论科学和民主的社会功能》里说："由于我当时对民主的历史和理论所知甚少，附和了国内长期来流行的观点，把卢梭作为近代民主启蒙思想的主要代表。80年代中期以后，开始系统学习民主的历史和有关理论著作，方知道对现代民主制影响最大的思想家是比卢梭早一个世纪的英国哲学家洛克，而'人人生而平等'，'主权在民'等论点在洛克和卢梭以前就有了。事实上，卢梭的思想十分混乱，甚至有不少反民主、反科学、反理性的成分，这些错误思想导致法国大革命时的雅各宾专政和二十世纪的极权主义暴政。"这个论点，他又在《走出伪民主误区》等文中加以发挥。这不只是一个历史考释问题，实际上也说明了雅各宾党之所以会走上专政道路的历史教训。

有人将许良英这类早年受到五四启蒙主义教育，后来走上阶级斗争道路，晚年又回归到德赛思想上来的老人们的人生道路，归结为"两头真"，我看这未必恰当。因为，即使在中段的人生道路上，他们也是真诚的。如果没有这种真诚的人生态度，他们晚年就不可能回归五四。请看那些追寻利禄之徒和随波逐流之辈，何尝有这份觉悟。因为他们从来就没有真诚的态度，他们所追求的不是真理，而是利禄。我们倒不如用屈原那句诗，来概括许良英及其同道者的人生态度：

路漫漫其修远兮，吾将上下而求索！

惜君此生未尽才

在众多老同学中，我与陈满良相交的时间最长。从小学到中学，我们都在一起上学，关系很好。中学毕业后，他考入北大数学力学系，我考入复旦中文系，虽然分处两地，而且专业不同，但仍时常通信，保持联系。毕业后我留校任教，他在北国转了一圈，回到了老家临海，我们的来往就更多了。

满良小时候是个"皮大王"，捣蛋、打闹的事常有他的份，而读书却不大上心，临海人叫作"吵客"。我们就读的北山小学是在北固山麓，由纪念贬到临海的唐朝书画家郑虔的郑文公祠改造而成，后面一直延伸到半山腰，还在山上建造了一个篮球场，每天的升旗仪式也在那里举行。学生下课时无处可玩，就在山坡上追逐，手执松枝当刀剑，扮演侠客。有一次，满良在山上追逐打闹时，不慎滑倒，滚落下来，胸口碰到岩石，撞断了肋骨，伤势不轻。临海那时已有几家医院，要动手术来医治也还可以做到。但是满良母亲很迷信，不知从哪个三姑六婆口中听来的意见，说是独生儿子难养，要有一点残疾，阎罗王才不会来收去。所以就不给满良动手术，任他受伤的几根肋骨挤在一起，慢慢自行愈合，于是肩膀变成一边高一边低。这样，受压一边的肺功能就差了许多，很影响了他的健康。

但顽皮的小孩大抵聪明。临海人将调皮捣蛋,不用功读书的小孩叫作"未入魂",即上海人之所谓"未开窍",等到懂事之后,就算"入魂""开窍"了,其智力远胜于那些老实本分的孩子。我不知道满良是几时"入魂""开窍"的,因为抗战胜利后,我离开临海,随着母亲到父亲部队驻地河南洛阳去了。当我回到临海,并进入回浦中学读书时,又碰到满良,而且还是同班同学。这时,他已不是昔日那种喜欢惹事的"吵客",而是一名认真向学的学子了,数理化的成绩尤其好,而且克服身体的障碍,积极参加各项体育活动,也是运动场上的积极分子。真是士别三日,便当刮目相看。但他那种天不怕、地不怕的性格还有所保留,不过不是瞎吵,而是对同学间不平事,对学校中不合理事,敢于出头抗议。

解放初期,学生中的阶级出身不是地主、富农,便是资本家或高级职员,工人、贫农家庭供养不起中学生,所以那时还不能太讲究阶级成分。这样,就另外列出一种分类标准:以学生的政治态度来划分阶级队伍。而当时的青年学生,革命热情普遍高涨,对于新政权大都取欢迎态度,真正敌视的是绝对少数,而且他们也不会表露出来。于是对领导者听话不听话、服从不服从遂成为区分政治态度的标准。他们就根据这一点,在学生中划分出进步、中间、落后三个等级,分别予以依靠、团结、打击的不同对待。那时,"驯服工具论"尚未传播,但各地方、各单位都已普遍实行了,可见这种理论的产生有它的必然性,提倡者只不过加以鼓吹,推波助澜而已。

当时回浦中学还没有党支部,出面做政治工作的是团组织,那时叫新民主主义青年团,还没有改名为共产主义青年团。我们班级设有团支部,有两位团干部以领导者自居,动辄要教训人,还在全班组织批判会,批判落后分子。满良和我都是批判对象,罪状是:不听话,不服从领导。但是满良和我都不买账,进行抗争。这样就造成了对立的局面。但那时学生中的自由主义思想还比较重,有许多同学对这两位团干部那种以势压人的做法,还颇为反感。他们明里暗里都支持我们,有几个同学还与我们结成一伙,一起做功课,一起打球,星期天还时常一起去郊游,在山间水边埋锅自炊,吹口琴唱歌,颇有笑傲江湖的味道。

具有讽刺意味的是,那位团组织委员由于把心思都放在整人上面,学习成绩很差,不久就留到下一级去了,从此拜拜;而团支部书记后来被查出来,其父原来是土改运动中遭镇压的,当然也就失却了领导信任。这样,我们班的日子就好过得多了。毕业后,我们这些重视业务学习的都考上了比较好的学校,后来也有较好的工作,而那位团支部书记则被录取到并不理想的兽医专科学校,毕业后分配在一家屠宰场工作。虽然他在做别人思想工作时都会说:"这只是社会分工不同,工作本无贵贱高低之别。"但做惯了学生干部的人,难免有一种潜在的优越感,觉得这样很没有面子,从此断绝了与本班同学的联系。20世纪末和本世纪初,满良负责筹备了两次班级同学会,他不计前嫌,到处寻找那位前团支部书记,却始终没有找到。

我与满良,因为一同挨批,一同反抗,相互支持,相互声援,关系就亲密了起来,常常一起学习,一起游玩。到了期末考试时,他还常邀我到他家去复习功课,有时开夜车开得夜深了,就住在他家,满良母亲还做点心给我们吃。那时,满良父亲在街上摆小摊卖水果,因为货物收拾得干净,生意很好。他们一家三口,生活过得还不错。满良父母都没有多少文化,却极希望儿子能做一个文化人,只要他肯用功读书,生活上一切从优。盖因当时知识分子虽然已经开始被改造,但还没有变成"臭老九",在一般市民中,还有相当的地位,仍然受人尊敬。后来就每况愈下了,听说在"文革"期间,有一位公社书记拍

陈满良大学毕业照(1957年)

着一位乡村小学教师的肩膀说:"你好好表现,将来我提拔你到商店去做售货员。"这就反映了社会观念的变化。不过,老一辈人还是守着老观念,满良父母始终没有后悔花钱培养了一个大学生,还以有这样一个知识分子儿子而自豪。

满良是在1953年到北大读书的,在校四年间,虽然政治运动不断,但对他的影响并不太大。那时,他一门心思钻研数学,对政治上的事并不关心,对文艺界更加隔膜,他不知道俞平伯是谁,胡风又发表过什么理论见解,更搞不清其中的是非曲直,也不想去搞清。他参加过几次政治学习之后,又进入他的数学王国里面去了。但到得1957年春天,情况就有些不同,不但民主党派和教授们被动员起来,具有五四传统的北大学生也积极地投入了运动,出油印刊物、贴大字报、发表演说、展开辩论,整个校园沸腾起来了。形势唤醒了知识分子的良知,沉寂多年的满良,又发出了抗争之声,对他在北大所看到的不合理现象进行批评。好在满良还只在班级鸣放会上发言,影响不大,而北大学生中登高呼喊者颇不乏人,他还不算突出,没有被打成"右派分子",但却有了"不良纪录",工作前途很受影响。

满良毕业后先是分配到北京煤炭科学院任助理研究员,不及两月,又转分配到哈尔滨工业大学做助教。哈工大虽然也是一所名校,在业务上是有可为之处的,但地处北国严寒地带,满良从小受伤的肺部承受不住那边的天寒地冻,他病倒了。在生存和业务发展之间如何选择,他犹豫了很久,最终还是选择了生存。如果连生命也没有了,那还谈什么业务发展呢?这样,他就申请调回临海老家。那时,临海还没有高等院校,他只能去做中学教师。他接受了这种安排，到临海一中（即原来的台州中学）去做数学教师。

1958年初，满良从哈尔滨回临海的途中，在上海停留了几天。那时，我正在上海郊区宝山县蕰溪乡下放劳动，此处当时被称为"上海的西伯利亚"，其偏僻可想而知。但他到复旦中文系打听到我的去处之后，竟赶到乡下来找我了。一见之下，惊喜何如！我赶快请了几天假，陪他回市区游玩。对于南京路、淮海路上的百货商店，他不感兴趣，而在福州路的新旧书店中，则流连不舍。满良在那里买了一些数学书，准备带回临海去慢慢研读，可见此时他专业发展的雄心还没有消失。临走时，他将从哈尔滨带回的皮帽子送给我，说临海天气暖和，他已用不着这种帽子，留给我在乡下御寒吧。上海虽然也属温带地区，但冬天在野外劳动还是很冷的，这顶皮帽子给我正好派上用场。后来我不断下乡劳动或参加四清运动，这顶皮帽一直用了将近二十年，直到"文革"结束。

1961年暑假，我第一次带着内子高玉蓉回乡探亲。我家弟妹多，住房逼仄，满良当时还是单身，就将他在学校的单间宿舍让给我们住，晚上常来陪我们聊天。上海一别，不到四年时间，我发现他的精神状态有了很大的变化：理想主义消退了，务实精神增长了。

早在高中时期，满良就立志要做一个有成就的数学家，而且也有这方面的才智。考入北大数学力学系之后，他觉得前途充满希望。但反右运动的挫折使他明白了：只要把数学课教好，也就算尽到教师的职责了。

在回浦中学读书时,满良常给我讲华罗庚的故事,很羡慕这位自学成才的数学家。但那时的教育体制,政治压倒一切,开会时间多于专业学习时间,中学老师里已不大可能再出华罗庚式的人物了。而且业务尖子所受到的压力也太大。满良深知这一点,慢慢也就安心下来,只求做一个称职的数学教师。一个北大数学力学系的优秀毕业生,要做到这一点,并不需要太大的努力,教课、开会之余,他就以下象棋作为消遣。我棋艺极差,没有能力判断他下棋水平的高下,只因一个偶然的机缘,才知道他是个中高手。有一次,他要我在上海代为购买一些旧版象棋书,我跑到福州路旧书店去搜罗,一位老店员看了看书单,瞧着我说:"你能看这些书,棋艺不错呀!"我赶忙申明,我对象棋一窍不通,是朋友托我买的。老店员赞赏道:"你的朋友是位高手!可惜这几本书我们这里都没有。"

"文革"结束后,临海成立台州师专,将满良调去,两度担任数学科主任。满良的习惯,凡交给他的事,总要尽力做好,所以他为该校数学科的建设出了很大的力气。他系统讲授过《常微分方程》《高等代数》《近世代数》《复变函数》《数学物理方法》等课程,而且还编写了《常微分方程讲义》供本校学生使用。根据他的业务水平和对该校数学科的贡献,做个数学教授应该是不成问题的,当时许多老师也支持他。为了显示科研成果,他要出一本书,托我代为联系出版社——我想大概就是那本《常微分方程讲义》吧。对于他的委托,我当然要尽力而为。但不久,他就来信说,出版社不必联系了,书不想出了。因为师专的正教授名额很少,那次全校只有一名,却被一个文科教师抢走了；而他年纪偏大，下一次更加不可能了。我想，这也是他务实精神的表现吧！

1995年满良退休之后，精力尚好，还与一位老同学合作，办过几年补习学校，为复考生补课，很有成绩。后来不能办这类学校了，在家闲着太无聊，他除了下象棋之外，就每天跑古董市场，但囊中余钱有限，只能收集一些小玩意，倒也自得其乐。有一次他向我展示他的收藏，其中有一枚桃形徽章，上面镌有"中华自由党党员"几个文字，我看了大喜过望。这不就

五十年后回到北大开同学会，陈满良已经老矣

是鲁迅在《阿Q正传》中所写的，赵秀才花了四块大洋托假洋鬼子买来挂在胸前，而被未庄人称为"柿油党的顶子"的那个东西吗？我原以为这是虚构的细节，却原来也是生活真实的写照，连徽章的形状都是如实描写的。其时，我正在评点鲁迅作品，就请满良将这枚徽章拍下照片，让我收入《吴中杰评点鲁迅小说》中，作为《阿Q正传》一文的插图。

满良每天跑古董市场，我不知他是否已经到达收藏家的水平，但以为老年人每天走路，对身体总有好处的。不料前几年他却在街上被一辆汽车在倒车时撞倒。满良一向宽容，因为伤势不重，站起来后觉得没有什么大碍，就让汽车走了。但回家之后，就发现腿脚发黑，显然内伤不轻。从此他就不良于行，不能每天出去走路了，到后来连下楼也很为难；而且耳朵也有点背，打电话要夫人代接。2012年秋天，我回乡参加回浦学校百年校庆，他已不能出来参加活动，我报到之后就赶快去看他，坐在沙发上还能大声谈话，但行动已经不便。本来我每次回到临海，他都要陪着我看望老师、同学，到处跑跑的，这次告辞时，他连送到家门口也感为难，就派夫人代送出门。2014年，我买好3月底回沪的机票，准备在上海略作停留，就回临海去看他。不料在2月底就接到噩耗，说满良在2月20日去世了。

接到满良去世的消息，我与他一生交往的生活片段，就不断在我眼前映现。他这一生，虽然小有波折，但在我辈知识分子中，还算过得平安的，回到鱼米之乡，生活也属小康，即使在大饥荒年代，日子也比我在上海过得好些，更不用说与那些灾区百姓相比了。后来娶了比他年轻得多的太太，是他的学生，对他的生活很照顾，女儿女婿对他也很孝顺。从世俗的眼光看，他是很有福气的人。在闲谈中，我有时感慨自己命途多舛，羡慕他的平安生活，称他为"福将"，但他却很不以为然。我知道，他并未忘怀青年时代的理想。

满良是一位优秀的数学教师，在当地学界很有威望。但以他的才力和志向，他在数学王国里本应有更大的成就。可惜，他的才干并未得到充分的发挥。时耶，命耶？

爱的教育

最近看了两部有关临海的宣传片《橘子红了》和《临海之爱》,说的都是临海学子回乡参加建设的故事。前者说一个在外求学的临海女孩子,为了回乡改良橘种,决心与恋人分手,结果是男朋友也跟到临海来了,一起在临海工作;后者则说一个临海男孩子,在美国麻省理工学院读书,交了一个瑞典女友,家长以为他不会回来了,感到无奈,却不料瑞典女友来临海一看,就爱上了这个滨海城市,还带了父亲来投资,结局都是皆大欢喜。

这两部片子,编造痕迹明显,意图过于直露,并没有什么感人之处。我不知道它的宣传效果如何,但看得出其中透露的一种明显的政府意向,即鼓励临海学子回乡工作。

这种招引人才的宣传,对于现在的年轻人来说,司空见惯,并不稀奇——有些地方还开出价码,给予应聘者安家费多少,研究费多少,十分诱人。但在我辈20世纪50年代的学子看来,却很有感触。因为当时对我们的要求,是"服从组织分配,到祖国最需要的地方去",没有自己选择的余地。故乡临海,也不是对所有本地学子都敞开胸怀,并非谁想回来都能回得来的。我有两个同学,大学毕业后分配到东北工作,因为不适应那边的严寒气候，很想调回临海，却被拒绝了。因为他们出身成分不好——地主家庭出身，社会关系复杂——家族中有国民党的高官，因而不受欢迎。反过来说，因为家乡政府执行的政策过左，也使得有些学子宁可离乡背井，而不肯回到使他伤心的故乡来。

正是此一时也，彼一时也。

大学毕业生由国家统一分配，原是当时计划经济的产物。它照顾到各地申报上来的用人需要，但不大考虑到被分配者本身的生活困难和发展志向。而分配政策一旦确定之后，便被认为是天经地义之事，不可违背。谁要是不服从分配，就是一大罪状，永不录用。在当时一切都统起来的情况之下，不管你愿意不愿意，是高兴还是勉强，大家都还是接受了统一分配的工作。当然，走上工作岗位之后，也还可以申请调动，但是非常困难。所以我们当初回浦中学的同班同学，就散落在全国各地，远至新疆、甘肃。而在当时的思想教育之下，大部分人都还是克服个人的困难，以积极热情的态度去对待分配到的工作，在异乡落地生根，开花结果。我的同学胡舜海就是一个例子。

胡舜海是临海西乡张家渡人，他四岁丧父，母亲靠做小生意把他和一个姐姐拉扯大，母子姐弟相依为命。1957年他在华东师范大学地理系毕业后，很想回临海工作，他家虽然不是响当当的贫下中农，但在当时的学生中间，小业主的成分也还算不差。只是在分配方案中没有临海的名额，也就无法可想，只好服从分配来到江西，再由省教育厅分配到乐平师范学校。乐平地近鄱阳湖,也是江南鱼米之乡,生活条件还可以,只是生活习惯与临海大不相同:临海人是不吃辣的,而江西人则是每菜必辣,这使他简直无法下箸。乐平师范的老校长很爱惜人才,他知道这个情况之后,立即嘱咐食堂,要厨师单独给胡老师做不辣的菜,说:我们难得分配来一个重点大学毕业的老师,不能让他被辣椒吓跑了,一定要留住他!胡舜海为之感动,也就下决心在这里留下来,尽最大努力,教好学生。知识分子需要的是理解和尊重,如果能做到这一点,就会"由是感激,遂许以驱驰",甚至能"鞠躬尽瘁,死而后已",绝不是靠批判、斗

1957年,胡舜海走出华东师大校门

争所能压服的。

舜海安下心来在乐平工作之后,原想把老母亲接来过日子的,但老母不习惯江西的生活,住了几时就回去了。他只好每年寒暑假里回乡探亲,以慰老母思念之情。三年后,乐平师范又分配来一位北京师范大学教育系毕业的女生汪鉴如,他们谈上恋爱,成立家庭,生活也就安定下来。但舜海仍得每年回临海看望老母,把辛辛苦苦从微薄的工资中积省下来的钱,都送给了铁路局和公路局。

当时知识分子讲究专业对口。舜海读的是地理系,当然应该教地理课。他对本专业非常热爱,特别于人文地理,下过很大功夫,所以教师范学校的地理课,是轻车熟路,得心应手。但当时中等学校里的地理课课时不多,而且乐师还有一位老地理教师,所以需要舜海兼教别的课程。校方要他兼教政治和俄语。政治课还可对付,而俄语课却有点难度。因为我们这批人,在中学里读的是英语,大学时代正处于"一边倒"时期,一切都要向苏联老大哥学习,外语课也都改成俄语。但只读了三年公共俄语课,要开课教学是有困难的。不过舜海没有推宕,而是知难而上。好在他当初学俄语很努力,现在再跟着广播电台补习,并且不断向其他学校的俄语老师请教,教学效果还不错。舜海对学生特别有耐心,有个别同学学俄语感到很困难,他就一遍两遍地帮他纠正发音,不厌其烦,有时到六七遍之多。不久,中苏交恶,俄语课取消,他也不必勉为其难了。

在乐平师范,舜海费时最多的,还是做班主任工作。他在乐师工作十二年，做过五个半班级的班主任——第六个班级是"文革"开始了，没有做完，所以只算半班。平均每周要花二十多个小时在班级工作上。他的学生占广才回忆道："胡老师对待他的学生，真是胜过自己的兄弟姐妹，他随时随地都在关怀他们，爱护他们，他只要一有空就经常下班下组，无论在严冬的深夜或酷热的中午，无论是在狂风暴雨的晚上或伸手不见五指的黑夜，他总要到宿舍去走走看看，给年轻贪凉爱睡的小伙子盖上被子，关好窗、门。有一次，深夜两点多钟，突然班上同学发病，胡老师亲自起来照应，并与同学一道送他到医院去。平时只要谁身体有点不大舒服，他就问冷问热，关怀备至。若是冬天，谁身上衣服单薄了，他就毫不犹豫地拿自己的衣服给谁添上。因此同学对他也就特别亲近、热爱，都愿意把困难告诉他，把他当作知心朋友。""在夏夜的校园里，在傍晚的操场上，同学们总喜欢围着胡老师，问这问那，谈今论古，从生活到学习，从思想到工作，都成了他们交谈的内容，有的甚至把过去的遭遇、婚姻等问题都告诉他，渴望从胡老师那里得到帮助。而胡老师总是用自己的成长过程或用英雄模范的事迹来教育大家。"(《胡舜海老师和他的学生》)而且，每当学生经济上有困难时，他常从微薄的薪金中挤出钱来，解囊相助。

舜海在乐平师范执教的年代，正是阶级斗争的弦愈绷愈紧的时候。学校里不但要在教师中排队分类，而且还要在学生中找出打击对象。但是他并没有这样做，而是关心班级中所有的学生，特别是那些有生活困难、有思想问题的学生，以自己的爱心来进行教育，为他们排忧解难。

胡舜海班级中有一位应同学，学习不安心，读了一年多，就偷偷地溜走了，舜海一面接连写信到他家中去劝学，一面派同学四处寻找，终于把他找回来了。但不久，该同学又不告而别。舜海并没有迁怒于他，只怪自己没有将思想工作做好。他下定决心，要将应同学找回，不让他掉队。经过一番努力，终于将他找回来了。应同学来见老师时，低着头不敢说话，准备挨训。但舜海却热情地接待他，不但不给予处分，而且还鼓励他安心学习，要同学帮他补课，生活上还帮他解决困难，并请他做班刊的编委，发挥他的美工专长。慢慢地，他就融入了集体，树立了牢固的专业思想，毕业后做了一个称职的教师，后来还做了鄱阳县一所中学的校长。

又有一个雷同学，因为左手残废了，思想上曾一度很苦闷，对前途悲观失望。舜海就用保尔·柯察金、吴运铎等英雄人物的故事来启发他教育他，使雷同学深受感动，终于很快安定了情绪，愉快地投入了学习，并且激动地说："我虽左手残废了，但我的心永远不残废，我决心要为祖国的教育事业贡献出毕生精力！"

因为舜海对学生关爱，所以学生对他也敬重，喜欢帮他做事。每次下乡劳动，同学们总是抢着给胡老师背行李，帮他干农活。有一次，舜海从田间归来，感到身体不支，顾不得洗脚，就躺在床上睡着了，醒来一看，发现脚上的泥巴已经不见了。原来同学以为他病了，趁着他熟睡时，用湿布轻轻地将他脚上的泥巴揩掉了。这使他非常感动。

但到了1966年,一切都变了。"文革"开始不久,工作组进驻学校,老师成了打击对象。开始时,火还没有烧到胡舜海头上。最先被揪出来的是教导主任俞镇德,一时陷入人人喊打的局面。但舜海觉得俞老师工作认真负责,不是个坏人,就为他说了几句好话,不料却引火烧身,被打成"乐师三家村"成员,同样受到批斗,关入牛棚,有时还把他拉出校门去游街,他的妻子汪鉴如偷偷用口罩为他做了一副厚厚的护膝,以防经常批斗下跪之用,可见当时处境之艰难。但他还是坚持说实话,不往别人身上泼脏水。俞镇德感慨地说:"在那场浩劫中,不少人为了谋求自己的解脱或提拔,竟不惜无中生有加害他人,以显示自己的积极;有的则是抓住他人的只言片语,无限上纲,以表示自己的清白……可胡老师为人正直,对他人一直实事求是,不怕给自己找麻烦。……在'文革'中我是被批判的重点人物,由于他的正直,却使他被扯成了乐师的'三家村'中的黑线人物,即使如此,他还要为我在'文革'中受到的不公正待遇去奔走,患难时节见真情,这是多么难能可贵啊!"(《敬业爱生的好园丁》)

后来,军宣队、工宣队相继进校,他们执行的政策比工作组更左。一个小小的学校,经不起折腾,乐平师范不久就解散了。正应了社会上"斗、批、散"的预言——这是老百姓对于《十六条》中"斗、批、改"步骤的诠释。

乐平师范解散之后,胡舜海一家于1968年10月下放到远离县城的偏僻小山村——历居山下各坞村,在一个垦殖场工作。但是,他们仍不忘情于教育工作。三个月后,胡舜海协助大队办起了一所农中，妻子汪鉴如则在生产队会议室里办了一所乡村小学，为二十四名村童无偿地上课，从语文、算术到唱歌、图画，一个人大包干，深受村民欢迎。因为他们在农村教育中做出了成绩，不久就上调到正式中学。1970年1月，又将他们调到江西省共产主义劳动大学乐平分校工作。"共大"建在农村，胡舜海一家住在低矮、破旧的平房里，生活条件很差，子女上学也成问题，但是他们总是自己克服困难，努力把教学工作搞好。1977年，国家恢复高考，时任教务主任的胡舜海看到了机遇，不过他考虑的不是自己的出路，而是学生的前途。他与校长商量，调集了一些优秀教师，在"共大"成立高考补习班，让有志于升学的学生集中补习中学功课。经过一段时间的努力，补习班中三十名学员，在1978年就有三分之一考上了高等学校，录取率高于本县任何一所普通中学。其他同学在后来几年中也都陆续考上了大专或中专。

这时，办学标准再度起了变化，升学率又成为重要标志。胡舜海因为办学有成绩，被委任为"共大"分校副校长。但不久，"共大"乐平分校就改组为乐平三中，胡舜海也就成为三中的领导人。不过他在乐平三中没有待多久，就上调了。1982年调到乐平教育局做副局长，1983年又调到上饶师范做副校长，1984年上饶地委又要调他到地区文教局去做副局长。副局长在地方上已算个不小的官，而且还有上升的空间，别人是求之不得，但舜海这个人"官念"淡漠，他不想做官，而愿意留在学校做教师。组织部长曾推心置腹地与他谈话，要他慎重考虑，不要错失良机。但他还是坚持要做教师，就找了一位老领导陪同去找主管人事的地委副书记，请求组织上不要安排他担任行政领导职务，而让他继续从事他所热爱的师范教育。这位副书记听了，大为感慨，说："难得，难得！现在向组织伸手要官的事并不鲜见，你却是有官不做，真是一个地道的书生，纯朴的知识分子！"在副书记的支持下，他又回到了上饶师范。

上饶师范虽然是一所老校，但在"文革"中却是个重灾区，破坏得很厉害。"文革"结束后，学校所有的设备和大部分教师都留给了上饶师专，现在等于是白手起家，从头开始重建。胡舜海先是做副校长，随后做了校长，全心全意地办学，把这所学校建成华东地区有名的师范学校。

做了校长，要关心的事情多了，如专业设置、师资配备、招生考试、入学教育、各校联考、全省统考等，样样都要放在心上。但他最关心的，还是学生的成长。

有一位当时的青年教师回忆道："记得1984年冬季的一次晚课后，天很冷，我来到四楼的一个大宿舍里，看见胡校长正站在一个上铺学生的床前，一只手久久抚摸着没有棉被的单草席木板床，一手拉着长满冻疮的学生的手，眼里饱含着慈爱的湿润。这个场景一直像电影镜头一样留在我的脑海里，感动着我。第二天，学校想方设法为这些贫困学生发放了被头和棉垫。"

他不但关心在校学生的生活和学习，而且还定期组织行政干部和教学人员深入基层，跑县串乡，对毕业生进行跟踪调查。这种调查，首先是为了了解学生的教学情况和工作能力，以便总结办学的经验教训，不断改进；同时也帮助学生解决所遇到的困难。

舜海在江西教育界有了一定的名望，有了相当的人脉，他不是利用这些条件来为自己谋利益，而是用来为学生解决难题——包括以前的学生。

乐平师范有一个毕业生徐俊心，德兴县人，原在一家小学做教师，1961年因家庭问题被打发回家种田，"文革"中父母惨死，自己也受尽各种磨难。舜海一直很关心他，每次到德兴，都要询问他的情况。十一届三中全会之后，政策宽松了，他就向德兴教育主管部门反映情况，并找乐平师范的毕业生们一起想办法，为他奔走，历尽种种波折，终于让这位蒙冤受难二十五年的学生重见天日，返回讲坛。还有一位王家骥同学，从1969年起受难十二年，到1981年才落实政策，恢复工作。但别人对他还有成见，工作很困难，而且夫妻两地分居，生活不安定，也是舜海通过学生的关系，帮他解决问题。

胡舜海退休后曾总结自己一生的工作经验，归结为两条：一要学会做事，就是要敬业，讲奉献；二是要学会做人，要有爱心，对别人要学会感恩，要关爱自己的学生。他相信孔夫子那句名言："仁者爱人"，也推崇陶行知的口号："捧着一颗心来，不带半根草去。"这两句话，都说明办教育要有爱心。其实，这不但是我国的教育传统，也是世界各国公认的教育原则。意大利作家亚米契斯写过一本书，叫《爱的教育》，以前由夏丏尊翻译过来，我们小时候都读过，深受感动。只是到了50年代

爱的教育

以后,这种仁爱思想被阶级斗争教育所取代,而且还受到了批判。但胡舜海并没有忘记传统教育理念,即使在阶级斗争愈演愈烈的日子里,他还能笃信并且奉行"爱的教育"原则,而且做出了可喜的成绩。

现在胡舜海已经退休多年,但他与学生们仍旧来往密切。有许多学生常来看望他、关心他,他也经常应邀参加各届学生的聚会,是一个到处受到欢迎的老人,与那些一退休就失落的干部大不相同。舜海说:"我是个老师,只要不失去学生,就不会有失落感。"所以即使退休之后可以自由迁徙,他也仍把江西当作自己的栖居之地,不打算回临海养老了。

胡舜海和夫人汪鉴如

沙粒，在大浪中浮沉

我国有个成语，叫作"大浪淘沙"，人们常用来形容时代对于人才的选择。记得20世纪60年代，有部电影就以《大浪淘沙》为名，讲的是20年代大革命时期，几个知识分子所走的不同的人生道路，主题十分明显：只有选择共产主义道路的人，才能锻炼成金，而走上其他道路的人都难免要成为历史的沉沙。

古代以此为题的文学作品也很多，虽然寓意各不相同。比较有名的，如唐人刘禹锡的《浪淘沙》九首，其中之一道："莫道谗言如浪深，莫言迁客似沙沉。千淘万漉虽辛苦，吹尽狂沙始到金。"这是为贬官，也是为自己鸣不平。意谓这些真金，不管怎样沉没，在狂沙吹尽之时，还是能露出真容，显出真价值来的。还有宋人苏东坡的《念奴娇·赤壁怀古》，其上阕云："大江东去，浪淘尽，千古风流人物，故垒西边，人道是，三国周郎赤壁。乱石穿空，惊涛拍岸，卷起千堆雪。江山如画，一时多少豪杰。"这是触景生情，慨叹世事沧桑，缅怀那些被历史浪涛冲淡了记忆的英雄豪杰。

我曾经深为刘禹锡和苏东坡的诗词所感动，也接受过上述那部电影的思想教育，但进入老年之后，根据自己的人生体验，

沙粒，在大浪中浮沉

却对"大浪淘沙"一词，有了不同的诠释。

我觉得，我们这些芸芸众生，很难说谁该发光，谁该沉没，也很难判断谁是金子，谁是废料。说穿了，大家都是一粒沙子，在时代的风涛中浮沉，随历史的潮流而起落，任凭大浪把你淘成什么样子，自己并无多少主动权。

就人生的发展而言，教育是重要的一环，择业是决定的因素。但对于我们这辈人来说，青少年时代能受到何等程度的教育，以后又能选择什么样的工作，却并不能完全由自己做主，而大部分取决于时代的机遇，执政者的政策。总而言之，时运占了主导地位。

我小时候生活的临海城，中学生已是很高的学历了，大学生简直是凤毛麟角。虽然也有留洋的前辈，如朱洗、毕修勺，但他们也是刚好遇上勤工俭学运动，算是一种机遇。比他们低一辈的学子中，大学生人数也不多，不是临海人不好学，而是受到经济条件的限制。因为当时供养一个大学生的费用是很高的，不是一般人家所能负担得起。所以有些人就去读军校、警校，那些学校都是公费的，读出来还有官做，也适应社会上官本位的心理。这种大学生稀少的情况，一直到我上学时都没有改变。

我家是小地主，而且父母都有工作，生活当属小康，但也只能供我读中学，无力再作进一步的培养。我之所以能够上大学，主要是时代之赐。我中学毕业于1953年，那时，国家刚度过了三年经济恢复时期，第一个社会主义建设的五年计划刚刚开始，需要大批的专业人才，大学招生名额多于中学应届毕业生的人数，所以不但将我们春季班提前半年毕业，并且还动员了一批有一定文化水平的年轻干部来参加高考——这批人入学后，叫作调干生，意谓从干部中抽调出来的学生。而当时的高中毕业生，大都是富家、高级职员家庭出身，甚至在调干生中，也有不少出身成分较高的，所以在招生时还不可能过分强调阶级成分，这样，我们这些富家子弟，也就顺利地进入了大学。我们中学毕业时，全班共有三十多人，除了一人因生肺病，体检不合格不能参加高考，两人因成绩没有上线，未被录取以外，其余的人都考上了不同类型的大专院校。那时，也是因为整个社会普遍贫困的缘故，上大学的费用，全由国家负担。学费、住宿费、伙食费是全免的，家庭困难的，还可以申请生活补贴作为零用费，这样我们才读得起大学。而再过几年，形势就变了。因为那时，已经培养起一批工农子弟的中小学生，升学就日益讲究阶级成分。我大学同学叶鹏的妹妹叶文玲，比我小五岁，她已考上高中，却被勒令退学，说是地主成分，只能读到初中毕业，不能进高中。她大哭一场，但也无济于事，只好回家去做托儿所阿姨及其他杂工。后来嫁给我另一位做中学教师的同学，与文化圈多少还挨着边。到得"文革"结束，她经过自己努力，才当上作家。我自己的弟妹，年纪比文玲还要小，因为抗战八年，父母不在一起，所以最大的妹妹比我要小十岁。到他们那时候，连初中都不能进了，地方教育当局明确告诉他们：你们这样的成分，只能读到小学毕业，不能进初中。或者各地政策有所不同，但在我们老家，就是这样规定的。所以我的弟妹后来都成了农民，被排斥在文化圈之外。其实他们的智商，都不比我低。

对于地、富子弟来说，被剥夺了进一步受教育的权利，比他们家庭被分掉田地所受到的打击更大。没收土地，是剥夺生产资料，降低生活水平，对他们的打击还只是暂时的；而不准升学，则是严格限制了生存空间，连发展的条件都被剥夺了，他们将永远处于社会底层。相比之下，我才感到孔子教育思想的超越性。在宗族关系占统治地位的时代，他却提出了"有教无类"的办学方针，招收了许多非贵族子弟，这需要多么大的胆识啊！难怪他生前到处碰壁，而死后虽然被抬得很高，但早已被涂抹得面目全非。

在我们家里，我是最幸运的一个。不但上了大学，而且还留校任教，做了教授。但我之所以能留在复旦大学教书，并非因为有什么突出的才能，也完全是一种机遇。我大学毕业那年——1957年，大概是系主任还有实权的最后一年。中文系主任朱东润先生认为我的毕业论文写得还不错，年龄又是全班最小的，说是还可以培养，留在系里做助教吧。而系总支书记李庆云同志也有爱才思想，所以我就留下来了。这之后，系主任就没有实权了，学校留人也多出于政治因素的考虑，而且日益讲究阶级成分，不去顾及业务上有没有培养前途，有许多业务很好的毕业生，都被分配到条件较差的地方去了。

我很感谢母亲早早送我上学。如稍迟几年，这一切机遇都会错过。

我是四岁入学旁听，五岁正式读书。按当时的规定，六岁上学算是早的，七八岁开始读书也不算迟。我这么早上学，并非因为我聪明早慧，而是我妈怕我在家捣蛋，更怕我外公外婆把我宠坏了，所以早早带我到她任教的小学里去读书。我妈是独生女儿，一直住在娘家，我那时是独生儿子，特别受到外公外婆的宠爱。记得有一年大年三十，母亲外出有事，行前布置下作业，要我背书。平时她要我背书，我总能背得出来，但这一天家里做年菜，吃的东西特别多，我光顾着吃，就无心读书了，母亲回来检查，我背不出来，母亲气得要打我，外公不准她打，说是她敢打我，他就要打她。母亲说，我打我儿子有什么不可以？外公说，你可以打你儿子，我也可以打我女儿！我一见有人护着我，撒腿就跑，母亲就在后面追着要打我，外公则在母亲后面追着要打她，这样就演出了一场闹剧。那时，父权思想还很重，母亲对外公的干涉虽然不满，但也不敢太反抗，最后只好放过了我。她之所以把我早早送去入学，也是一种应对之法。但又怕我读书太早，会读坏脑子，所以一年级让我读了两年，算是五岁正式入学。但这一早读的做法，却成全了我一生的机遇。如果迟几年上学，就没有这样的好运气了。

　　但是，这种好运是暂时的。到得阶级斗争年年讲，月月讲，天天讲的时候，我就从培养对象变为批判对象了。如果不是"文革"结束，开始实行改革开放政策，那么，我也早就被踢出复旦大学，在什么地方监督劳动了。其实，我从来就不想在政治上有什么作为，感兴趣的只是读书、写作，想要成为本行业有成就的专家而已。对于知识分子来说，这种想法并无什么非分之处，但在当时，连这种合理的要求，也不被允许，而且会构成罪状。

我的同学们，在人生的道路上，虽然浮沉起伏的幅度各有不同，但基本的命运还是相同或相似的。大家都得益于50年代初期建设人才需求大背景下的招生政策，而受害于50年代中期以后绷得愈来愈紧的阶级斗争这根弦。而在政治斗争的方向转换之际，金子或是其他有价值的东西，顷刻之间就会变成沙砾，有时，一些原来有用的材料，经过长期埋汰之后，无论怎样"千淘万漉"，却再也找不到闪光点了。

我有一位苏姓同学，在中学读书时，是个突出的人才。他数理化的成绩很好，文娱活动也很活跃，是班级大合唱的指挥。

我们这一届的初中毕业照

他父亲在上海做小生意,是个小业主,在当时地、富子弟满校的情况下,这个出身就算是不错的了,所以也得到领导的信任。不过,他并不自以为高人一等,所以与同学的关系也处得很好。大学考入北京钢铁学院,是个好学校,而且不久就被选拔到苏联留学,更是所谓重点培养对象。到苏联之后,他还给我来过信,谈到他在那边学习的情况,说将来回国后要发展祖国的钢铁事业,对前途充满信心。他知道我喜欢俄苏文学,还给我寄来厚厚的两本书:俄文本《普希金诗选》和《马雅可夫斯基诗选》,可惜我俄文没有学好,不能欣赏原著,但一直保留着作为友谊的纪念。苏同学在苏联学习时,曾与一位苏联女生恋爱,却被留学生处强行拆散,使他心里很不舒服;待到学成回国,国际形势又已大变:我们的政治任务,已从学习苏联老大哥,转为批判苏联修正主义,使他一下子难以适应。苏同学是老实人,不能随风转舵,无论是政治观点、生活情趣,还是业务规范,搬的还是苏联那一套,这难免就要碰壁。而且,他家的小业主成分,当初比起地富子弟来,算是较好的阶级出身,但在工农子弟陆续培养出来之后,也就变成比较差的成分了。这样,他在大学里就难以继续执教下去,不久,就调回老家,在临海师范教数学、物理,但在这里他也没有工作多久,又被调到乡下杜桥镇上的杜桥中学教书,他更加闷闷不乐。因为他的太太是上海人,一直在上海工作,所以他在假期中也常回上海,我们还能见到面,但他的表情总是木呆呆的,没有过去那么活跃,也没有过去那种热情。直到"文革"结束之后,他作为亲属,调到上海工作,这才比较开朗一些。他在一家业余工业大学教物理，要我介绍一位复旦物理系教师与他认识，还想搞一些研究工作。刚好我与一批同辈的物理系教师一起下乡劳动过，有几个好朋友，就帮他介绍了，我的朋友也很热情地接待他，但他脱节多年，要回到本行的前沿行列去，也难。当然，作为基础课的教师，他还是称职的。这样，在退休之后，他还一直返聘任教，直到发现癌症。我们中学同班同学，曾开过两次同学会。第一次请他，他不肯去；第二次硬要他去，他勉强去了，但参加之后，却大受感动，说是没有想到老同学对他还是那么热情，以后开同学会他一定要再来。这使我们看到他经受多年的挫折后，深藏在内心的一种自卑感，至老仍不能抹去。可惜，同学们年事已高，而且陆续有人逝世，个别人约会碰头的机会还有，而同学会是再也开不起来了。

当然，在大时代浪潮的冲击下，个人的努力也不能说一点不起作用。我们年级在初中时，有两个班，到高中毕业时，只剩下一个班了，约有一半人是因经济关系而辍学，继续上学的，也有经济很困难者，无非是挣扎着支撑下来罢了。这或者可以算作个人的坚持吧。只是在我们这个时代，个人选择的机会，实在太少了。有时，个人的选择如果不合时宜，结果也许会更糟。我自己就差一点碰到这样的事。

我在1953年考大学时，复旦大学新闻系没有招生。据说头一年院系调整时，全国除人民大学外，新闻系都被撤销了，连燕京大学当初那么有名的新闻系，也只在北大中文系保留一个新闻专业。复旦新闻系原也在撤销之列，是在陈望道校长一再坚持下，并且得到毛泽东主席的批准，这才保留下来的。但招生计划已经公布，来不及补充了。这一年，复旦新闻系的学生，是从中文系的新生中分过去的。我与同校的张同学，一起考入复旦大学中文系，入学之后，才分成两个系：我分在中文系，他分到新闻系。我们两人看到后，都很不满意。因为我的志愿是想做记者、作家，所以想读新闻系；而张同学的志愿是想做教授，所以想读中文系。于是我们找在高班读书的老乡去系里要求调换。系领导说，这次分系，是照学号编排的，本来没有什么讲究，如果在名单公布前要求调换，是可以的，现在名单公布了，就不能动了。但名单公布之前，我们怎么知道要分系呢？现在也只好服从分配了。毕业后，我留系任教，后来做了教授；张同学分配到《浙江日报》，却因为出身成分不好，长期做夜班校对，一直到"文革"结束，在他一再要求下，才调到杭州师范学院教书，业务的弯子还没有转好，不幸遭遇车祸而身亡。我想，如果当初我能如愿以偿地调到新闻系，毕业后到了报社，虽然未必刚好也会遇到车祸，但境况肯定不会比张同学好。因为我们的出身成分差不多，而我的个性却比张同学要强，常要坚持自己的意见，在那样敏感的新闻单位，就更加没有好日子过了。

我不相信命定论，而向往个人的自由选择。但事实上，无论在哪种体制之下，个人的作用都是有限的，大抵拗不过时代的安排。人们总是在时代所提供的舞台上进行演出，我们无法要求时代所不具备的条件；但是，如果少一点人为的限制，就会多一些公平的竞争。

以门第取士，本来是古代宗族社会的一种恶习，正如鲁迅所批评的:"华胄世业,子弟便易于得官;即使是一个酒囊饭袋,也还是不失为清品。"(《论"他妈的!"》)后来改为以科举取士,应该说是对这种世袭制度的一种突破。当然,它也还有种种限制,比如规定从事某些"贱业"的子弟不得报考。后来的人,应该再向前推进,使社会有更公平合理的选择。马克思和恩格斯把人类历史看作一部阶级斗争的历史,但也极其尊重个人的自由发展。他们在《共产党宣言》中展望未来的理想社会时说:"代替那存在着阶级和阶级对立的资产阶级旧社会的,将是这样一个联合体,在那里,每个人的自由发展是一切人的自由发展的条件。"

部分同学晚年相会于杭州

苍茫山水吟咏中

临海的山水是因刘宋时代谢灵运的寻访和题咏而出名。

当然,并不是说在这之前临海就没有好山水,只是"养在深闺人未识"而已。山水也需要人赏识,而欣赏山水景色,则是人类发展到一定历史阶段的产物。食不果腹的初民,忙于向大自然索取基本的生活资料,还不懂得欣赏自然美,必须等到生活条件和文化修养都达到一定的水平,人才能懂得欣赏美景。所以中国的山水诗、风景画,直到中古时代才发展起来,并不是偶然的。这是审美自觉的表现。

可见自然美并不是一种纯粹的客体,它掺和着欣赏者的主体成分,是主客观结合的产物。

既然自然美本身就有主观的成分,那么,描写自然美的山水诗,更不可能是纯客观的临摹,而总是反映了时代的境遇和诗人的情怀。

其实,对于临海一带山水的欣赏,并不自谢灵运开始,东晋文人孙绰就写过一篇《游天台山赋》,甚有影响。孙绰是玄言诗的代表人物,《游天台山赋》亦语多玄意,但对天台山的险峻壮丽之奇境,却描写得很有特色。

大概是受到孙绰辞赋的感染,同时也听到人们口耳相传的赞美声，山水诗人谢灵运早就对临海一带的风景甚为向往，只是没有游览的机会罢了。后来被任命为永嘉（温州）太守，正好借此机会，到临海一游。

从谢灵运的居留地始宁（上虞）到永嘉，有两条路可走：一是由曹娥江出海，走水路；一是从剡县（嵊县）入山，走陆路。水路坐船当然舒服些，但看不到山景，非其所愿。谢灵运决定走陆路。但当时陆路并不畅达，交通甚为不便，有些山路是羊肠小道，有些地方根本还没有路。谢灵运既有游山之志，自然不畏艰险，他带了数百僮仆，浩浩荡荡，出剡县，过关岭，越天台，沿始丰溪向临海进发。为了观赏佳景，他命仆从伐木开路，专从险峻处行走，有时游得兴起，还要举火夜行。一时火光冲天，人声鼎沸，闹出很大的动静。临海太守以为是山贼来了，赶快派兵出剿，待到走得近了，才知道是永嘉太守游山。这是天下少有的"豪游"，传为千古佳话。据说，谢灵运还邀请临海太守同游，但临海太守未敢答应。这也无足怪，谢灵运是东晋车骑将军谢玄的孙子，出身豪族，自可做些出格之举，一般小官何能附庸！

谢灵运游临海，有诗记其事，题为《登临海峤初发疆中作，与从弟惠连，见羊何共和之》，凡四首：

杪秋寻远山，山远行不近。与子别山阿，含酸赴修畛。
中流袂就判，欲去情不忍。顾望脰未倾，汀曲舟已隐。

隐汀绝望舟，骛棹逐惊流。欲抑一生欢，并奔千里游。
日落当栖薄，系缆临江楼。岂惟夕情敛，忆尔可淹留。

淹留昔时欢，复增今日叹。兹情忆分虑，况乃协悲端。

秋泉鸣北涧，哀猿响南峦。戚戚新别心，凄凄久念攒。

攒念攻别心，旦发清溪阴。暝投剡中宿，明登天姥岑。高高入云霓，还期那可寻。傥遇浮丘公，长绝子徽音。

此诗虽云纪游，其实还是寄情之作，而且还表达了出世之思，当然，这也只是说说而已，作者并未真个遁世。但由于谢灵运的诗名影响，临海一带的风景，也就成为人们向往之地。李白也是喜游名山大川之人，他一向欣赏谢灵运（康乐）的豪情与诗作，常有追慕之词，如说："远公爱康乐，为我开天关"，"兴与谢公合，文因周子同"，"顿惊谢康乐，诗兴生我衣"，"且从康乐寻山水，何必东游入会稽"。在现实中没有走到的地方，有时还要在梦境中追踪。《梦游天姥吟留别》，就是写这种梦境的："海客谈瀛洲，烟涛微茫信难求。越人语天姥，云霞明灭或可睹。天姥连天向天横，势拔五岳掩赤城。天台四万八千丈，对此欲倒东南倾。我欲因之梦吴越，一夜飞渡镜湖月。湖月照我影，送我至剡溪。谢公宿处今尚在，渌水荡漾清猿啼。脚著谢公屐，身登青云梯。半壁见海日，空中闻天鸡。千岩万转路不定，迷花倚石忽已暝……"

这里的"赤城"，盖指天台南面的赤城山，此处石皆赤色，壁立如山，因以为名。赤城亦为临海城的别称。这种红石，大概是古代火山喷发之产物，临海桃渚镇附近至今还保留着一大片赤色岩石，看得出岩浆凝结的纹路，现已辟为火山公园。

"谢公屐"是谢灵运特别为登山而设计的木屐，前后装有两个活动的屐齿，上山时装上后齿，不装前齿，下山时拿下后齿，

谢灵运《谢康乐集》书影

换上前齿，上下就能取得平衡，行走方便。这种登山屐，只有旅游专家谢灵运才能设计得出来，也为游吟诗人李白所欣赏。

李白其实并没有到过临海，此诗也不是专写临海山水，但把临海一带的巍峨山势写出来了，读之令人神往！

真正到过临海的诗人也有不少。据临海志书记载，单在唐代，就有骆宾王、孟浩然、郑虔、陆龟蒙、杜荀鹤、钱起、顾况、李泌、李德裕、李绅、张祜、许浑等。孟浩然还留下追踪谢灵运的诗句："缅怀赤城标，更忆临海峤。"

当然，这些诗人并非都是为游山玩水而来，有些是贬官至此，心情郁结，并无观赏自然风景的闲情逸致。如骆宾王，幼能赋诗，被誉为"神童"，后来名列"初唐四杰"之中，诗名远扬。但他仕途坎坷，屡遭不幸，先曾被贬西域从军，回长安后又被诬入狱，后获大赦，"下除临海丞"。因做过这么一个小官，

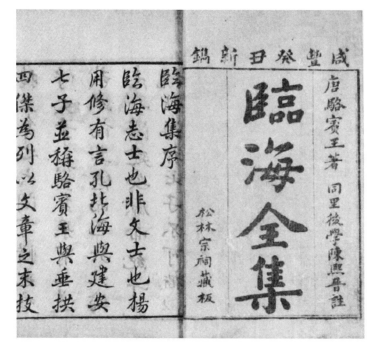

骆宾王《临海全集》书影

所以他的诗集就叫《骆临海集》,这也是我们临海人的光荣。诗集中有一首《久客临海有怀》,是在临海做贬官时所作。诗云:

> 天涯非日观,地屺望星楼。
> 练光摇乱马,剑气上连牛。
> 草湿姑苏夕,叶下洞庭秋。
> 欲知凄断意,江上涉安流。

诗中虽然也写到景物地貌，而意在借历史故事，表现出对于官场的厌弃。但是，骆宾王并没有真的归隐。不久，就跑到扬州，参加徐敬业讨伐武则天的军队，并写了一篇有名的《为徐敬业讨武曌檄》，传诵千古。据说连武则天本人都欣赏其才华，当她听侍读者读到"入门见嫉，蛾眉不肯让人；掩袖工谗，狐媚偏能惑主"句子时，深怪宰相没有将这个人才罗致过来。徐敬业兵败之后，"宾王亡命，不知所之"——但历史记载不一，或云伏诛，或云投江，还有说是到灵隐寺做和尚的，现在也无从查考了。

郑虔也是贬官。他贬到临海之后，主要的事业是兴办文教，但作为诗、书、画三绝之人，当然不会无诗。《丹丘诗三首》，就是在临海所作：

> 缚草为庐弃紫衣，讲经能致凤来仪。
> 至今千载云孙在，日倚层楼罔极思。

> 古寺临山廓，凄凉旷废余。
> 草生连坏壁，花落满空除。
> 凤去千年远，人亡岁亦如。
> 看碑长太息，伫立更踌躇。

> 内方外直铁为身，傲雪经霜知几春。
> 灵凤不来空寂寂，翻经犹忆晋时人。

这三首诗,写了他在临海兴学讲经、访寺看碑,以及读书自得的生活,虽然表现出不屈的人格,但是句句都透露出寂寞和凄凉。这也无足怪,偏僻的山城与繁华的帝都,反差实在太大。

顾况与骆宾王、郑虔的情况不一样。他到临海,不是贬官,而是探望被贬的朋友李泌而来,心情毕竟有所不同。他住在临海城南的巾子山上,此山与城郭相连,面临灵江,颇多寺院,风景清优,而离闹市又并不远,生活甚为方便,正是读书吟诗的好去处。顾况住得很自在,曾有《临海所居》三首,就是咏巾山的。诗云:

> 此是昔年征战处,曾经永日绝人行。
> 千家寂寂对流水,唯有汀洲春草生。
>
> 此去临溪不是遥,楼中望见赤城标。
> 不知叠嶂重霞里,更有何人渡石桥。
>
> 家住双峰兰若边,一声秋磬发孤烟。
> 山连极浦鸟飞尽,月上青林人未眠。

诗写巾山实景,写了昔年征战处的荒芜,写了今日清静的美景,也写出了诗人悠然之情。顾况在当时诗坛上很负盛名,早年白居易初到长安时,就曾投诗拜访,希望能得到提携。顾况初见他的名字,曾调侃道:"长安米贵,居大不易。"及至读到他进呈的诗稿,第一首便是:"离离原上草,一岁一枯荣。野火烧不尽,春风吹又生",他立刻改口道:"长安米虽贵,居大不易容易。"从此对白居易多加关照。以他的影响,临海小小的巾山也就出了名。此后咏巾山的诗作就多了起来。

最富传奇色彩的,是晚唐诗人任蕃。他是江东人士,家贫苦读,颇有诗名,但却科举不第。他痛斥主考官不识才,愤而不再参加考试,行吟江湖,自娱自乐。几十年间,三到临海,三上巾山,第三次来,竟一居十年。他每次到巾山,都写有诗篇:

> 绝顶新秋生夜凉,鹤翻松露滴衣裳。
> 前峰月照半江水,僧在翠微开竹房。(《游巾子山》)

> 灵江江上巾峰寺,三十年来两度登。
> 野鹤尚巢松树顶,竹房不见旧时僧。(《再游巾子山》)

> 清秋绝顶竹房开,松鹤何年去不回。
> 唯有前峰明月在,夜深犹过半江来。(《三游巾子山寺感述》)

为纪念这位诗人,后人还取诗句中的"翠微"二字,特地建了一座翠微阁。又有人题句云:"任蕃题后无人继,寂寞空山二百年。"

其实,任蕃之后无人题,并不是诗到绝顶无人继,而是乱世之中,诗人的心情有所不同,已无法写出这种悠闲的诗句了。

这之后,好诗大都是离乱之辞。

当然,也有在极乱之时,却写出悠闲之诗的,如宋高宗赵构。当年金兵南犯,攻下宋朝都城汴京(开封),掳去徽、钦二帝,康王赵构即位后,仍被金兵穷追猛打,于是乘船从海路南逃,路过临海。不过他没有进临海城,更未及登巾子山,下船后就近登上了章安镇旁边的金鳌山小憩,看到此处风景佳丽,就作了两首绝句:

> 古寺春山青更妍,长松修竹翠含烟。
> 汲泉拟欲增茶兴,暂就僧房借榻眠。

> 久坐方知春昼长,静中心地自清凉。
> 人人园觉何曾觉,但见法劳日日忙。

从这两首诗中,丝毫看不出追兵在后的窘迫心情,也没有什么失地千里、父兄被掳的家仇国恨。真不知这位惊魂未定的逃难皇帝怎么会写出这样悠闲的诗句来?

在章安镇上,道出了真情实感的是女词人李清照。李清照出身名门,父亲李格非是文坛名流,丈夫赵明诚是很懂金石学的太学生,他们在汴京读书、填词、鉴赏金石,过着美满的生活。金兵进侵之后,他们一路南逃,赵明诚病故,李清照狼狈之极。现在她也辗转来到了章安,看到早梅开放,触景生情,写有《清平乐·年年雪里》一首,词意颇为凄凉:

> 年年雪里,常插梅花醉。捋尽梅花无好意,赢得满衣清泪。
>
> 今年海角天涯,萧萧两鬓生华。看取晚来风势,故应难看梅花。

漱玉词风,本来就婉约凄清。早年过着安逸生活时,就有"昨夜雨疏风骤,浓睡不消残酒"等句,南渡之后,生活在颠沛流离之中,词句当然更为悲凉了,如"寻寻觅觅,冷冷清清,凄凄惨惨戚戚","只恐双溪舴艋舟,载不动,许多愁"。但李清照写的都是自己真实的感情。王国维在《人间词话》里说:"境非独谓景物也,喜怒哀乐,亦人心中之一境界,故能写真景物,真感情者,谓之有境界,否则谓之无境界。"所以说,李清照的词是有境界的,而赵构的诗,则无境界,因其没有真实感情之故也。

当然,临海山水所寄托的,并非全是闲逸和忧愁,它的雄奇景色,还激发起刚毅和强劲之情。

南宋末年,文天祥从元兵的羁押中逃出来之后,从海道南行,路过临海桃渚镇,为其雄奇景色所动,作《乱礁洋》诗一首:

> 海山仙子国,邂逅寄孤蓬。
> 万象画图里,千崖玉界中。
> 风摇春浪软,礁激暮潮雄。
> 云气东南密,龙腾上碧空。

随即继续南行,又作《舟入仙岩港遥见洞山双峰疑为雁荡》一首:

> 鲸波万里送归舟,倏忽惊心欲白头。
> 何处赭衣操剑戟,同时黄帽埋兜鍪。
> 人间风雨真成梦,夜半江山总是愁。
> 雁荡双峰片云隔,明朝躧屩作清游。

这两首诗虽然也写美景,也有风雨忧愁,但却充满了抗争之气。文天祥明知形势险恶,但总想凭借东南云气,来保住汉人的天下。这种知其不可为而为之的斗争精神,十分可贵。

如果说,临海因远离政治中心,地处海隅,以前一直是别人避难之地,到了明代,却成为国防前沿。抗倭名将戚继光在这里打出了威风。这位将军也登山赋诗,但与文人学士们的情怀大不相同。他也有《登巾山》诗:

> 春城东去海氛稀,城畔人烟绕翠微。
> 山麓高楼开重镇,辕门晓角起清晖。
> 九天云气三台近,百里江声一鸟飞。
> 极目苍茫忆明主,吴钩高楼斗牛辉。

面对城楼美景,他首先想到的是保卫一方的平安。正如他在另一首诗中所说的:"愧余不是寻芳客,夜夜严城度戍筘。"(《春野》)而且还表示出他的志向是:"封侯非我意,但愿海波平。"

(《韬钤深处》)

戚继光抗击倭寇,保住了台州沿海的平安,后来还调到冀州抗御清兵,也取得了很好的成绩。不过,明朝终于还是为清所灭。这时,又有两位抗清志士,到处联络活动。他们在路过临海时,都留下了诗篇。

黄宗羲是明末清初的思想家,还曾带兵抗清。他游天台、雁荡时,在临海石佛寺过年,同时还拜谒了东湖樵夫祠——这位樵夫因闻建文帝被火烧死而投湖自尽;又至乱礁洋凭吊文天祥,都留有诗作。今录其《临海石佛寺度岁》诗一首:

纸窗漱漱暮光凝,凄断江城画角兴。
啄雪饥乌惊折竹,送年孤旅春居僧。
岩崖多有天生屋,云水尝闻自在朋。
吾亦好奇曾夙昔,奚为勇往未全能。

张煌言是南明抗清名将,曾来临海迎接鲁王监国,并拟与郑成功会师北伐,多次在临海一带活动。有诗《重过桃渚》云:

一棹天台依旧迷,重来秋爽足攀跻。
苔衣糁糁髯偏美,石磴鳞鳞齿未齐。
梦到赤城霞气近,感深苍海水声低。
临流空作桃花想,愧煞仙源是武溪。

张煌言很有文才。作为诗人,他当然也欣赏临海的美景,

临海金鳌山

很想归隐于山水之间。但是他自觉肩负复国的使命,还是竭其全力来组织武装斗争。他们的事业虽然失败了,但其精神却感动后世。临海成为他们寄情之地,这也说明,临海的山水所养育的不是柔媚之气,而是一种硬骨头精神,即鲁迅所说的"台州式的硬气"!

江南八达岭

江南八达岭是指浙江省临海县（现改为市）的一段城墙，因其酷似北京的八达岭而得名。它们的确有些渊源关系，但不是临海城模仿八达岭，有如某些小县城、小乡镇造仿天安门城楼或白宫建筑一样；恰恰相反，倒是八达岭承袭了临海城的法式。

一般的仿建工程，都是小地方模仿大地方，这里为什么会出现以大仿小的情况呢？那是历史原因造成的。

临海当年是台州府治所在，临海县城就叫作台州府城。明代名将戚继光驻守台州抗倭多年，他根据战斗的需要对城墙加以改造，增建了十三座空心敌台，并用砖石包砌城基，使之加固，以利防守。后来戚继光调任蓟州总兵，从台州带去一批戚家军，就用这原班人马和原来的造城方案对八达岭一带的长城进行改造，因此八达岭与临海城相似也就不奇怪了。后来，又在首辅张居正和兵部尚书谭纶（原任台州知府）的推动下，宣府、大同、太原三镇亦参照戚继光的办法来修建那段长城的敌台，以加强防御能力。于是，从山海关到山西黄河边那一段长城，在形制、规格上也与台州府城有很多相似之处。

但临海城和八达岭一样，都不是戚继光所创建，他只是根

台州府城——江南八达岭

据战争的需要而加以改造罢了。八达岭是长城的一部分,大家都知道长城是秦朝开始建筑的,临海城则相传是东晋隆安年间郡守辛景为抵御孙恩的起义军而造。《嘉定赤城志》说他"凿堑守之",大概也就是凿开山间岩石,临时构筑些工事来防守吧。仓猝间建成的壕沟掩体当然不可能完善,以后就有不断重建、扩建的工程。最有意思的是关于唐武德年间尉迟敬德奉命扩城的传说。尉迟恭是一员勇猛的战将,筑起城来也毫不含糊,但是北固山百步峻一带形势过于险要,城墙怎么也筑不上去,屡筑屡塌,大家都束手无策。那天忽降大雪,遍山皆白,只见一只梅花鹿沿山而奔,尉迟恭心有所悟,即令军士沿着鹿迹筑城,一举而成,因此临海又有"鹿城"之称。这个故事,一直为临海人所津津乐道,至今仍有人在市区街心花园里树立飞鹿群雕,

台州府城墙

以昂首奋蹄的奔鹿,象征着临海的经济腾飞。

临海城墙还有一点与众不同之处,它在军事意义之外,又有防洪作用。据史书记载,宋代太平兴国年间,吴越国归降,钱氏曾下令"堕其城示不设防"——真是投降得彻底!临海城也在拆毁之列。后来重建,则是由于灵江水患,需要用城墙来防洪之故。

临海城紧靠灵江,每当夏秋季节,上游永安溪与始丰溪山洪奔腾而下,下游椒江口的大潮又直逼上来,刚好在临海城外汇合,就形成一股激流,冲进城里。据宋人元绛在《台州杂记》中记载:"庆历五年夏,山洶,海溢逾城,杀人万余,漂室庐几半,州既残毁。"可见灾害之严重。浙东提举上奏后,朝廷"闻之震惊",这才赶快调集台州府属各县县令,分段负责来筑城,

"三句而成"。后来又不断加高,加固,才成为现在这个样子。为了加固城南容易受到江水冲击的城墙,当时的州官还采取了特殊的方法:"用牛践而筑之。每日穴所筑地受水一盂,黎明开示,水不耗乃止。"(《嘉定赤城志》)而且在构造方法上也颇为独特,如一般城墙建造马面是为了军事上的防御,而临海城临江一边的马面则筑成弧形和斜形,以利水流畅通,而且城门有九个之多,倒不是摹仿京城,也要设置个"九门提督",而是为了泄洪的需要。然而有一利必有一弊,利于泄洪则不利于防洪,于是又封掉两个门。总之,那个时候临海的城墙,防洪的作用几胜于防敌,直到明朝倭寇侵犯,这又重新为御敌而加以改造。

但冷兵器时代结束之后,城墙在战争中已不能起很大的防御作用了,而于交通则有很大的妨碍。人总是首先从实用的需要出发来处理事情的,而且往往只顾眼前利益,少有长远眼光,所以各地纷纷拆除城墙,也是必然之举。临海的城墙之所以能够保留下来,大概还是由于它的防洪功能尚未消失之故。我小时候,每当夏秋季节,就常常要涨大水,在大水即将进屋之前,大人们就忙着将要紧之物搬到楼上,并且涉水上街去买东西,那时,菜地早已淹没,蔬菜是没有卖的了,就买些咸鱼、干货之类,大家躲在楼上,用缸灶烧点饭吃。一般也只涨到一两尺高,几天之后就退去。但外婆曾指着板壁上的陈年水痕对我说,这是有一年涨大水时留下的,它比一个大人还要高。

其实,临海的城墙保留得也并不完整。西、南两面临江而立,能起防洪作用,所以保存得比较好。北面城墙筑在山上,虽不妨碍交通,但也不起什么作用了,所以任其自然损坏。东面是交通要道，城墙就逐渐被拆除了。不过在40年代也只是开了几条通衢，残垣颓基还随处可见，到50年代就拆除得很多了。1953年为疏通道路，拆除了约百米城墙；1956年为了建立东湖烈士墓，又拆除了约百米城墙；1958年大炼钢铁，就将东面城墙全部拆除，用城砖来修建小高炉。所以，现在位于东湖北面的"江南八达岭"，其实已不是旧物，而是为了适应旅游事业的需要而补修的。我的家离此不远，东湖是常到之地，但从来没有见过这座完整的"八达岭"，当日所看到的只是破破烂烂的墙基。

这就牵涉到如何保存和展览古迹的问题。在这方面，中外的观念似乎大不相同。

20世纪末，我曾到意大利作短期讲学，拿到讲学费后就背起背包到处流浪，参观过不少名胜古迹。那里有许多保存完好的教堂、宫殿和民居建筑，这与建材当然有很大的关系，因为他们的建筑物大都以石材为原料，经久牢固，不像我们砖木结构的房子，易于坍塌；但他们也没有刻意的破坏，如"破四旧"之类。当然，由于年代久远，败坏了的建筑也不少，最有名的地方是罗马斗兽场，无论外壁、观众席和竞技场，都是残缺的，但他们并不将它复原，就以残缺美来展示世人，照样成为世界级的名胜古迹。而我们国人，却总要将古旧之物修整得十全十美才肯罢手，不知是否鲁迅所批评的"十景病"在作怪？听说连破坏得只剩下一些残迹的圆明园，也有人千方百计考证出原图，提出要将它重建，那么，临海重新打造江南八达岭，也就并不奇怪了。其实，南门、西门一带，那才是临海真正的老城墙。可惜，远道而来的旅游者，来去匆匆，不能不跟着导游的小旗走，无缘得见真城墙。

对于古城墙的拆除或保留问题，北京当年曾经有过激烈的争论，主张保留一派的代表人物古建筑学家梁思成受到批判，城墙还是被拆除了。临海没有梁思成式的人物，没有激烈的抗争，但城墙倒没有全部拆除，这是万幸。

对于城墙的处理办法，同样也体现在旧城区的改造上。

20世纪50至70年代，破旧立新的观念最强。有些明显带有封建意识的建筑物，率先加以拆除。临海城里的大街小巷上原有很多高大的石牌坊，都是为表彰忠孝节烈而建，50年代一概加以拆除了。当然，这与交通问题也有很大的关系。临海城里的街道，原来都是供步行之用，阔人出远门，则坐顶轿子，到民国年间才有一些自行车（当地叫脚踏车），但为数不多。解放以后，汽车逐渐多了起来，石牌坊成为障碍，自然非要拆除不可。而有些地方的改造，则与地皮有关，如"道司里"。这里原为台州兵备道、台海道衙门，"道司里"的名称即由此而来。后来改为台州考院，民国时期拆除考棚，改为体育场，占地约二十亩，球场、跑道、沙坑、天桥都有。但跑道只有三百米，比正规的四百米跑道要短一百米，还不够规模。不过在临海已是一个很大的场地了，各个学校的运动会都在那里举行，还常有球赛之类。解放以后又作为露天大会场，举行群众集会。但后来我们回乡时，再也找不到道司里了，原来都盖了房子，没有一点隙地。

临海城建的大动作发生在1958年"大跃进"年代。那时有一句流行口号,叫作"不怕做不到,只怕想不到;只要想得到,一定做得到"。临海的领导人想了一个宏伟的计划,就是要拆除老房子,建设新城区。而且马上着手拆除了城东的一批房子。但建造大批房子是要很大一笔资金的,资金不到位,再大胆的设想也没有用。接着,就出现了全国性的大饥荒,"大跃进"下马,连肚子都填不饱,哪里还有余力造房子?所以一条空荡荡的新街,也只好任其晾在那里。

临海城的真正改造,是在改革开放之后。这时,新的领导人思想观念有所更新,他们对破立关系的认识也有所变通,不再拘泥于"不破不立""破字当头,立也就在其中了"这样刻板的公式,而觉得建立新城区,并不一定非要把旧城区破坏掉不可。所以现在临海的新城区向东面扩展了好几倍,而原来的老城区却仍旧保留着,作为历史文物,在旅游业昌盛的今天,也成为一种资源。这是明智之举。

而且,为了旅游的需要,有些已经损坏或消失了的景点,也在修复或复制。比如孔庙(文庙),这里原来就是府学所在地,民国时期归回浦中学使用。20世纪50年代回浦中学迁出,房屋让给台州地委工作人员做家属宿舍,80年代我回乡时与一些回浦老同学一起去怀旧,看到房子已拆掉许多,而主建筑大成殿则是破破烂烂,掩映在残阳之中,很有凄凉之感。现在作为一个参观景点,大成殿已装修得焕然一新,而且还新建了一些附属建筑,如名宦祠、明伦堂等,但原来的一些附属建筑却没有了,包括大门外写着"腾蛟""起凤"的两个石牌坊和大门内的泮池,使我们这些老回浦学生看了觉得很不是那么回事。

好在现在的参观者大抵不是老回浦生,也就没有今昔之感了。

还有一个郑文公祠,原在北固山脚下,是纪念唐代贬谪到此的官员郑虔的。郑虔号称诗、书、画三绝,很有文才,他到临海后,开发了此地的文化教育事业,所以后人建祠纪念他。20世纪三四十年代,这里是北山小学,我在此读过几年书,对环境非常熟悉。前几年回乡探亲,偶尔路过一处,见有郑文公祠的门楣,赶紧进去看看,但无论是地理位置或内部格局,怎么看都不像我读小学时的样子。后来问一位临海文物专家,说是这个祠是从别的地方迁移来的。我想,大概是原来的房屋被拆掉了,现在这个祠是重新建造的吧。

重新建造景点的做法,各地都有。因为拆拆建建,是我们的常事。何况还有一些很有意思的景点,拆而未建的。如南门外的江厦街(或称江下街),和西门外的浮桥。江厦街是一条临江的商业街,许多房子前边是街边店面,开门可做生意,后面则是临江居所,开窗可看江景,还有各家自用的小埠头,可以直接停船、取水,有如南京秦淮河的河房。这条街当年非常繁荣,也颇具特色,后来失火烧毁了一片,索性就被拆除了。浮桥则在西门外灵江之上,首建于宋朝淳熙八年,桥体以五十只木船在江面上一字排开,用四根铁链和许多根竹索加以连接,并固定于两岸石墩之上。桥上铺有一丈六尺宽的木板,人畜来往自如。浮桥边是天然游泳池,每到夏日,就有许多青年人在此游泳,凡有小姑娘或小媳妇在桥上经过,必有勇敢者到桥边表演一番,以吸引她们的注意。但江底浮沙流动,深浅不定,而且时有漩涡,每年总有几个人溺水而亡。西门浮桥当初是临海城里通往西乡的要道，如能保留到现在，也是一处历史景观，但可惜随着交通事业的发展，早已拆毁。从实用的角度看，这也是必然之事。因为浮桥载重量有限，在汽车发达的时代，必然要为钢筋水泥的公路桥所代替。但从文化历史角度看，保存这样一座船体浮桥，还是很有意思的。

当然，旧址也不可能完全保留，因为城建本来就在变动不居之列。但有些具有历史意义的建筑能够保留下来，多少能够增加一些这个地方的文化含量。

说到临海的城墙建筑，还有一处胜境，不可不提。这就是在府城之外，另有一个具有特殊意义的小城——桃渚城。桃渚是一个近海小镇，当年倭寇船只进入台州湾之后，大都在此登陆，所以明朝开国不久，就在此筑城设卫，作为抗倭基地，后来戚继光凭借此城，打了几次大胜仗，名震遐迩。桃渚城三面环山，东接平川，城墙不高，但军事设备俱全。城北有校场、将台，相传是戚继光点兵处，城内道路宽敞，可以快速调动部队，还可跑马冲锋。后山有"眺远""镇海"摩崖石刻和《新建敌台碑记》，护碑亭上有一副对联云："眺远碣前犹见古敌台瞭倭御寇；镇海崖上长思戚将军踏浪平波。"城内有戚公祠，供奉着戚继光塑像，还有他的抗倭事迹展览。

桃渚城的城体建筑保存得很完好，古趣盎然。多年以前，我与两个中学老同学一起返乡，台州学院教师吴世永曾陪我们去参观过；今年与另一位中学同学一起回乡，遇到已故同学郎迪青的儿子郎伯凌，他说他就是桃渚人，可以带我们去参观外人走不到的地方。这时，桃渚城门口已经设摊卖票，可见参观

抗倭小城桃渚东城门

者不少。因为郎伯凌是本城人,我们作为他的客人,也就可以随意观看了。

郎氏是桃渚大族,他家古宅是桃渚城里名宅,我们自然要去看一看。这个宅院建于清朝道光年间,是一座二进四合院,格局上与临海的大台门相似,但是比较宽敞高大,连大门都有二层门楼。特别引起我注意的是雕梁画栋、飞檐翘角,这是一般民宅所没有的。现在一些廊柱头上的高浮雕还可以见到,有腾龙、走狮、麒麟、回头鹿等,但屋柱窗棂上的木雕都被破坏了。据说这古宅后来遭到两次破坏:一次是在50年代初期,被政府征用为粮仓,工作人员认为这些装饰物是地主资产阶级的东西，凡是够得着的地方，都把它敲掉了，至今还可见凿痕；第二次是在"文革"期间，红卫兵小将们的革命性比当初粮站工作人员更彻底，因而破坏得也就更彻底。到得改革开放以后，旅游热兴起，新的官员们开始意识到保存古建筑的重要意义，也曾经拨款维修，但是，那些精致的雕塑已无法修复了。

郎氏古宅里，现在开了一家饭店，叫"农家乐"，专门为游客服务，听说生意很不错，此亦与时俱进也。但烟火缭绕，不知会不会对古宅造成新的损坏？

台州义军与台州绿壳

作家张承志很钦佩鲁迅的硬骨头精神,但对于一个南方人能够如此坚忍不拔,却感到不可理解。他的推测是,鲁迅祖上一定是从北方迁徙过来的。

我们且不管鲁迅祖上是从哪里来的,只是觉得对于南方人性格的这种判断,其实并不准确。复旦大学郜元宝教授就调侃道,张承志大概忘记了鲁迅曾多次引用过明人王思任的话:会稽乃报仇雪耻之乡,非藏垢纳污之地。

其实,不但会稽一郡如此,浙江各地百姓都富有这种抗争精神,特别是在山区,民风尤为强悍。比如台州,就以台州式的硬气出名。这种性格,也造就了台州义军和台州绿壳。

台州老百姓造反,次数甚多。其中有全国性影响的,就有好几起。

最早见于历史记载的,是东晋安帝隆安年间的孙恩起义。早期的临海城,就是为抵御孙恩的进攻而筑。孙恩是山东人,以五斗米道相号召,组织民众,来对抗士族豪门的统治;他的活动范围也不限于台州,而遍及江东八郡,还曾率兵打下会稽,杀了内史谢琰,且进攻建康,欲取东晋政权而代之。但他的根据地是在台州湾外的海岛上,沪渎一战失败后,却回兵攻打临海，想以这里作为固守之地。因为此处不但地势险要，而且有群众基础。当初孙恩起义军初起，临海人周胄立即揭竿响应，数月之内，就聚集了成千上万的农民，抓获许多临海的贪官污吏，并迫使太守司马崇逃亡。可惜孙恩进攻临海城失败，最后投江自杀，跟随投江者有万余人。

到了唐朝代宗宝应元年，又有袁晁起义。袁晁是台属临海人，跟随他造反的，当然也是台州民众。造反的原因，是李唐王朝为了平定安史之乱，加重了江南的赋税，老百姓不堪负担。所以袁晁一起事，应者纷纷，马上就成燎原之势。据《旧唐书》记载："袁晁起乱台州，连接郡县，攻陷江东十州，积众二十余万。"由于江南富庶地区被占，切断了中央政府的财粮供应，危及李唐的生存。于是，中央急调平定安史之乱的主力，天下兵马副元帅李光弼南下镇压袁晁之乱。起义军毕竟是乌合之众，经不起正规部队的打击，仅存在一年零三个月，就失败了。

元末首先率众起义的方国珍，则是台属黄岩人，而他告祭上天的地点就在临海。临海城内西北角的北固山上有个地方叫望天台，我们到建成中学去听报告或看节目，都要经过这里，那时只知道这里有个医院，但不知道这地名的由来，有人想当然地说，因为这家医院的主人陈省几是天台县人，因思念他的故乡故而起了这么个名。但总感到有点牵强，一个医院院长，怕没有这么大的权力。后来看到志书上说，那是方国珍当年聚众祭天的地方，所以那一带就叫望天台，这倒是说得通。方国珍后来被朱元璋所吞并，所以望天台也就没有什么历史价值了，

1999年重建的望天台

如果方国珍统一全国,成为什么朝代的太祖,那么,这里也就成为龙兴之地,一定会重建祭台,列为全国一级文物保护单位。这就是所谓成王败寇的历史。

孙恩、袁晁、方国珍之辈,因为造反没有成功,所以史书上都将他们称为盗、寇。现在称他们为义军,是出于对农民革命的尊重,因为主流意识是将农民起义和农民战争看做历史发展的真正动力。至于那些小股部队、打家劫舍的人物,就没有这样的美称了,台州人将他们叫作"绿壳"。对于外地人说来,"绿壳"这个词颇为费解,其实就是"强盗""土匪"之意。那么,为什么将"强盗""土匪"叫作"绿壳"呢?却有几种不同的解释:一说"绿壳"是"绿客"的谐音,意谓绿林豪杰;一说"绿壳"应是"落壳",俗语说"人要脸,树要皮",落了皮壳的树,也就是不要脸之人;而临海市政协文史资料委员会编写的《历史文化名城临海》一书中则介绍此语之由来道:"据说是林则徐于道光间在广东禁烟抗英,与总督邓廷桢屡败入侵英军,焚烟土,毁烟船,英人为之侧目。但由于清政府的无能,禁烟终于半途而废,林则徐被革职遣戍,抗英的兵勇也遭遣散,他们四散海上,无以为生。其中有布兴者,带领一部分人,游弋至台州沿海,在海上靠劫掠财物为生,其船形如蚱蜢,号'蚱蜢艇',他们把船统统涂成绿色,故又叫作'绿壳船'。自此以后,台州人便渐渐把以劫掠为生的人都称之为'绿壳'。"这样说来,当初那些"绿壳",是由于政府腐败,处置失当,由官兵衍化而来。

当然,也有由"绿壳"而衍化为官兵的,即所谓"受招安"。方国珍就是降降反反,反反降降,反复无常,既降于元朝官府,接受官职,又降于势力比他大的另一支起义军首领朱元璋,也接受他的封官。到得清朝光绪年间,又有以金满为首的一股"绿壳",在台州一带打家劫舍,横行无忌,官兵剿灭不了,就采取"抚"的政策,将他招安,授官长江守备,号"满字营",在任二十余年,晚年致仕居故里,持斋念佛。所以"绿壳"的情况,非常复杂,不可一概而论。这种错综复杂的情况,不禁使人想起了鲁迅所说的话:"在乌烟瘴气之中,有官之所谓'匪'和民之所谓匪;有官之所谓'民'和民之所谓民;有官以为'匪'而其实是真的国民,有官以为'民'而其实是衙役和马弁。"(《学界的三魂》)

黄金满像

只是对于金满的招安,不但没有抑制住台州的盗风,反而将它刺激得更盛了。志书上说:"为盗可以不死,益无所惮,台之盗风由是益炽矣。"中国一向是官本位的社会,但进入官场的途径却有多种:一种是靠家族关系当官,古代的门阀制度,现代的出身论,就是这种选官方法;另一种是以考试成绩取士,如隋唐以后的科举制和民国时期的文官考试制,都是这种选官方法；但也有别的方法出仕的，如先把"隐士"的招牌做大，引起皇帝老倌的注意，然后应召入朝，谓之"终南捷径"，还有花钱买官的，叫作"捐班"；此外，就是这一条由做"绿壳"而为官的途径，这叫作"若要官，杀人放火受招安"。

我小时候，也见识过"绿壳"头子受招安之事。市民们对于事件的本身并不感到新奇，大概以为是常事了；他们感兴趣的是这个名叫戴小奶的"绿壳"头子的本事。据说戴小奶的一双脚板很是了得，他从不穿鞋，能够凭着一副光脚板在山间丛林里奔跑，官兵怎么也追不上。那天受招安，有些人赶去一睹尊容，只见他仍是赤脚而来，到了专员公署所在地东湖门口，才穿上一双布鞋去见专员，见过之后出来，马上脱下鞋子，仍旧赤脚而去——他已不习惯于穿鞋了。当时临海的穷人很多，赤脚在夏日灼热的石板路上和冬天冰冷的雨雪中走路，都是常事，并不稀奇，只是不能在山间丛林中奔跑罢了，所以我听了并不觉得有什么了不起，直到多年以后读柳青的小说《创业史》，见书里写到贫农青年栓栓跟着梁生宝进山砍竹子，脚板被竹茬子扎伤，就不能行走，而且有化脓的危险，要养息多时，这才认识到戴小奶的铁脚板是真功夫。

当年临海的"绿壳"的确很多，到处都有他们的踪迹。我的一个陈姓同学，原来住在上海的，解放初父亲失业，生活窘迫，他们几个子女就被送回临海老家抚养，不料长途汽车驶过天台山区时，遇到"绿壳"拦路抢劫，他的姐姐当场被流弹打死。还有一个蔡姓同学，家里是开豆腐作坊的，并不是很有钱，只不过以商业盈余买了几亩薄田而已，土改前一年还能收地租的时候,他父亲叫他兄弟二人下乡收租,却被"绿壳"绑票了,将他们哥俩关在一个小楼上,下面派了几个人守卫。这位蔡同学外号叫蔡铁头,头功好,臂力腿力也好,单杠能够玩大车轮,在教学楼里还表演过徒手上墙,即用手脚抵住走廊两边的墙壁,攀登而上。这回就大大地发挥了他的专长。他乘看守在楼下喝酒的时机,爬到屋顶上拨开瓦片,将他哥哥拉了出来,一起逃回家中。

我自己也有两次亲身接触"绿壳"的机会。

一次是在1941年春天,日本兵进入临海城,我们逃难,辗转来到西乡山区一个叫黄坦的村子。这个地方四面环山,形势险要。1927年12月,共产党的临海地下组织曾经在这里开过一次重要的会议,叫作"十二月黄坦会议",布置今后的工作计划。不知是否在此留下红色的种子?我们逃难来此地时,这个村子里有个"绿壳"头子,外号叫作"小黄坦",平时也跟普通农民一样,笑嘻嘻很和气,而且喜欢逗我玩,常抱着我到村头小店里去买糖果吃。我母亲吓坏了,怕他将我抱走,当作肉票。居停主人说,不要紧的,兔子不吃窝边草,他从来不在本村作案,你们是我家客人,也算是本村人,他绝对不会动的。果然,他每次抱我出去买点东西吃后,就送回来了,平安无事。我们在黄坦住了多时,夏天夜里大家在屋前场地上乘凉,远远看见小黄坦带着一批人出去了,主人说,他们作案去了。听说小黄坦是劫富济贫,不抢穷人的财物,也不伤人,所以在这一带能够待得下去。但终于还是被抓捕了。那时,我已经上学读书,有一天在街上忽然看到一张杀人的布告,要枪毙一个"绿壳"头子，就是这个"小黄坦"。当时有许多人赶到西门头小校场去看热闹，我不愿意去。我本来就不喜欢看那种血淋淋的场面，而且心里还老想着小时候他抱着我买糖果吃的事情，不忍心去看。

另一次是在1950年，那时我初中还没有毕业，同班同学中有一个乡长的儿子，因为父亲有相当的势力，所以他有些横，动不动就与人打架，自己的脸上也被打出伤疤来。他读书不用功，缺课是常事，别人也不以为意。有一次，很久不来了，这才引起大家的注意。一打听，说是他父亲在镇反运动中被枪毙了，他一怒之下，上山做"绿壳"去了，扬言要报仇。当时，台州"绿壳"很多，同学中还有父亲做"绿壳"头的，我们也见怪不怪，但自己同班同学去做"绿壳"，却还是头一遭——不过严格说来，我们也只是认识一个"绿壳"的前身而已。该同学做"绿壳"之后，开始还有些传闻，后来就没有消息了，也有人说，他已被剿匪部队消灭掉。直到80年代改革开放，他的名字却又出现在临海人的口耳之间。听说他现在是香港的资本家，有人动员我们班同学出面去拉他回来投资，但是却没有一个人响应。想来，当初在剿匪高潮中，他并没有被剿灭，而是逃到大陈岛上，然后到了台湾或香港。这是当时国民党残部的一条"退路"。

以往历朝历代都有官匪的斗争，但官军从来都没有彻底剿灭过盗匪，所以"台州绿壳"也从来没有绝种过。只有到了1949年以后，解放军才花大力气将匪患剿灭。但那时所剿之"匪"，主要并非打家劫舍的"绿壳"，而是国民党残余部队。因为那时将他们称为"蒋匪帮",一概以匪视之。但国民党部队钻在海边岩洞里,使不熟悉地形的解放军损失惨重。临海东湖边上那座庞大的烈士墓,就是对那段时期战斗牺牲者的纪念。因为解放军进临海城并没有遇到抵抗,也就没有伤亡,这些烈士大都是在"剿匪"中牺牲的。因为有这样大的行动,那些零星的"台州绿壳",也就一并加以消灭。后来,基层组织渐趋严密,山民和乡民也就无法再游离出来做"绿壳"了。

但现在台州人又怀念起那些"绿壳"来了。三门县还设置了一个海盗村,作为旅游景点,真是彼一时也,此一时也!

一个泥水工的文化情怀

黄大树是临海东乡汇溪镇的农家子弟，因为家里穷，初中没有读完就回家务农，后来又学会做泥水工，以增加家庭收入。但毕竟读过几年书，头脑活络，胆子也比较大。"文革"结束之后不久，他就想出去闯世界。当时改革开放政策尚未出台，但各方面都已开始松动。生产队也不再割"资本主义尾巴"了，允许社员外出打工，只是规定外出者每天要上交五毛钱，却不能享受队里分红。黄大树听说外面打工每天能赚到一块钱，觉得还是合算的，就决定出去试一试。当时宁波正在招收临时工，他就带了把泥工刀到宁波去找工作。那年是1978年，他三十岁。

宁波市有两个大寺院：天童寺和阿育王寺，在"文革"中都被破坏得很厉害。这两个寺院是日本佛教曹洞宗的祖庭，日本首相提出要来参拜，邓小平副总理答应了，所以国务院拨下一百二十万元专款——在那时，是一笔大款项了，宁波市组织了以市长为首的领导班子，对两寺进行大修。黄大树找上门去，自我推荐。负责工程的王局长问他："你能修筒瓦大屋面吗？"黄大树说："没有做过。"王局长再问："你能修斗拱吗？"黄大树又说："不会。"——这些古建筑的特有构件，一个农村泥水工听都没有听说过,当然不会修。王局长说:"那我这里就没有你可做的活儿了。"黄大树只好懊丧地走开。但是并不死心,他想,这么大一个修建工程,总有我可做的活儿吧!就在寺院里到处转悠,终于发现围墙有许多坍塌处,需要修理。他再去找王局长,说:"你这里围墙有许多地方倒坏了,也要修理的,这活儿我能做。"王局长说:"对,对,对,我这里有几公里围墙,是要修复的。"就留下他来修围墙。黄大树就从这里起步,参加到古建筑修缮行列中来。

黄大树是个有心人,这次到宁波找工作的经历,使他深知技术的重要,于是抓紧一切机会学习。到得天童、阿育王两个寺院修缮工程结束,他已学会整修古建筑的许多手艺了,很快就成为行内的能人。开始一段时期,他是跟着别人的工程队工作、学习,后来他学会的技术多了,已经能够掌握工程全局,而且改革开放政策也逐步推广,允许成立私营企业,他就应时而起,自己拉起工程队,接着又成立了一个公司,叫作浙江省临海市古建筑工程公司,正式挂牌招揽工程。因为工程质量好,接的活也愈来愈多,不但承接了许多国内工程,而且把生意做到泰国、马来西亚等国。

黄大树原来的文化程度不高,但现实的需要,迫使他不能不下功夫学习。他自学了建筑工程学的各门学问,还有建筑史和文化史等各方面的知识,使自己成为一个古建筑专家,不但学会了行内已有的技艺,而且有所发明,有所创造。这些创造性的方法,在实践上很能解决问题,在理论上也得到了专家学者的肯定。有一次,在苏州召开的全国古塔维修技术研讨会上,黄大树提交了一篇《古塔维修中四个难题的解决办法》的论文，文中提出了这样四种解决难题的方法：压力注浆法，角梁预应法，塔壁补砌法，檐口借调法。梁思成的学生、古建筑专家组组长罗哲文教授听了他的发言后，特地将他留下来谈话，加以鼓励道："你所提的'角梁预应法'等几种方法，不但在理论上成立，而且很有实际的操作性。"罗哲文很欣赏黄大树的钻研精神与实际操作能力，后来还将他收为徒弟。

黄大树进入古建筑修建行列之后，随着文化修养的提高，再加上职业的习惯性，自觉与不自觉间，就成为文化遗产的积极保护者。临海有许多古建筑，就是在他的力争下保存下来的。

有一次，他上街办事，走到继光街上，看见房地产开发工地上的推土机正要推倒一所四合院围墙，这个院子原来掩藏在许多房子中间，大家都不在意，现在附近别的房子都推倒，它就显露出来了。黄大树一看，是座完整的旧民居，觉得应该保护。他马上前去阻止，工人不肯，他就挡在推土机前不让推，但工人不能做主，叫来了房地产老板。大树说，这房子是临海最完整的老房子，临海是历史文化名城，应该把它保护下来。老板说：你懂得什么，这一带房子是市政府卖给我们的，要我们进行改建，市长与我签订了合同，现在我们要拆建，你不能拦阻。黄大树马上打电话给市长陈广建，陈广建立刻就赶到了现场。他问黄大树：这座房子有什么价值？黄大树说：这房子是民国初年建造的，年代并不很古，它的结构是中西合璧，但是所有装饰，如木雕、石刻等，都是中式的，而且是临海保存得最完整的老房子，所以应该保存。于是，这个市长就与房地产老板商量，退回他一部分地款，把这座房子保存下来了。

又有一次，黄大树走到望江门附近临海中学旁边，这所中学正在扩建，推土机推倒了一些旧房，露出了一堵照墙。大树一看这堵墙是临海县城隍庙的影壁，明代的。他赶快叫推土机停住。司机说，你不让我推没有用，你要找校长说了才好作算。大树说，那你先停一下，千万不能推，你只要一推，这影壁就完了，无法恢复了。司机答应下来，他才去找校长。校长说，中央首长指示我们要以教育为本，我这里要造教学楼，就是体现以教育为本的精神，你不能捣乱。大树见说服不了校长，就提出要找市长。校长说，我们的扩建计划，就是市长批准的，这是市长重视教育的表现，你搞什么名堂？黄大树马上又打电话给市长，陈广建市长派办公室主任许世斌立即赶过来，先让推土机停下，接着自己也赶到现场。黄大树对市长说明这个明代的城隍庙影壁是临海兴旺时期的一座地标，保留下来很有历史文化价值，陈广建明白了，就对校长说：你贯彻以教育为本的方针是对的，但教学楼后退五米，同样可以教育好学生，仍旧可以贯彻以教育为本的精神的。校长只好答应，将这个明代影壁保存了下来。

还有一次是对金鸡岩头三间中津古渡老屋的保护。当时灵江边的江厦街失火，烧了一些房子，负责处理此事的一位书记，就把整条街都拆掉了。江厦街是临海有名的商业街，当初非常繁荣，临海外来的货物，都是从这条街进来的，现在拆掉非常可惜。黄大树很着急，就找这位书记辩论，说："你是在搞建设性的破坏！"这位书记的母亲是黄大树同村人，大家都有点沾亲带故,黄大树说,我们不认你这门亲戚!大树不知道,有些人两只眼睛向上,哪里在乎你们这些穷百姓!所以江厦街照拆不误。最后拆得只剩下金鸡岩头三间茶馆了,黄大树要求他们留下这三间房子,还可以保留记忆。这位书记答应了,但黄大树不放心,第二天一大早又跑去看,工人却已经卸掉屋片了。黄大树急得只好再找市长。陈广建市长问他,这三间屋保留下来有什么意义?大树说:这三间屋本身并无什么重要价值,但这里是中津古渡,是临海与外界联系的交通要道,这三间屋留下来是临海历史上的一座地标,拆掉后就失去了研究临海古代交通史的一个实物例证。市长听他说得有理,就同意将金鸡岩头三间屋保留下来。

黄大树这几次保护古建筑的事之所以能够成功,全靠市长陈广建的支持。所以他对这位市长非常感激。大树说:"一个城市的文化遗产能否得到保护,市长是关键人物。做市长的当然不可能样样都懂,只要他能认识到保护文化遗产的重要性,能倾听下面的意见,能虚心学习,就是一个好市长。"陈广建是个干实事的人,他在市长任上,为临海做了许多受到老百姓赞扬的好事——临海旧城的保护性改造规划,也是在他任上确定下来的。

类似这种保存古建筑的事,黄大树的确做了不少,但他对地方历史文化的最大贡献,还在于重新认定了临海古城的价值。

临海台州府城保存的地段较多,市民们喜欢到城墙上游览和健身,但大家并没有充分认识到它的历史文化价值。要不然,在民国时期和共和国时期就不会两次拆除东面城墙,将它变作

黄大树在讲解古塔保护的要领

通衢。西面和南面城墙之所以保存得比较完好,是由于它还能起着防洪的作用。黄大树也不是一开始就认识到临海城墙的历史文化价值,而是在实践的过程中逐步发现的。

1995年,黄大树借国务院公布临海为国家历史文化名城的契机,向市委、市政府提出了修复台州府城的建议,得到当时的临海市长蔡学武的支持。市政府发起了"我为名城献一砖,万众修复古城墙"的捐资活动,决定要修复台州府古城,建设一个

一个泥水工的文化情怀

爱国主义教育基地。这个修复工程,就落实到黄大树的头上。

为了确保修复规格符合古城墙的要求,黄大树专门到长城最有名的地段北京八达岭去参观学习。因为是带着考察的任务而来,当然不能像一般游客那样,登临远眺抒发一下豪情就完事,而要仔细研究它的结构、形制。他用职业的眼光一加考察,就发现八达岭长城的走向、形态和风格都同临海的台州府城非常相似。回来以后,市里准备开一个全市动员大会,市委书记要他在动员大会上做一个发言,起点鼓动作用。黄大树写了一个发言稿,题为《修复江南八达岭,弘扬临海精神》。但书记和市长都不同意"江南八达岭"这个提法,他们说,现在世界各国的人到中国来,都要登长城,不登长城就好像没有到过中国,登长城登的就是八达岭;再加上毛主席的诗句"不到长城非好汉",现在是家喻户晓,八达岭就代表了中国长城,这是国家的象征,我们这个小府城,怎么好跟首都的八达岭相比呢!这样,就把黄大树的发言主题给否定掉了。

但黄大树并不服气。这时恰好省财政厅厅长翁礼华回到临海老家来过春节,他就去寻求翁的支持。翁礼华是回浦中学翁一仁老师的儿子,虽然当了官,但还很有书卷气。当初黄大树在宁波天童寺和阿育王寺打工时,他担任宁波市属鄞县县长,两人时有接触,很谈得来。翁礼华勤于学习,敏于思考,思路新颖,而且对古建筑也很感兴趣,看过不少这方面的书籍。他要黄大树陪他看城墙,边看边听大树的讲解,听后表示支持黄大树的意见,说今天晚上你们市领导要请我吃饭,你跟我一起去。市领导是聪明人,一看翁礼华带着黄大树一起来,就知道他们的意思了,话题自然转到"江南八达岭"这个题目上来。他们要黄大树谈他的理由,黄大树说:第一,修筑长城和修筑府城的作用是一样的,都是为了防御敌人的进攻,而不是为了侵略别人,因为城墙只能用来防守,而不能用来进攻,只有爱好和平的人民才会修筑城墙,从这一点看,北京的长城与临海的府城在作用上没有什么不同;第二,北京八达岭和临海台州府城的形态和走势也是一样的,都是沿着山势走,非常险要,只不过八达岭大一点,台州府城小一点而已,而且下面都是砖石包城墙,上面都有多层敌台,也是一样的;还有第三,北京负责军事的,叫国防部长,我们市里、乡里负责军事的,叫人武部长,都是部长,也是一样的,无非也是官职大小不同罢了。说得大家都笑了。翁礼华表示支持黄大树的意见,认为把台州府城说成"江南八达岭"没有什么不好,它可以鼓舞临海人的士气,提高临海人的自豪感,而且也符合实际情况。于是,市领导就同意黄大树用这个题目去发言。在发言时,黄大树又临时加了一层意思,说是要把台州府城修好,争取成为全国重点文物保护单位。这又引起一些人的嘲笑,因为当时临海古城什么级别的保护都没有,谈什么全国重点文物保护单位?于是黄大树得了一个绰号,叫"江南八达岭",意含讽刺,嫌他太夸大了。

其实,台州府城的历史文化价值,远不止黄大树当时所认识、所鼓吹的这些。其意义,还有待于进一步的发掘。

经过两年修复,地处灵江边的台州府城西北段城墙已初显雄姿。为了使修复工作经得起历史的检验,黄大树于1998年

一个泥水工的文化情怀

底再次到北京考察明长城。这一次,他想把考察的范围扩大一些,跑到密云水库这一段去看看,忽然在一处倒塌的敌台里发现了一块石碑,上面刻有蓟辽总督谭纶和蓟州总兵戚继光负责修城的纪录。黄大树脑子里立即冒出了一个问题:"谭纶是台州知府,戚继光是宁绍台参将,他们在台州抗倭是有名的,台州府城也是他们督修的,而且也有两层敌台,怎么会跑到北京来修长城呢?没有听人说起过呀!"黄大树想,北京古建筑的事,应该找北京古建筑专家去咨询。他立即跑去找北京文物局古建筑研究所所长王世仁。王世仁对他说:"北京的明长城是戚继光所造,我只知道他来自南方,但不知道具体的地方。关于城墙研究,你应该去找罗哲文先生,他是中国长城保护第一人,对城墙有全面研究。"临别时,王世仁送黄大树一本他自己与晋宏逵合编的书《司马台长城》,供他参考。黄大树于是又匆匆赶到罗哲文家,这时天色已暗,罗哲文正在吃晚饭,见黄大树来了,很高兴,忙放下饭碗来接待。黄大树向他介绍了今天在长城敌台上的发现,并告诉他临海的台州府城在宋朝庆历年间就用砖石包墙了,到明代戚继光抗倭,又在城墙上建造了双层空心敌台。罗哲文听了,非常高兴地说:"北京明长城,是谭纶总负责,戚继光具体指挥修造的,他建了很多'多层空心敌台',这是一个伟大的创造!以前士兵们在城墙上防守,日晒雨淋,非常疲劳,缺乏战斗力,有了这个多层敌台,底层能储存粮食武器,并供将士休息,只要一两个士兵在上层瞭望就可以了,一有敌情,在下层休息的兵将马上就可以上来战斗,极大地提高了作战能力。如果戚继光在临海创建了双层敌台,然后应用到北京长城上,那临海城墙是对中国长城军事史的重大贡献。临海的历史地位就不得了。但是,你要拿出证据来才能说服人呀!"黄大树说:"我看见过何宠写的《敌台碑记》,专门记载这件事的。何宠是我们台州仙居人,当时做刑部郎中,他回家时路过临海,看到这种敌台,认为很重要,就写了这个碑记。"罗哲文说:"要是你能找到这个碑记来证明,那么临海城墙的价值就不得了,临海的历史地位就大为提高。"临别时罗哲文也送给黄大树一本书,他自己编写的《长城》,并叮嘱他尽快提供戚继光在临海筑城的碑记材料。

黄大树听了很兴奋。回到临海之后,他进一步查阅台州府城的史料,结合《长城》和《司马台长城》两书以及其他有关戚继光在北方建造长城的资料,写出了一篇论文《姐妹城墙"八达岭"——临海台州府城墙与北京明长城同出一脉》,请朋友周桂林加以文字上的润饰,投给《临海日报》,但《临海日报》说他将临海城墙与八达岭相比,牛皮吹得太大,不给登。周桂林是市委报道组的,与各报都有联系,就把文章送到一家新办的小报《台州商报》去,《台州商报》马上就刊出了,登了两大版。文章刊出后,临海市长陈广建把黄大树叫去,批评他为什么这样的好文章不给《临海日报》发,黄大树说:"我是先给《临海日报》的,他们说我牛皮吹得太大,不肯发,我才转到《商报》去的呀!"市长说:"你的文章写得还是很有依据的,不能说是吹牛皮。"当即批示《临海日报》,全文转载。

接着,黄大树就将文章送到罗哲文手中,同时送去的,还有何宠所写的《敌台碑记》拓本。《碑记》中明确写到"城上有

一个泥水工的文化情怀

台,台上有楼"的结构特点。罗哲文看了很高兴,他对黄大树说:"你的文章,证据很充足。根据戚继光南北两座城墙的修筑时间上看,临海台州府城与北京明长城的关系,不是姐妹城墙,应该说,台州府城是北京明长城的师范和蓝本。"他就将黄大树的文章题目改为《临海长城是北京明长城的师范和蓝本》。这使黄大树大为惊喜!

但罗哲文是个谨严的学者,他看了文字资料之后,还想到临海实地考察一下。1999年4月,黄大树将他迎到临海,陪他实地考察了台州府城和桃渚城。罗哲文对府城后山段的双层空心敌台,从台基到上层的每一个细节,都细心地查看了,连声说:"多层空心敌台确是戚继光在临海首创,真是江南八达岭!"他还考察了沿江城墙的敌台,肯定了台州府城马面的创造性。

黄大树陪同罗哲文考察台州古城墙

他说:"平地沿江地带靠城墙凸出而建的敌台,叫马面或墩台,是侧击攻城之敌的工事,各地马面有方的或圆的,但临海江边是上边半圆、下边方形的马面,也是因地制宜结合防洪的创造。"

罗哲文后来又多次考察临海古城和老街,对临海的历史文化赞不绝口,还为临海题了两幅字:"北有平遥,南有临海","江南八达岭,巍巍临海城"。他并且为临海学者编写的《江南长城》一书写了序言,文中明确提出:"临海古城墙堪称北京八达岭等处长城的'师范'和'蓝本'。"

有了专家学者的肯定,临海市的领导觉得底气足了,加强了宣传力度,在1999年和2000年连续举办了两次全国性会议:中国古城会和中国江南长城节。2001年6月,临海的台州古城连同桃渚城一起,被国务院公布为"全国重点文物保护单位"。临海人觉得很高兴。

但黄大树又有了进一步的想法。他认为台州府城应该争取列入世界文化遗产名录。不过打听下来,知道此事非常困难。因为听说每年只能通过一个,而申请者已有一百余个,这就是说,要等一百多年。但罗哲文告诉他,现在有一个通融的办法,即可以几个点合在一起,叫作"捆绑申报"。2007年10月,国家文物局在南京召开了中国古都学会暨城墙专业委员会成立大会,通过了《保护中国古城墙南京宣言》,黄大树应邀参加会议,并在宣言上签名。在这个会议上,他获悉江苏南京、陕西西安、湖北荆州和辽宁兴城四个城市准备捆绑申报"世遗",就向南京文物局杨局长请求,能否把临海的城墙也捆绑进去。杨

一个泥水工的文化情怀

局长答应可以考虑。他回到临海后,即向市委市府领导汇报。这一次,临海市领导倒很支持,但消息传出,又是议论纷纷。有人说,临海城墙去申报世界遗产,有点不自量力;还有人说,黄大树是在造谣惑众。

黄大树知道自己人微言轻,此事还得请有地位的专家、院士出来说话才行。于是他又跑到北京去找罗哲文老先生。罗哲文一口断定:"临海城完全有资格参与!"他马上给南京文物局杨局长打电话,说:"临海的城墙价值极高,内涵丰富,结构特别,联合进去能增加很多内涵与分量。"杨局长满口答应,要全力支持。黄大树回来一汇报,市委书记和市长都很高兴,立即成立了一个班子,由副书记林虹负责联络、操办。于是,在2009年11月,临海市举办了江南长城节暨"明长城寻根研讨会",与会的中国长城学会的领导和专家、联合国科教文组织顾问和中国建筑史学会理事长杨鸿勋等,一致同意支持将南京、西安、荆州、兴城和临海的古城,捆绑在一起,作为"中国明清城墙"的代表,申报世界文化遗产预备名录。2012年9月,国家文物局公布的《中国世界遗产预备名单》中,五城联合申遗排在了第十位。

黄大树本乃一介布衣,小小的泥水匠,后来古建筑修建事业做得大了,文化程度和技术水平都提高了,做了临海古建筑工程公司的董事长和高级工程师,还担任中国建筑学会建筑史学分会理事兼学术委员、中国民族建筑研究会副会长等职务,成为中国有名的古建筑专家。大概因为他维修古城古街,宣扬临海历史文化有功,又先后做了临海市政协常委、临海市人大常委,还当选第八、九、十届省人大代表。黄大树无意做官,也不想介入政治,他所感兴趣的,还是修复古建筑,保护古文物,市政协和市人大,只是为他提供了一个讲台,使他便于呼吁和争取,为更好地保护优秀传统文化做贡献。

但是,要呼吁得人们重视历史文化,争取得立法保护历史建筑,却也并非易事。离黄大树老家不远的地方有个下沙屠村,下沙屠村有个马氏庄园,整个院子比一般建筑群要大得多,梁柱上的雕刻也很精致,而且还有几座附屋,也是一座座小院,在临海,甚至整个台州地区都属少见。土地改革时分给许多家农民,住得很杂,现在房子都破落了,但屋架尚在,还可维修。黄大树认为它有文物价值,应该列为市级文物保护单位,将它保存下来,维修起来。这事,几任市长都是支持的,但在征求意见的会议上却通不过,因为一些老同志说,马氏庄园主人是恶霸地主,土改运动时被镇压了的,阶级敌人的房子怎么可以保护呢?黄大树不服气,说皇帝老倌是最大的地主,最大的恶霸,但他住的故宫为什么要保留下来呢?这都是劳动人民的创造,保存下来是因为它们有历史文化价值。黄大树的意见很对,无可反驳。但一些老同志的感情就是转不过弯来,黄大树的建议还是被否决了。而黄大树这个人也很有韧性战斗精神,他不肯轻易放弃,就自己跑到下沙屠村去调查,看看马氏庄园主人马韩庆到底是怎样一个人。他问了一些老人,都说这个马韩庆是个好人,他是在外面做生意赚的钱,回来买了田,所以成为地主。造房子的钱也是做生意赚的。大概钱也赚得不够多,所以为造这个庄园,今年买一些木料,明年买一些砖瓦,积累了多年还没有动工。那一年，临海大旱，农民没有饭吃，他才决定提前造屋，把近乡的饥民招来做工，不但让他们吃饱饭，而且还有猪肉吃，但为了使更多的人有吃饭、吃肉和赚钱的机会，还规定大家轮流做工，除了造屋师傅之外，打零工的都不得连做三天，以后可以再轮。马家当时造了这座庄园，不知救活了多少乡亲呀。

黄大树将他的调查结果向新任的市长李志坚反映，李市长很重视，自己再下去调查，终于为马氏庄园争取到一个市级文物保护单位的名义。我去马氏庄园参观时，只见那块临海市级文物保护单位的石碑立在院子里的荒草丛中，房屋依然破破烂烂，有待于政策的进一步落实。

不过在各种困难面前，黄大树的锐气并没有受挫。他还兴冲冲地到处修理古建筑，到处呼吁保护古文物。不但吁请政府保护，他自己赚了钱，也大把用来收购和保护文物。作为一个在全国古建筑行业中名列前茅的工程公司董事长，经济上已有相当的实力，但生活上却还是那样朴素。他不摆阔炫富，不追求豪华，穿的是普通的衣服，吃的是普通的饭食，住的是普通的房子，用的是普通的办公室，却自费建立了三个博物馆：民俗博物馆（古服饰、古婚床）、农耕文化博物馆和古灯具博物馆。单是古婚床，就收藏了两百多张，许多特殊样式或者别有来历的古床，都是高价收购来的。他每到一地，开会工作之余，就喜欢寻访古迹、收购古物，一心想保存和传播历史文化，简直到了痴迷的程度。

被遗忘的将军村

每次回临海探亲，我的学生吴世永总要开车带我去参观一两个景点。这些景点，也有新造的，但多数是旧址重新加以开发，使我这个临海人看了也觉得新鲜。

去年回乡，世永带我去参观了一个将军村——岭根，见我对此很感兴趣，今年回乡时，他又邀了当地几个青年朋友，陪我去细细地考察了一番。这个小小的村庄，在民国时期是将军辈出的地方。看了陈列展览之后，我感到惭愧，作为一个临海学子，对于故乡这样一个历史文化名村，竟然毫无所知。但问问一些同乡人，也多说是不知道。可见不单是我的孤陋寡闻，而是一种集体遗忘。

我是20世纪30年代生人。我们小时候，宣传得较多的是孙中山的革命事迹，教科书里还有一篇描述陈其美的文章，别的革命先辈就谈得很少，或者简直不谈。临海城里有一条"文庆街"，算是乡人对于革命先辈王文庆的纪念，但我们并不知道王文庆的革命事迹，历史就这样被淹没掉了。直到时序转到了新的世纪，政治氛围较为宽松，市场经济占了上风，地方上为了打造历史文化名城，以增加竞争的资本，这才广泛发掘文化遗产，以显示本城文化积淀的深厚。正是在这样的背景中，岭根将军村这才被重新发掘出来，在王文庆故居中开设陈列室，并在《临海历史文化名城研究系列丛书》中，出有一本厚厚的专书《历史文化名村——岭根》，对这段历史，重新予以认定，对这个村落，作出正面的评价。

岭根地处临海东乡，是东塍镇下属的一个村庄。此处青山绿水，风景佳丽，但在江南农村倒也并不少见，没有什么特别之处。而就在这样一个普通的村庄里，在民国时期，却出了十四位革命志士，八位高级将领，还有一些将军女婿，成为将星荟萃之地，实属罕见。

岭根村民，王姓居多，占到百分之九十，俗称"岭根王"。辛亥时期，临海青年中最活跃的，就是岭根人王文庆。20世纪初，他在日本求学时，就与孙中山、陶成章、龚宝铨等革命志士相识相交，积极参加反清活动。1904年初，他与陶成章一起回到浙江，联络会党，组织革命力量。那年冬天，光复会成立，王文庆由陶成章介绍入会；次年8月，以孙中山为首的同盟会成立，王文庆又加入了同盟会。他既相信陶成章，也相信孙中山，一心为了民族、民主革命，并无门户之见，所以两面关系都处得很好。1906年夏，同盟会组织哥老会等会党，发动浏阳、醴陵起义，王文庆即回浙江发动会党配合响应。传记中记述他当时的风度是：脚穿草鞋，腰束麻绳，跋山涉水，奔走联络。这使我想起了鲁迅对于陶成章的描述，简直是一个模样。但是起义失败了，王文庆只好亡命日本。次年，他又潜回国内，在上海创办启东学校，培养革命种子，积蓄革命力量，随时准备起义。这大概是当时革命党人普遍采用的手段，在绍兴就有秋瑾创办的大通学堂，在安徽则有徐锡麟创办的巡警学堂，在临海也有杨镇毅、屈映光等创办的耀梓体育学堂。但是，当徐锡麟在安徽起事失败，秋瑾在绍兴蒙难之后，这些学校一概遭到封闭，办学者也受到通缉，王文庆只好再度逃亡到日本。

王文庆原在1903年毕业于东京帝国法政大学，这次到东京再进入士官学校，1908年毕业后，由陶成章介绍到南洋槟港中华学校做教员，实际上是担任光复会泗水分会负责人。他在那边创办了多种报纸，进行革命宣传，并在华侨中募集经费，支援国内革命，使南洋成为革命经费的主要来源。1911年的广州起义，就得到他们的支持。王文庆接到起义的通知后，还曾带领泗水华侨青年前来支援，却因大雾船阻，尚未抵达，就得到起义失败消息。但王文庆还是冒险潜入广州，通过总督衙门中的台州同乡，营救了一些被捕的同志。他本人却陷在险境之中，经过化装，由同乡护送出城，这才脱险。同志们对他调侃道，黄花岗七十二烈士，差点要变成七十三烈士了。

这之后，王文庆就潜入上海，与李燮和、陶成章等商议设立光复会上海总部。他们总结了同盟会在华南地区起义屡次失败的教训，决定将光复会的工作重点放在华东、华北地区，并加强与同盟会中部总部的联络，准备在沪杭进行起义。而这时，武昌起义爆发了，王文庆等人与同盟会联合组织力量，在沪杭一带策应。他们原定于11月6日在沪杭同时起义，却不料陈其美擅自于11月2日在上海提前发动进攻，不幸被俘，关

被遗忘的将军村

王文庆像

押在江南制造局中。王文庆急率光复军敢死队,攻下江南制造局,救出陈其美,光复了上海。这对当时革命形势的推进,起了重要的作用。孙中山评价道,武昌起义后,"各省响应之最有力而影响于全国最大者,厥为上海"。接着,王文庆又带领这支敢死队,回师杭州,攻下浙江巡抚衙门和军械局,活捉浙江巡抚增韫,光复了杭州,并成立了浙江军政府。但此时,南京却久攻不下,影响全国的局势。王文庆和王萼兄弟又急从台州老家招募敢死队员,加入江浙援宁联军,前往驰援。他们从天保城和雨花台攻入,终于光复了南京,迎接孙中山就任临时大总统。为纪念此役,当年在莫愁湖里还建有纪念碑,孙中山题词云:"建国成仁",可惜后人早就忘怀了。鲁迅赠日本友人白莲女士诗云:"雨花台边埋断戟,莫愁湖里余微波。所思美人不可见,归忆江天发浩歌。"就是追忆此事的,真是感慨系之。

杭州光复之后,王文庆当选为浙江省临时参议会议员;南京政府成立，他又当选为临时参议院议员。但王文庆志不在做官，而是要继续革命。所以当他看到袁世凯倒行逆施时，他就拒绝与他合作，不肯就任袁政府封的南洋宣慰使的官职，而追随孙中山进行二次革命，他先后参加了国民党和中华革命党，曾陪同孙中山到浙江视察，并带领浙江的革命党人举行武装起义，攻入都督府，赶走投靠袁世凯的都督朱瑞，宣布浙江独立，被推为浙江省议会会长，后又被推为省长。当然，北洋军阀政府是不放心王文庆这样的革命党人做省长的，不久就被撤换掉，改任民政厅厅长等职。1917年，孙中山南下广州，发起护法运动。王文庆即辞去浙江一切职务，追随孙中山左右，成为护法国会参议员，因在福建成功地策反围剿军的一个团，而受到孙中山的褒奖，并被任命为"援闽浙军"少将副司令。

王文庆不怕清政府的迫害，不怕北洋军阀的排挤，但却极其厌恶革命队伍内部的分裂和倾轧。陈其美为了争当上海都督，巩固自己的地位，就排挤光复会的势力，竟派蒋介石去刺杀光复会首领陶成章，这使王文庆很愤怒。1921年孙中山发动二次护法运动时，王文庆再次南下支持，蒋介石在广州曾托人求见王文庆，王文庆就拒绝接见。不久，他就退出政坛，隐居上海养病。但他仍关心民生疾苦，关心国家大事。比如，对于陈炯明的叛变，王文庆就提出了强烈抗议；1922年台州洪灾，王文庆出任华洋义赈会台州义赈队总参议，抱病为故乡百姓募捐赈灾；1923年，曹锟经贿选当上总统，王文庆又立即组织浙江自治军，并通电宁波独立。独立事件失败后，他受到的刺激很大，身体每况愈下，于1925年2月3日在上海福民医院病逝。

王文庆一生奔走革命，不谋官位，不蓄私产，身后甚为萧条，连衣衾棺木都是亲戚赠送的。但毕竟是革命先驱，在沪全浙公会闻知，即成立追悼王文庆筹备处，并由章太炎起草了《发起开会追悼王文庆通告》，发表在3月12日《申报》上，文中高度评价了王文庆的革命业绩："君本光复旧勋，及袁氏称帝，又与浙中豪俊，驱除朱瑞，名满东南，而性情淡泊。最近浙局不宁，方欲投袂，竟以腹疾告终。身后萧条，家无积粟……平生言行，亦宜著之铭颂。"3月29日公祭会上，章太炎又担任主祭，在祭文中高度赞扬了王文庆的人品和功绩："呜呼文庆，正气所孕。有清末造，崛起革命。振臂疾呼，追逐豪俊。瀛海归来，浙局底定。名满东南，气慑藩镇。刍狗功名，土苴政柄。恬退山林，淡泊明性。每当政变，奋不避刃。义师所指，介胄忠信。甲子之役，不幸败衄。入险出夷，身免者仅。三军皆墨，忧愤交并。郁郁沪滨，寖成痼疾。药石无灵，刀圭杂进。自冬阻春，医术告罄。呜呼文庆！岁寒后凋，疾风知劲。喘息尚存，讵甘退听……"

章太炎是革命前辈，光复会首领。一个为他所热情肯定的"光复旧勋"，为什么在民国时期会被遗忘、被遮蔽呢？这只能从政治上的派别观念来解释。人们常说，历史是胜利者书写的，这说出了部分的实情，但并不全面。因为有些人革命主张虽然胜利了，但因为没有掌权，同样会被埋没在历史的尘埃里，得不到应有的重视。所以应该说，历史是权力者书写的。光复会虽然在推翻清朝、建立民国中起了很大的作用,但最后掌权的是同盟会——国民党,所以光复会的功绩常常被遮蔽。尽管王文庆本人并无派别之见,他参加光复会,也参加同盟会、中华革命党和国民党,但在别人看来,他毕竟是光复会的中坚,而且因蒋介石刺杀陶成章,而拒绝蒋的求见,在蒋介石掌权之后,能不遭忌?

这就是历史书写背后的实情。我的老师贾植芳教授晚年曾出过一本自选集,题为《历史的背面》,这个书名起得好,非有曲折丰富的人生阅历者绝对想不出来。是的,我们阅读历史,不应只看到正面的书写,还应该看看历史背面的材料,这才是真正的历史。

王文庆的作用,不仅在于他本人对革命所做的贡献,而且还影响了一批同乡人投身革命,造就了岭根这个将军村。

王萼是王文庆的胞弟,1907年考入保定速成军校,1910年毕业之后就职于浙江新军督练公所,兼浙江讲武学堂教习,后来成为重要将领的蒋鼎文,就是他的学生。次年,转任吴淞要塞副司令兼参谋长。广州起义失败后,王萼立即赴沪与陶成章、王文庆等会合,商议新形势下光复会的工作计划,做出以浙沪为工作重点、光复江南的决定。王萼利用自己在浙江新军中的关系,协助王文庆做新军的策反工作,准备在杭州起义。10月底,浙军临时司令部成立,王萼任参谋官,11月4日,起义成功。上海、杭州光复后,陶成章、王文庆又组织江浙联军,增援民军攻打南京。王萼任联军团长,带领台州敢死队,强攻天保城、雨花台,光复了南京。后袁世凯窃国,浙江都督朱瑞附袁，王文庆、王萼等又通电讨袁，王萼奉命围攻将军署，朱瑞乘夜从坑道中逃跑。此后王文庆所推动的两次宁波独立运动，王萼也都参加了。只是在孙中山南下进行护法运动时，王萼却受浙督杨善德之命，率军南下福建准备围剿护法军，后受到兄长的劝阻，率本团官兵起义，投奔护法军。

王萼有一点与兄长不同的地方，即与蒋介石的关系。王文庆因蒋刺杀陶成章而与之断绝关系，王萼则因与蒋在保定军校同学的关系而走得较近。1925年，他南下广州，在蒋介石任司令的长洲要塞司令部任参谋长，并在蒋介石任校长的黄埔军校兼任军械处处长，这段时间，还参与策划了中山舰事件，因而升任虎门要塞司令。接着就参加北伐，并调任镇海要塞司令，后又调任江宁要塞司令，拱卫首都南京，可见其受到重用。

但王萼具有强烈的民族意识。1933年，日本军舰常在下关江面耀武扬威，王萼极为愤怒，策划要用要塞守炮轰击，遭到国防部长何应钦的阻挠，王萼愤而辞职，退隐上海，直至1941年病故。国民政府追授中将军衔。

在卢沟桥事变之前就力主抗战的岭根人，还有王纶。1933年他担任参谋本部第一厅中将厅长，参与何应钦的北平军分会工作，当时他就力主坚守长城，抗击日本侵略者。他反对退守保定之妥协主张，声言："有我在，就有北平在！"可惜壮志未酬，在1935年就坠马身亡。

除上述三人之外，民国时期岭根的将星还有：联勤总部第八医院少将院长王维，新编青年军中将副军长王大钧，海门要塞中将司令王辅臣，舟山守备区少将师长王吉祥，独立旅少将旅长王汉斋。

其实,将军只不过是一种高级军衔而已,没有这种军衔的革命者,则更多。比如王与堂,是当年跟随王文庆参加辛亥革命的老人,参加过光复杭州和光复南京的战斗,因功从士兵升到连长,后随王萼在虎门要塞任"超武号"舰长、火药库库长等职,抗日战争时期在老家任临海县东塍区抗日自卫大队副大队长。他淡泊无争,心态平和,一直活到102岁。

还有一位女革命家王素常,是王文庆的侄女,她是台州府唯一的光复会女会员。在广州起义失败后的艰难日子里,她出面租屋,设立"光复会驻沪机关制造部",协助杨哲商等制造炸弹,杨哲商失手被炸死时,王素常也受伤被捕。而仍矢志不渝,出狱后任光复军司令总部秘书,并加入"女子荡宁队",参与光

王素常像

复南京之役。但她对于革命胜利后的腐败景象,则深恶痛绝。这可从她挽杨哲商联中看出。挽联赞烈士云:"赢得魂依徐祠,魄傍陶墓,湖山万古,俎豆千秋。"而讽争官者云:"看他女闹参政,男闹党争,四海横流,九州长夜,悲观何日已。"她看不惯这种腐败景象,认为有悖革命初衷,就脱离政界,到日本留学去了。

岭根是一个山村,为什么会出那么多名人、将军呢?风水先生说是那边风水独好的缘故,有"三水夹金""九龙舞翠""二虎卧峙",但这种好山好水,在浙江并不少见,何以岭根独秀?依我看,倒不如用人文地理来解释,或许更能说明问题一些。

岭根虽然是一个山村,但却是古代驿道通过的地方。这条驿道,唐宋时期就开辟了,从温州,经章安、岭根,直达鄞县、宁波,是一条交通要道。所以,岭根虽然地处山区,但并不闭塞。由于是交通要道,因而商业也就较为发达,这里的草编之物以及各种土产,早就成了商品,流往外地。由于商业发达,文化也必然发达。这里古代就出了不少文人和官员,如翰林、大学士、通判和朝议大夫等,这不是偶然的。正如临海西乡张家渡村,由于永安溪流过,成为商业集镇,因而办学甚早,人才辈出,也是同样的道理。

王文庆之所以能很早就有革命意识,与他在东湖书院受到民主思想影响有关,而他之所以能被送到东湖书院读书,同家长有较开明的思想有关。

其实,不单岭根村人才辈出,将星高照,就是整个东塍

岭根将军亭

镇又何尝不是如此呢？在民国时代，最为出名的就有屈映光、周至柔、陈良等。这也是因为地方经济、文化较为发达之故。但后来，他们都成为被批判的人物。特别是空军司令周至柔，因被列入新华社所开列的战犯名单，更是重点清查和批判对象。他本人已到台湾去了，亲戚本家被牵连的不少。比如，他的堂侄周鸣志在中国航空公司和中央航空公司的"两航起义"中起过关键性的作用，但在回到大陆之后，却被弃置一旁，而且还受到迫害，直到改革开放之后，才逐步落实政策。因为这时，周至柔本人的招牌也已由"匪首之家"而变为"抗日英雄"了，所以有关人员也相应改变待遇。村民讽之曰："日头晒到破团箕"，意谓迟暮的光照，团箕早已破损也。

文化是传承的,历史不能割断。我们只能在人类已经创造的文明基础上前进,而不能一切从我开始。但愿现在对于历史文化名村的追寻,不仅仅是出于发展旅游经济的需要,而更多地着眼于文化历史的发展。

岭根古驿道

巾山上的钟声

临海城内东南角,有一座一百来米高的小山,山上双峰并峙,中央下垂成凹谷,恰如古代巾帽"帕帻",故称巾山。两个山峰上造有大小两座塔,成为临海城的标志,行人远远看到双塔,就知道临海城到了。大塔是空心的,游人可以爬上塔顶,俯瞰山脚下流过的灵江,风景甚为优美。半山腰和山谷里还有南山殿、报恩寺、三元宫,为善男信女们烧香拜佛之处,所以一向很为热闹。

但是,在抗日战争时期,它却另有一番景象,起着另一种作用:塔顶成为防空瞭望哨,塔旁架起一口大铜钟,这是报警器。

全面抗战八年,日本侵略军曾两次侵占临海城:第一次是在1941年4月中,第二次是在1945年6月底,每次都占领了五天,时间不算太长,但是,飞机的骚扰却是经常的。临海没有高射炮、高射机枪等防空设备,无法抵御,唯一的办法就是逃,当时叫作逃警报。

而且,临海也没有雷达装置,只有因地制宜,土法上马,在巾山塔顶建立瞭望哨。好在那时尚没有超音速喷气机,日本人用的还是螺旋式飞机,速度不快,靠瞭望员报告还来得及,而且临海城区也不大,巾山上警钟一敲,全城都能听得见。敌机总是从海边飞过来的,瞭望员远远看见有飞机踪迹,就叫敲钟者先发预警,警钟一记一记地敲:铛、铛、铛,居民们就要准备躲避了,但一般人并不马上躲,因为可能会向别的方向飞去;接着,瞭望员如果看见飞机朝县城方向飞来,就发正式警报,警钟两记两记地敲:铛铛、铛铛、铛铛,这时大家就得离家躲到可以防炸弹的地方去;接着,飞机飞得近了,警报员赶快发出紧急警报,警钟不断地连敲:铛铛铛铛……大家知道敌机快要飞进城了,一个个屏气静声,非常紧张,只怕炸弹从头顶上掉下来;直到听到解除警报的缓慢钟声:铛——铛——铛——这才走出遮蔽处,大家相庆,又躲过一劫。

只是,这种警报设置,并不是抗战一开始时就有的,而是经过了惨痛的教训之后再设置起来。临海并非军事重地,也没有兵工厂之类的军工设施,本不应成为轰炸目标,但日本军人却全不讲什么战争规则,对这样一个没有什么争夺价值的山区小城,也来个狂轰滥炸。

据《临海县志》记载,临海城里第一次遭到日机轰炸,是在1938年9月24日。那天早上6点20分,五架日机飞抵城区上空,投弹十八枚,炸死平民七十三人,伤五十人,炸毁房屋十二幢。查万年历,当年阳历9月24日,是阴历八月初一。但我小时候常听老人们说起的却是八月初三大轰炸的悲惨情景,可见当时轰炸次数的频繁。警报系统大概是这之后才建立起来的。

但临海地处海边,地下水位很高,居民区无法挖防空洞,只有山上可以挖，我所就读的北山小学就在山腰里挖了一些防空洞，但如果在家里遇到警报，则不可能跑到老远的地方去进防空洞。好在当时城里水道纵横，尚未填没，我们家后街就有一条小河经过，有些河段上面铺有石板，作为道路，有些河段还通过房屋之下，成为地下水道。我们就在石板下面躲藏，坐在自带的板凳之上，河水就在脚下流过，大家非常紧张地听着外面的动静，等待解除警报的钟声。这个天然防空洞是在地平线以下，除非炸弹刚好从顶上丢下来，否则，连弹片也飞不到，倒还安全。

我的同学张可佩说，他还记得，那年中秋节前后，日机来得很快，警报刚响过，他只逃出两百多米，离北山防空洞还有一半路程，四架轰炸机就已飞临上空，他只好就近躲在东岳庙旁边的一棵大樟树下面，眼看着这四架飞机分为两组，在城中来回盘旋，到处投弹，轰炸声接连不断，非常可怕。过了很久，直待警报解除，他才从大树下走出，路过中正街（新中国成立后改名为解放街，现又改为紫阳街）最热闹的十字路口时，只见同受和糕饼店斜对门同康酱油店正在救火。据大人们说，那天四架日机共投下三十六颗燃烧弹（抗战时期临海城内投下炸弹最多的一次），仅同康酱油店就投了两颗，一颗投到店后晒酱油的大酱油缸里，没炸，一颗投到店堂里，燃烧了，胆大的人去查看未炸的燃烧弹，说弹上明显标有"日本昭和某某年造"的字样，距丢弹当年很多年前就制造出来了，足见日本早有侵略的野心。好在这三十六颗燃烧弹因年久失效，仅一颗爆炸燃烧，否则临海城弹丸之地，必将陷于火海之中。可佩说，此事发生时，他还年幼，但是刻骨铭心，至今八十余岁仍记忆犹新，历历在目。他每次回乡，总还要到这棵大樟树下凭吊一翻，所幸大樟树至今尚在。

日军飞机不但轰炸县城，而且还轰炸乡镇。海门镇（即今之椒江市）地处海口，是日机必经之地，炸的次数比临海城还多，损失也比临海城惨重。有一次，日机还炸到西乡的张家渡去了。张家渡是括苍山下的乡村小镇，因为永丰溪流过，船只可以直达海口，所以商业比较发达，但毕竟地处山区，并无什么军事价值，不知为什么却引来日军的"光顾"。那是1941年4月，日军第一次侵占临海城期间，母亲带着我和外婆，跟随宋家邻居，逃到张家渡，住在他的亲戚许绍棣家里。19日上午8点多钟，日本飞机突然从括苍山望海尖方向飞来，我们赶快躲进灶下堆柴的房间，这时，飞机已经临空，老太太们不断念佛，祈求观世音菩萨保佑，我则忙着帮一位母亲剥糖果——记得是软糖，塞住她那哭闹的孩子的嘴。马上就发觉炸弹就丢在近旁，震得地动山摇，非常可怕。敌机走后，大家出来透气、吃中饭，这才知道炸弹就丢在一路之隔的立本小学。当时小学生正在上课，听到飞机声，赶快疏散，老师带领学生逃入附近麦田，有一个班级疏散得慢了一点，刚逃到操场，就遭到轰炸和扫射，一个老师和八个学生被炸死，四个学生被炸伤。操场上炸得血肉横飞，惨不忍睹。有些尸体，血肉模糊，难以辨认。家长是从他们身上背的书包中取出课本来，才认出是谁的。我的一个中学同学胡舜海，当时也在立本小学读书，轰炸过后，他母亲到学校找不到人，焦急万分，要他表哥帮忙翻尸体的书包，仍然没有找到。原来舜海的姐姐很机灵，一听见飞机声，赶快拉着弟弟往镇外三舅家跑，但没有跑多远飞机就逼近了，他们赶快躲进麦田，伏倒在地，总算避过一劫。下午，日机又来轰炸，他们躲在床底下，幸好没有炸到他家。次日，他们一家都逃到外村老家去了，第三天飞机又来，一颗炸弹刚好落在他家的床铺上——他们租的是许绍棣家的房子，要是不逃，就要全家遇难。许绍棣是浙江省教育厅厅长，国民党浙江省党部执行委员兼宣传部长，在浙江算是个头面人物，也许正是日军注意的对象。

但有些人却没有这么幸运。那天中午大家从隐蔽处出来吃饭时，有一位男子庆幸地说：今天真是大难不死，将来必有后福。谁知下午敌机又来轰炸，把他也炸死了。有人说，这是他吹了牛皮的缘故，但没有吹牛皮的人同样遭殃。本村有个木匠，那天下午正在土地庙给上午遇难的金家两兄弟做棺材，看见敌机来了，赶快就跑，被敌机看见，从后面追上，投下炸弹，将他炸死。他们都是逃得了上午，逃不过下午。

张家渡一天之内，遭到两次轰炸，显然是不能再住的了。第二天母亲就带着我们逃向更远的山区黄坦，所以第三天的轰炸，就没有再受到惊吓。我们在黄坦住了一些时候，等城里安定了，才回到家中。家中房屋虽然没有被捣毁，但是衣物却损失不少。据看到的人说，这并不是日本兵干的，因为进城的日本兵并不多，我家又在僻巷，他们光顾不到，却是跟着日本兵为非作歹的汉奸所为。

1942年以后，日本侵略军，包括日本飞机，对于临海的侵扰暂时放松了一点。这并非由于他们的仁慈，而是由于太平洋战争爆发以后，美国军队牵制了他们的兵力。特别是在美国空军空袭东京之后，日本总部深恐美国利用浙江各机场作为基地，对日本本土发动空战，所以急令日军摧毁浙江的主要航空基地，并且切断浙赣铁路。于是，在1942、1943、1944年连续发动了浙赣战役、广德战役、龙衢战役和丽温战役，一时无暇顾及不处于战略要地的临海。而这时，临海人却做了几件很漂亮的抗日工作。

其一，是在1942年4月8日。美国空军首次轰炸东京，返航时有两架飞机因为油尽而迫降于三门湾，七号机上五名飞行员有四名受伤，临海恩泽医院院长陈省几闻讯，立即派他的儿子陈慎言医师和护士张香雪赶往三门，将飞行员接回恩泽医院治疗。其中有一位劳逊，腿伤甚是严重，而且迅速恶化，很有性命之忧，当时恩泽医院没有做这种手术的设备，陈慎言医师采取了保护措施，等待美国随军医师华特携械赶到，一起进行截肢手术，终于保住了劳逊的性命。美国人很感谢恩泽医院的救援工作，抗战胜利后还特别嘉奖了陈慎言医师，并请他访美。

其二，是在1945年3月17日。日本海军因在太平洋海战中接连失利，准备收缩防线，这一天第四南遣舰队司令山县正乡中将率领一批随员，乘最新式的四引擎H8K2-L"晴空"32型水上飞机，从南洋飞往上海参加军事会议，途中遭遇美军飞机袭击，油料耗尽，本想迫降在日军控制的永嘉境内，不料却误降在临海椒江江面。驻海门的护航队和水警队合力围捕，沿江各区自卫队严密堵，但日军不肯投降，开枪抵抗，激战了一个小时,日军不支,焚机潜逃,被我军击毙九人,生擒四人,还有一部分人是被烧死的,一部分人是逃窜了的。这时,日军得知山县正乡的座机误降,赶快派出飞机和军舰来营救。18日上午,一艘日军炮舰在海门海面停泊,并且放下两艘小汽艇驶入椒江口寻找,同时又派出三四架飞机沿江搜索。但由于护航队和水警队的猛烈攻击,日舰无法靠岸,沿江又有江防部队的阻击,也无法再深入搜寻,只好返回。最后,中国部队是在两个山洞里找到了八名逃窜的日军,因为他们仍旧负隅顽抗,最终被击毙六名,俘虏两名——其中一名,又因重伤而死于解押途中。在击毙的日军身上,搜出了山县正乡中将的名片。此次战斗,很鼓舞人心,得到了嘉奖。

巾山是临海城的标志,也是抗战时期发防空警报的地方

其三，是在接着而来的 1945 年 4 月 6 日。那天下午，又有一架日军飞机迫降在临海涂桃区岸头乡陶江浦附近的江涂上。这是一架侦察机，从日本四国飞往台湾新竹，准备运载机器回日本，途中受到美军飞机袭击，机翼受伤，迫降在陶江浦上。这架迫降的飞机被自卫队和驻军包围后，机上人员也是负隅顽抗，被击毙二人，活捉一人。

我搞不清是哪一架迫降飞机上被击毙的人员，总之是有好几具尸体被潮水一直推送到临海城外江涂上，我和一些同学还赶去看过，只见其中一个人小腿上的肌肉被鱼啃吃了许多。从尸体的数目上看，或者是山县正乡那一架飞机上的人吧。

到得 1945 年，日本侵略军其实已经走到末路。这一年 5 月，与日本联盟的意、德两个轴心国已相继战败，日本海军也在太平洋上节节败退，本土又不断受到美军的轰炸。但是他们仍然要垂死挣扎，而且愈来愈疯狂。1945 年 6 月底，日本侵略军第二次占领临海城。我们家吸取了上一次逃难的经验，不再往西乡逃了，而是逃往东乡。因为上一次日本飞机轰炸了西乡的张家渡，倒没有侵扰东乡。而且鉴于上次逃难时，家中衣物被汉奸抢劫很多，这次是尽可能把箱子都搬运到东乡的亲戚家。但不料这一次西乡倒还平安，而东乡却是遭难了。

我们这次先是逃到大田附近的丁家洋。大田是通衢，不可久留，我们在那边亲戚家吃了一顿午饭就走了；丁家洋近山区，比较隐秘一些，我们就住在那边的亲戚家，东西也存放在他家。不料这次日军从黄岩入境，进城之后，直奔东乡，大田是第一站。丁家洋离大田很近，我们赶快逃离。匆忙中，箱子无法再搬动了，只能带些随身的东西，逃到离城四十里远的溪东，我母亲一个最要好的老同学杨帆青阿姨的娘家就在那边。杨家是当地大族，我们受到热情的接待。我在那边结识了几个小朋友，过了几天悠闲的乡村生活，倒也自得其乐。但没有几天，形势又紧张起来。日本兵到了一溪之隔的东塍，据说又是汉奸带的路，我们只好随着主人连夜逃到山上去。因为是逃难，怕暴露目标，不能打灯笼，那时又没有手电筒——临海城或者有，但并不普及，我们只好摸黑走。山下的路还宽些，母亲可以拉着我走，山上的小路只能单人行走，我就非常紧张，如果一脚踩空，就会滑下山去。好在那条山路铺有碎石板，乡下人走惯夜路，有经验，叫我们看着白的踩下去，那是石板，不会滑下去。我们一行人，老老小小，就这样一脚高一脚低地折腾了半夜，才爬到山上，住在杨家的一个佃户家里，直到日本兵走后再下山来。下山后，又在溪东住了一些时候，才回到城里。

　　回城之后，母亲单独再去丁家洋搬东西。但却几乎是空手而归。母亲说，丁家洋也进了日本兵，亲戚家几个年轻人都逃到山上去了，没有受到伤害，老太太舍不得这份家业，不肯走，认为日本人总不能对老太婆怎么样吧。想不到日本兵连七十岁的老太婆也不肯放过，把她涂脂抹粉，打扮起来，放在箩筐里抬着示众，然后枪杀，并且放一把火将房子烧掉。儿子们回来，看到的只是一堆废墟和母亲烧焦了的尸体。我们的衣物，当然也都在灰烬之中。

　　但不久，终于迎来了抗日战争的胜利。

　　记得是在热天（8月中旬）的一个晚上，我已经睡着了，被一种热闹的声音吵醒。母亲赶快揭开蚊帐,将她正在吃的半块蛋糕塞给我吃,接着又拿来一整块给我,说一人一块,这是你的。当时蛋糕是难得吃到的珍贵食品,一定是发生了什么大喜事,才会买蛋糕吃。只见母亲很高兴地说:日本人投降了,快起来吧!

原来那天晚上时间已经很迟了,对门宋汝修大哥从外面回来,大喊大叫道:日本人投降啰,日本人投降啰!把整个台门里的人都吵醒了,大家都还不信,说他乱讲,骗人,他争辩道:我鞭炮都放过一串了,还会骗你们吗?我母亲又上街去打听了一番,果然是真的。当时宁波、绍兴、台州三个专区联合办了一份《宁绍台日报》,编辑部就设在临海城,社长是母亲老同学杨帆青的丈夫,母亲常从那里获取战争消息。那天晚上大街上特别热闹,她就买回蛋糕来庆祝胜利。

抗战胜利了,我的第一个感觉就是可以见到父亲了。我父亲在淞沪战争中负伤,回家休养过几时,那时我只有一岁多,还不懂事;我能记事之后,就没有见过父亲,只知道父亲在外面打日本人,不能回家。心想,现在抗战胜利了,爸爸可以回家来了。

胜利后,父亲所在的部队进驻河南洛阳,他忙于做遣返日俘的工作,没有空回家,却是派人将我们接到了洛阳。但是,在洛阳,我们也没有相聚多久,内战就爆发了。历史进入了另一个阶段,我们的命运,也随着新的历史时期而转折,而变化。

鹿城弦歌

《庄子·秋水》篇中说:"孔子游于匡,宋人围之数匝,而弦歌不辍。"很佩服这位老夫子的镇定。

不过我想,这种定力,未必是哪一家的思想信仰使然,多半还是整个文化修养在起作用。一个人读书多,文化修养高,思路开阔,自然就有远见,有定力,遇事不会慌张。

在以阶级斗争为纲的岁月里,有人说,知识愈多愈反动,书读得愈多愈愚蠢。这无疑是从服从的需要出发而提出的看法。因为知识一多,遇事总要独立思考,不能盲从,自然就"反动"了;书读得多了,就会明辨是非,不肯紧跟,也就被看作"愚蠢"了。

后来社会转型到市场经济,赚钱成为某些人的第一要义。有位教授对他的研究生说:你们将来如果没有几千万的身价,不要来见我。但是,有文化知识者,未必有商场手段;有商场手段者,未必文化水平很高。所以有人对高才生调侃道:你们不要得罪那些读书不好的同学,说不定将来你们还要到他们公司里去打工。这当然是说笑话。但时下人们将商业利益看得重于文化价值,倒也是事实。

教科书上教导我们说:经济是基础,文化只不过是上层建筑的一个部分。这自然有道理，它说出了经济发展对于文化发展的决定作用；但是，却忽略了另一个重要方面，即文化发展对于经济持续发展的推动作用。没有文化的支持，经济发展到一定时候，必然会出现停滞状态。这是只要看看文化史、科学史就不难明白的道理。而且现代经济已进入知识经济阶段，文化知识对经济发展的作用，更是不言而喻。

临海地处海隅，山势险峻，传说这里台州府城的城墙，当初是沿着奔鹿的足迹才建立起来的，故称鹿城。这也可见其偏僻荒凉。但就是这样一个海隅山城，却非常重视文化教育。即使在日本侵略者施暴之时，而仍弦歌不辍。

谈到临海的文化教育，无不提起郑虔的启蒙作用。郑虔是唐玄宗时著作郎，因其诗、书、画俱佳，号称"郑虔三绝"，被授广文馆博士。但在安史之乱时，被安禄山乱军掳至洛阳，委为水部郎中，郑虔虽托病推辞，而到肃宗继位之后，仍被怪罪，贬至台州，做司户参军。他的老朋友杜甫来到郑虔故居，看到人去楼空，遂写下了《题郑十八著作丈故居》一首。诗云："台州地阔海溟溟，云水长和岛屿青。乱后故人双别泪，春深逐客一浮萍……"诗意颇为凄凉。但郑虔被贬台州之后，从事启蒙教化，开启一地之文风，被当地人称为"吾台斯文之脉"。这事不禁使我想起了同是唐代人的韩愈。他是"一封朝奏九重天，夕贬潮州路八千"，大概因一路上雪拥马阻，艰于行旅，而到达之所又是鳄鱼出没的瘴疠之地，所以情绪很不好，以致对前来探视他的侄孙说："知汝远来应有意，好收吾骨瘴江边。"但在潮州做贬官时，他还是做了许多有益于百姓之事，特别是开启

广文祠中的郑虔塑像

了潮州的文教事业,使潮州人至今仍纪念他。这种文化传播作用,在中国古代社会中,似有相当的普遍性,如柳宗元之贬柳州,苏东坡之贬海南,也都在一定程度上推动了当地的文化发展。这或者可称之为"贬官文化",形成一种中国式的奇特现象,很值得研究。

临海的文化教育,自郑虔之后,代有发展。特别是到了南宋,由于都城迁到临安,政治文化重心南移,也带动了临海的文化发展。宋代以后,临海的书院就多了起来,有些还很出名。如上蔡书院,是因为程门高足上蔡先生谢良佐被贬到临海,郡守听说他学识渊博,就为他设立了一个书院,请他讲学。后来历任山长也都是名师,所以书院办得很好。《续文献通考》上说,元代全国著名书院有四十一所,而上蔡书院名列其中。可见当时临海的文化教育,已经走到前列了。

据《临海县志》记载:宋、元、明三代中,临海出过五位状元;两宋期间,临海人考中进士的有二百二十一名,其中南宋占一百九十多人。状元、进士虽非学问的标志,但在科举制度之下,中举人数的多少,大致也反映了教育普及的情况。当然,其中也不乏杰出的学者,如南宋嘉定年间进士陈耆卿,因为刚直耿介,虽然仕途不畅,但所著《嘉定赤城志》却极有价值,不但是最早的台州总志,而且在全国的地方志中,也是上乘之作,列为名志;又如,明代万历年间进士王士性,不仅敢于直言,力主改革,官声甚佳,而且还是中国有名的地理学家。王士性性喜游览,《临海县志·人物传》中称他"无时不游,无地不游,无官不游",而且"穷幽极险,凡一岩一洞,一草一木之微,无不精订"。他把所见所闻记载下来,成为优美的旅游散文,结集为《五岳游草》《广游志》《广志绎》《郎陵稿》《掖垣稿》《入蜀稿》等书,极有学术价值。一般的地理学家,都以考察自然地理为主,如山川河流、溶洞形态、地质构造等等,而王士性则更关心风土民情、社会风貌、经济资源、商贸情况、政治变革、军事地貌之类,开创了人文地理一脉。复旦大学中国历史地理研究所谭其骧教授评价道:"王士性在人文地理学上的成就,比之他以后四十年的徐霞客对自然地理的贡献,至少在伯仲之间,甚至说有过之而无不及。"(《与徐霞客差相同时的杰出地理学家——王士性》)

封建时代的地方官,不乏专事刮地皮的贪官污吏,但也不能一概而论,其中亦有热心于地方建设的办实事的人。清朝同治年间,有位湖南人刘璈,在台州做过八年知府(同治三年六月至同治十一年九月),就办了许多好事。我们小时候游东湖,常听大人们说,这东湖是经过刘璈的疏浚,才弄得这么漂亮的。大家都很感谢这位知府为后人做的好事。后来读临海志书,才知道刘璈所做的好事,远不止于此。他的主要功绩,还是兴办了许多书院,发展了临海和整个台州府的文教事业。他在台州府城扩建、重建和新建了三所大的书院:广文书院(后改为三台书院)、正学书院、东湖书院,这大概算是全县或全府的重点

台州知府刘璈像

学校吧。此外,还整顿充实了许多小书院。单就临海而言,就有海门的东山书院、印山书院,杜桥的旦华书院,小芝的尊儒书院,葭芷的椒江书院,桃渚的鹤峤书院,涌泉的南屏书院,大汾的宾贤书院,还有台属其他各县也都建立了书院。此外,还办了许多义塾,供贫寒人家子弟读书。单是临海城里,就办了六所:东城义塾、南城义塾、中城义塾、西城义塾、北城义塾、巾津义塾,还有一些乡村义塾。为了向这些书院和义塾提供稳固的经济支持,刘璈还将真如寺的八百亩废田改为学田,又在盐税中附加厘金五毫,一年可收三千余串,也拨充办学之用。

这种网络式的教育结构,便于各个层次的人入学。在一定程度上起到了教育普及的作用。所以临海人读书风气很盛,有钱人家自然要送子弟入学,贫穷人家也千方百计要让子弟能念几年书。这对提高国民素质很有好处。

当然,书院、义塾里所学的,还是旧学。但新旧之学,也不是截然对立的。文化知识的普及,倒是使普通市民更易于接受新知,随着时代的潮流前进。光绪年间,废科举、兴学校的诏书一出,临海就办起了新式学校。如1902年(光绪二十八年)创办的自任书院,1906年创办的立本小学,1908年创办的临海女子高初等小学堂,1909年创办的灵江初等小学堂,1912年创办的临海私立高等小学校(后改为回浦学校),等等。这之后,小学的普及,就远远超过了刘璈时代。

沈从文在抗战时期,曾写过一本散文集《湘西》,介绍他的老家湖南西部的地理、人文情况。前言中说:"读书人中近二十年来更出了不少国内知名专门学者,然而沅水流域二十县,到如今却连一个像样的中学还没有!各县虽多财主富翁,这些人的财富,除被动的派捐绑票,自动的嫖赌逍遥,竟似乎别无更有意义的用途。"

台州的情况,则与之迥异。单是临海一县,在抗战前就有了几所中学,在抗战时期更大有发展。财主富翁中,嫖赌逍遥的人当然会有,但也很有热心捐资办学的,即使政府官员,也以办学、助学为雅事,所以私立学校就很多。

建在海门镇的东山初级中学,就是地方士绅黄崇威单独出资所办。黄崇威因经商致富,曾购得东山书院旧址,建造了西式楼房,种植了各种花草,成为一座漂亮的别墅,供自家享用。但为了地方的教育事业,他让出了东山别墅,再捐出十多万银元,在这里办了东山中学。他自任董事长,聘请名师执教,将学校办得很有名气。抗战开始后,东山中学的学生积极开展抗日救亡工作,在此召开了台州学生联谊会,造成了一定的声势。但不幸在1941年日寇侵犯海门时,这所学校却被焚毁。后来,海门又出现了一所圣心中学。

振华中学则是民国官员屈映光所建。屈映光是辛亥革命时期的元老,在杭州光复后曾任浙江巡按使,后因支持袁世凯称帝并接受爵位,而为人诟病,但对于家乡的文教事业,却一向很热心。他在自己的老家东塍镇办了一所东塍小学,又于1926年捐出了城里的屈家庄(原为清朝台州旧府署),并出资五千元银洋,创办了一所兼招高初中生的学校,以他父亲的名字命名为振华中学。当时正值大革命时期,校内革命气氛很浓,学生的思想很活跃。所以"四一二"政变时,学生被捕者甚多,学校也被迫停办。直到抗战胜利之后,又请当地名流王式智当校长,于1947年重新开学。王式智也捐出了四十亩田地,作为校产。

还有一所建成中学,是抗战时期国民党县党部书记长陈启忠所办。他自任校长和董事长,聘请屈映光、朱洗等为董事。开始叫作建成补习初级中学,由县党部垫资,借城隍庙、轩辕宫等地办学,后来得到上级官员和地方士绅们的捐助,办成一家正式中学。

有些人既无钱,也无权,只是凭一腔热血,一种理念,也在临海办起了名牌学校。回浦中学的出现,就是如此。陆翰文当年是光复军骨干,曾经参加光复上海、杭州和南京之役,立有战功,他放下现成的官不做,却回到故乡从事教育事业,以培养人才为己任。他接下项士元等革命志士所创办的临海私立高等小学校,改名为私立回浦高等小学——而项士元等人,又在东湖创办初级师范学校。到1924年,回浦添设了初中部。在抗战的艰难岁月中,它不但保存下来了,而且还得到了发展。它应战时需要,先后于西乡设立了黄沙分校,在东乡设立了上沙分校,而且还于1939年增设了高中部,成为一所完全中学。陆翰文还与校友陈良商量,想在临海办一所回浦大学,虽然没有成功,但其志可嘉。

还有创办琳山农校的朱洗,则更是一介书生,靠自己的工资和稿费,就根据自己的办学理念,办起了一所有名的农业学校,培养出一批又一批手脑并用的新型学生。

琳山农校创办人朱洗以《生老病死观》《动物学》之稿酬建造的教学楼

有些官员,即使自己不办校,也要与学校发生某种联系,以示自己对故乡的关怀。1947年空军司令周至柔偕同军需署长陈良回乡竞选国大代表,他们在临海所做的一次公开活动,就是到回浦中学和振华中学向学生各做一次演讲,我那时正在振华中学读书,也是一个听众,他们一不谈政治,二不涉竞选,只是鼓励大家向学,并向两校图书馆各赠送一套《四部备要》。

当时临海唯一的一家公立中学,是台州中学。这是在1902年(光绪二十八年),由三台书院改制而成。初名三台中学堂,但仍袭书院旧制。到1907年重新整顿,更名为台州府中学堂,这才成为新式学堂。1911年改称浙江省立第六中学堂。朱洗在这里读书时,因积极响应五四运动,而被开除。到1937年增设高中部,定名为浙江省立台州中学,校址原设在海门镇,但因日寇侵犯,到处搬迁。到1949年回迁临海。

台州中学原来还附设有师范科,后独立为临海师范学校。此外又有一所台属联立女子师范学校。

这样,在民国年间,临海这个小小的县份,先后就有五六所普通中学、一所农业学校和两所师范学校。抗战期间,还从杭州迁来省立医药专科学校与省立杭州高级医士职业学校,从宁波迁来宁波高级工业职业学校;中法大学原来是办在北京的,这时,毕修勺将其一部分移到了临海。

一时间,临海成为浙江中等学校集中之地。这些学校,不但嘉惠了临海的青少年学子,使他们在日寇不断骚扰中仍能弦歌不辍,而且还吸引了附近各县的学子,纷纷前来就读。南京大学包忠文教授告诉我,他就是因为故乡东阳沦陷,远道跑到临海来进回浦中学读初中的,直到抗战胜利之后,才回到故乡去读高中。类似的情况,当时还有不少。

抗战胜利之后,杭州的两所医校和宁波高工都搬回去了,但普通中学、师范学校和琳山农校则仍在发展。振华中学的复校，说明临海人对于中学教育需求的增长。临海之所成为历史文化名城，不仅在于那座号称"江南八达岭"的古城墙和保存得比较完好的老城区，更重要的还在于长期以来的历史文化积淀。城墙和老街，只不过是这种历史文化积淀的表征而已。

这种历史文化积淀，是一个城市的宝贵财富。有没有这种历史文化积淀，关系到这个城市的文明程度和后续发展问题。而临海，正是通过历代的文教事业，完成了这种文化积淀。

但在20世纪50年代以后，文教领域的工作重点，却首先放在对学校体制和对师生员工的改造上。私立学校相继地加以改编，如：建成中学和圣心中学并入台州中学，而台州中学则改名为临海一中；回浦中学、振华中学和琳山农校等也相继改为公立，回浦改名为临海二中，振华停办高中，改名为临海第一初级中学，后来又搬到乡下，改名为城西中学，琳山农校则改名为临海农业技术学校，后又并入黄岩农校。各个学校既不能自主招生，也不能独立办学，生源既大受限制，学校也失却特色。

文化有历史的传承，有时代的革新。没有革新的文化当然会朽腐，但瞎折腾不等于革新，而没有传承，新文化也不能白手起家。在一张白纸上固然可以画出最美最好的图画，但绘画的技法仍然是传承的，如果没有世代积累而成的技法，那只能画出一张鬼画符。

现在，回浦中学、台州中学等校名都已经恢复了，新建的校园富丽堂皇,远非昔日的旧校舍可比。而且还有百年校庆之类的活动,因为百年老店究竟还有相当的社会效应。但是,如何继承当年的办学特色,如何发扬当初的办学理念,如何使临海这座历史文化名城成为今日的文化名城,却还有待进一步的努力。

鹤峤书院遗址

功存文物千秋业

历史文化的传承与发展，除了学校教育之外，还有一个重要方面，就是图书文物的收藏、保护和传播。鲁迅在《拟播布美术意见书》里，提出要妥善保存碑碣、壁画、造像、林野，以及名人故居、祠宇、坟墓等，即是此意。他当时在教育部社会教育司工作，京师图书馆和故宫博物院均属该司所管，他也一并做了很多工作。可见当时教育部所管，非独学校教育一个方面。这是民国首任教育总长蔡元培创立的体制，反映出一种宽广的教育理念。

中国原先公共图书馆和博物馆并不发达，但多私人收藏家，有些人藏书藏物很多，名气很响。宁波天一阁，常熟铁琴铜剑楼，南浔嘉业堂，就是江南有名的私家藏书处。但收藏需要相应的条件，首先是要有钱，其次还要有与同业的交往，这就不是一般人所能具备的了。

临海是个山城，商业不甚发达，因此没有大资本家。虽然历代有人在外做官，但当大官的很少。因为缺乏财力，所以也就没有大收藏家。只有一块钱氏铁券——是唐代皇家所赐免死牌，世所罕见，大概属于国宝级文物，这是钱氏老祖宗吴越王钱镠传下来的，现在已归中国历史博物馆收藏了。

但从宋代以后,由于地方文化的发展,士人们已注意收藏,特别是藏书,并陆续出现了一些藏书家。不过他们的声名,并没有越出地方的范围。

到了清代乾嘉年间,临海出了三个很有特色,也很出名的藏书家:洪颐煊、宋世荦、郭协寅。他们都有全国性的影响。

不过,他们的出名主要不在藏书本身,而在于利用所藏之书,做出了学术成绩,或编辑出版了乡邦文献,因而产生了影响。

洪颐煊自幼精研经学,为浙江学使阮元所赏识,进入杭州

洪颐煊画像

诂经精舍，并协助阮元编校《经籍纂诂》，后入山东粮道孙星衍馆中，撰《孙氏书目》及《平津读碑记》。《平津读碑记》考据精详，在金石学界评价很高，认为可与钱大昕《金石跋尾》相匹。后来洪氏宦游直隶、广东，适值阮元做两广总督，又招其入幕，谈经论史，并协助襄理文事。有此经历，当然见多识广，晚年回到临海，其"小停云山馆"，藏书甚富，号称台州第一。他在其中读书写作，自得其乐。著作有数十种之多，如《礼经宫室答问》《孔子三朝记注》《管子义证》《读书丛录》《台州札记》《筠轩文钞》《诗钞》《经典集林》《汉志水道疏证》《尚书古文叙录》《诸史考异》《倦舫书目》《碑目》等。

宋世荦博学多才，喜欢搜罗故书，而且加以研究、编辑、出版。他藏书的重点在于乡邦文献，其研究重点也在于乡邦文化。著有《台郡识小录》十六卷，并辑有《三台文钞》《台诗三录》《临海补志料》等，保存桑梓故实甚多。而影响最大，价值最高的，则是所辑的《台州丛书》。此书选材广泛，收罗精当，对保存和传播台州文化遗产起了很大的作用，而且是国内较早出版之郡邑丛书，仿效者甚众，影响深远，还受到鲁迅的赏识。鲁迅一向重视乡邦文献，他从日本归国之后，就着意搜罗，并辑成《会稽郡故书杂集》，于1915年以周作人名义木刻印行；而且锐意搜集乡邦砖甓及拓本，欲著《越中专录》，可惜罗致不易，再加上其他原因，终于未成。而因有此同好，所以收藏了宋世荦所辑《台州丛书》。民国初年，鲁迅在北京收到周作人从绍兴寄来的《台州丛书》十八册，但是并非全帙。这套丛书共有二十册，所缺部分，鲁迅就从图书馆借来抄补，《石屏诗集》、

宋世荦编《台州丛书》

《文则》、《滇考》(卷下)、《见闻随笔》、《广志绎》等都是他手抄,可见其重视。

郭协寅家贫,没有余钱广泛购书。但他爱书成癖,每自手抄,亦成一藏家。他也喜欢搜罗乡邦文献,并著有《台州述闻》稿本三卷。而且所藏之书并不私秘,宋世荦编书时每有缺本,常用郭藏补足。郭协寅还喜欢藏砖,他家藏书处就名叫"八砖书库",所藏亦自成一格。

到得民国时期,临海又出了一个很有特色的收藏家:项士元。

项士元于清末毕业于杭州府中学堂,是一位革命志士。其主要志业,是办学、办报,并任职于图书馆、通志馆,做的是启蒙工作。

项士元是临海新式学校的开创者。民国元年(1912年),

即与卓荦等创办了临海私立高等小学，次年由陆翰文接手，改名为回浦小学，后来增加中学部，发展成浙江名校；项士元旋即又与李超群等创办赤城初级师范学校，该校虽然没有存留下来，但在临海教育界，也是开风气之先的好事。后来，他又断断续续做了很多年教员：1917年至1920年之间，他兼任台州六中和回浦学校的国文教员；1921年起，他执教于浙江第十一师范、上海仓圣明智大学、浙江美术专科学校、杭州蚕桑学校、安定中学、清波中学；抗战时期，他回到故乡，任教于回浦中学、省立医药专科学校、省立高级医士学校，是一名老教育工作者。

项士元同时又是临海报业的先驱。1917年张勋复辟时，他创办了《时事日刊》，撰文痛斥，可惜只出了三天，就被封闭了，复辟失败后，他又写了《复辟始末记》加以痛斥；1919年五四运动爆发，项士元发动台州各界响应，被推选为台州救国协会会长，并创办了《救国旬刊》；1924年起，他在杭州从事新闻工作十余年，曾任《杭州国民新闻》总编、《之江日报》主笔，并办有《杭州商报》等。他的《浙江新闻史》也是那段时期的产物。当初是杭州新闻记者联合会决定，组织人员编写一部杭州新闻史，推项士元起草大纲，但各人未能积极进行，后由项士元单独编纂，扩大为浙江新闻史。

项士元还是资深的图书馆、方志馆工作者。当初因为革命工作的关系，他与光复会创始人之一、章太炎的女婿龚宝铨认识。龚宝铨赏识其文史之才，民国初年筹建浙江图书馆时，就聘项士元为馆员。因为有了省馆的工作经验,也看到了图书馆对民众教育的重要,他回临海后就与同仁一起,于1918年筹建了临海县立图书馆,并担任馆长。抗战时期,他曾任浙江史志馆浙东办事处主任;1945年,被聘为临海县志馆总纂;1947年,浙江通志馆成立,又被聘为编纂。

当时职业多变,项士元做过的工作真不少。但无论做什么工作,他始终有一个不变的兴趣爱好,即是购书藏书。正如他在自订年谱中所说:"予自弱冠负笈游杭,辄喜聚书,五十年来,先后游沪、游粤、游苏赣,以暨里居讲学,薄奉所入,尽投故纸堆中,寒石草堂所聚总不下三万余卷。"

寒石草堂,是项士元在1924年所建的藏书馆。因当年他父亲曾购得"谁园"废石二块,放置在庭前,因以名之。作为一个工薪阶层,能聚那么多书,还有字画和其他藏品,的确很不容易。他也自得其乐,曾题对联云:"幽闭不摹子云居,小阁三间胜故庐。"

寒石草堂藏书比较宽泛,而乡邦文献则特多。项士元自己说过:"凡有关国家史料,地方文献之作,尤好什袭珍藏。"他编有《寒石草堂所藏台州书目》,收书七百一十五种,其中明刊本二十余种,明抄本一种,稿本五十一种,精写本十种,其他旧椠、稿本、抄校本不下五百种,都比较珍贵。他所撰写了《台州经籍志》,所用资料有许多就是自己所藏。此书精博信实,深得学界好评。章太炎称道:"寻其结撰,至思不贰,绍闻用心亦良勤矣。"马一浮赞为:"考证详密,大裨文献。"

藏书家们有一个通病,就是把所藏之书当作传家之宝,秘不示人。有些人在书页中钤上"子孙永葆"之类的印章，有些人还告诫子孙，如若示人，即为不孝。其实，没有什么东西可以永葆或永秘的。古人说：君子之泽，五世而斩。收藏家的东西，能葆个两三代就相当不错了。特别是在政治大变动时期，随着主人政治地位的改变，藏书藏物也散失得更快。临海名人屈映光，在民国时期曾经做过大官，也喜收藏，曾请项士元为他编过一套《精一堂藏书目录》，有四卷之多，内多李慈铭越缦堂旧藏，又有葛咏裳忆绿阴室藏品，颇为珍贵。后来，除一部分拨交他所创办之振华中学外，其余也就荡然了。1955年项士元曾到屈氏家乡东塍镇访书，见之感叹道："屈氏收藏图书金石字画颇富，是时已片纸只字无存。"

而项士元则并不把藏品作为个人财富看待，而另有一种处理方法。他是一个启蒙主义者，他的办学、办报和从事图书馆工作，都是为了启民众之蒙，收藏虽属他的兴趣爱好，其实也与此目的相联系。所以，他的收藏，除了自己用以鉴赏、研究和著述之外，还极愿意用来作为社会教育的材料。这样，他就将自己节衣缩食、辛辛苦苦搜集来的藏品，分批捐献给图书馆、博物馆和文物管理委员会。他有过多次大捐献：

1918年，项士元在筹办临海图书馆时，就捐书万余册，作为馆藏图书的基础；并且动员其父捐献银洋二百元，作为营造馆舍开工费用。他还劝说晚清学者、临海收藏家黄瑞的后裔，将秋籁阁旧藏寄存于临海图书馆。

1945年，他捐献志书多种给浙江地方行政学会。

1950年初，从杭州返回临海之前，他"举所有寓庐图书什物，分别捐赠省文管会及杭州亲友"。

1951年3月，台州专区文物管理筹备委员会（后改为临海县文物管理委员会）成立，项士元被推为委员，兼任征集组组长。他于4月份即向文管会捐献了文物十五箱、图书五千余卷。

1953年6月，他又将寒石草堂所藏乡邦文献二十四箱、书画四箱，连同书橱、书架、书箱等都一并捐献给文管会。

此后还有一些零星的捐献。如1956年5月，他向文管会捐献出上个月刚从杭州买回的古籍多种；1957年6月，又向文管会捐献所藏书画多种。

项士元像

因为不图回报,所以他历次捐献连目录都不留。

项士元的捐献,当初为临海图书馆和临海博物馆的开馆奠定基础。后来又不断充实两馆的藏品。

项士元生于1887年,1951年参加文管会,担任征集组组长之时,已是年逾花甲的老人。但他不顾年迈,却是全身心地投入图书文物的征集和保管工作中去。次年,他就搬到文管会藏书藏物的东湖双柏山房来住,"与木石居,结诗书伴"。他在这里一边照看图书文物,一边编制收藏目录,并部署文物展览等事。

当时正值土地改革时期,地主人家的藏品流失很多,有些人不懂得古物的价值,把它们当作废品处理掉,这需要进行抢救。项士元常带征集组工作人员,到台州土特产运销公司去查检,将有价值的书籍、字画和器物截住。有一次,他们就捡回了书籍、字画四百九十斤——将书籍字画论斤处理,也就可见它们的命运了。

除了到土特产公司去拦截以外,项士元还经常带人下乡收购。开始,文管会属台州专区时,他们就要在台州六县到处奔走,后来,这个文管会改为临海县属,他们就在临海四乡寻觅,有如一群货郎。这种下乡收购工作,跋山涉水,栉风沐雨,非常辛苦。蒋竹仙在《项士元先生故事》中记道:"1955年4月8日,年近古稀的项先生,身穿灰布中山装,脚穿新布鞋,与同志们一起步行(因解放初交通不便,出门没汽车,只好步行或坐船),从西门出发,沿西北乡城西大石绕回大田、东塍,又转至岭根,13日到康谷,次日过小芝,后转至桃渚,长途跋涉,直至 20 日，才把沿途征集的文物移装'江大'小火轮，9 时半抵临。回家时，他脚上的'新布鞋'鞋底已磨透穿了；一次为征集文物，途中遇暴雨，山洪暴发，雨雾迷茫，两眼昏花，一不留神，滑入水沟，摔落门牙，幸被一青年救起。"但项士元为了抢救图书文物，却不辞劳苦，经常下乡征集。

东湖是临海有名的风景区，但当时市民生计艰难，游人不多，倒是个清静之地。项士元在此，除了保护文物之外，还读书著述，非常用功。项士元一生勤奋，著作宏富，总计有一百五十七种。1958 年，浙江人民出版社委托他校订宋慈抱遗稿《两浙著述考》，这时他虽已年逾古稀，但还是接受下来，而且经常工作至午夜 12 时，甚至 1 时半。因"事关两浙文献，所以半载以来，晨夕不遑，未敢稍懈也"。这部书稿原来的分类颇为杂乱，材料也有所欠缺，项士元细心加以调整和补充，从 1958 年 10 月到次年 5 月，花了七个月的时间审订完成。

1959 年夏秋间，双柏山房漏水，淋湿了一些书籍，他又亲自参与抢救、晒书。由于过度劳累，终于一病不起，于该年 11 月病逝。终年七十三岁。

当时恰值反右运动之后，对于这样一位有功于地方文化之人，不可能有什么纪念活动。直到改革开放之后，乡人才在 1987 年为纪念项士元诞生一百周年和逝世二十八年，以临海博物馆的名义，为他重建坟墓。墓侧写有一副对联："功存文物千秋业，望重台山百代师。"是其友人董范苇在他生前赠他的诗句，道出了他对故乡的贡献。

大陈沧桑

1949年5月,解放军进入临海城时,并没有遇到激烈的抵抗。但是,接着而来的日子却并不太平。国民党的地方部队化整为零,树起"临海县民众自卫总队""台州人民反共救国军临海县支队"等旗帜,出没在山间、海边,海上则还有"反共救国军海上第一、二纵队",配合国民党正规军"东海""长江"部队,到处活动。袭击区、乡政府,杀害干部,焚烧民房之事,时有所闻。据《临海县志》记载:自1949年6月至1950年9月,全县被杀害的区、乡、村干部和民兵达一百五十余人,被烧民房三百余间。待到解放军多次进行围剿,这些人实在无法在陆上存身时,这才陆续退到附近的海岛上。

台州湾外有一组台州列岛,由上大陈、下大陈、竹屿、洋旗、一江山等二十九个岛屿组成。其中以上、下大陈合成的大陈岛为主岛,离临海县海门镇有二十九海里。国民党当局将浙江省政府迁到那里,想在那里建立反攻大陆的基地。

当时国民党要反攻大陆,共产党要解放台湾,台州湾就成为两党斗争的前沿阵地。

但是,国民党新败,士气颓丧,要反攻大陆谈何容易?共产党则尚未建立海军和空军,而且不熟悉海洋潮汐情况,1949

年12月进攻金门受挫,要解放台湾,还需做充分的准备。接着,1950年6月朝鲜战争爆发,中国政府在以美国为首的联合国军逼近鸭绿江边之际,派遣中国人民志愿军入朝参战,时称"抗美援朝",军事重心北移,解放台湾之事只好暂时搁置起来,而国民党则乘此机会加强了大陆沿海岛屿的布防。他们在金门岛成立了"福建反共救国军总指挥部",在大陈岛成立了"江浙人民反共救国军总指挥部",并派胡宗南化名秦东昌到大陈岛担任总指挥。胡宗南原是西北战区司令长官,号称西北王,曾经指挥部队打下延安。虽然最终还是解放军手下败将,但倒是富有反共经验。他到大陈后,重新整顿了部队,修筑了坚固的防御工事,不但控制了附近海面,而且还对海边城镇时常进行袭击。

临海一带的对外交通,虽有陆路可通,但山道崎岖,车辆稀缺,行路甚为不便,而且运输成本也高。那时的旅客和物资,主要走的还是海路。海门镇是台州湾的主要港口,到上海、到宁波都有大客轮通航,而且还有许多运货的机帆船,航运十分发达。国民党在大陈岛驻军,将台州湾封锁起来,就阻断了台州人的交通要道。上海的日用百货运不进来,地方上的土特产也运不出去,这就影响了老百姓的经济收入和日常生活。记得有一年,黄岩蜜橘突然降价,便宜得要命,一千元——相当于币制改革后的一毛钱——可买好几斤,于是大家拼命买橘子吃。原来是橘子运不出去,只好贱卖。但本地人能吃得多少呢,许多橘子还是烂掉,橘农连成本也收不回来,有些人就砍掉橘树,不想再生产了。过去有句谚语说:贱谷伤农,现在却是贱橘伤农了。可见物流对于生产的重要性。至于渔业生产，影响就更大了。据统计，仅1950年到1953年，大陈军队就先后劫持了大陆方面的渔船两千余艘，抓走渔民一万多人。

到得1953年朝鲜战争结束，接着，越南胡志明部队又在中国的援助下取得抗法战争的胜利，情况就有了很大的变化。中国政府的军事重心又重新转移到东南沿海这边来，金门和大陈，成为世人瞩目之地。这时，国共双方的海空力量对比已经发生了很大的变化。中国大陆方面建立了自己的海军，而且在朝鲜战场上锻炼出一支相当强大的空军。1954年3月，当舟山渔场的渔汛到来时，解放军就出动舰艇和飞机，进行了一场"护渔战"。

海上战争，历来以舰艇为主要作战工具，但自从有了作战飞机之后，制空权却决定着舰艇的命运。当时解放军装备着苏制米格15歼击机，国民党军也有了美制F-84战斗机。就性能看，米格15略胜于F-84，更重要的还有驾驶员的实战经验。解放军的飞行员是从朝鲜战场中锻炼出来的，而国民党的飞行员则还没有进行过喷气式飞机的空战。一经较量，制空权就落到解放军手中。在两个月的护渔战中，解放军不但击伤了国民党军舰九艘，而且还占领了东矶列岛，取得了大陈岛以北的制空权和制海权，兵势直逼大陈。

这不能不引起国民党的恐慌，他们只有求助于美国。几经努力，终于在1954年12月3日，与美国签订了《共同防御条约》。这个条约宣称，双方有"为自卫而抵御外来武装攻击的共同决心"，它为国民党政府提供了一层保护色。但是，一切外交条约都是以本国的利益为依据的，美国既不愿失去反共基地台湾，又不想再次与中共直接开战。所以，这个条约明确规定，美国要助国民党防御的是台湾和澎湖，至于其他沿海岛屿，则含糊其辞。毛泽东和中共中央军委为了打击美国制造"两个中国"的企图，而且也想测试一下这个《共同防御条约》的适应度，就决定发起大陈岛战役。

大陈战役以华东军区参谋长张爱萍将军为总指挥，选择了一江山岛作为首战之地。他们于1955年1月18日发起进攻，出动了舰艇一百八十八艘，航空兵二十二个大队一百八十一架作战飞机，地面炮兵四个营又十二个连，高射炮兵六个营，陆军一个团又一个营，进行海陆空军立体作战。这次战役用的时间并不长，只花了一天的工夫，就于19日2时结束了战斗。但遇到国民党军顽强抵抗，打得非常激烈，解放军于炮击、轰炸、机枪和手榴弹之外，最后还动用了火焰喷射器，把战壕里的守军烧死，才最后占领阵地。国民党方面称七百二十多名守军悉数牺牲，包括王生明司令；解放军方面则通报，击毙国民党军五百七十六人，俘虏五百一十九人，解放军则战死三百九十四人，负伤一千零二十七人。

张爱萍将军在一江山岛战役结束之后，曾即兴赋词一首《一江山渡海登陆战即景》，调寄《沁园春》。词云："东海风光，寥廓蓝天，滔滔碧浪。看骑鲸蹈海，风驰虎跃；雄鹰猎猎，雷掣龙翔。雄师易统，戎机难觅；陆海空直捣金汤，锐难当。望大陈列岛，火海汪洋。料得帅骇军慌，凭一纸空文岂能防。忆昔西西里岛，冲绳大战，何须鼓簧。固若磐石，陡崖峭壁，首战奏凯震八荒。英雄赞，似西湖竞渡，初试锋芒。"

这里所说的"凭一纸空文岂能防"，显然是嘲讽美蒋《共同防御条约》的作用，而"初试锋芒"和"望大陈列岛"句，则说明战事并没有结束，一江山岛战役只不过是初战，下一步的战役目标就是大陈。而且这时，对大陈岛的空袭已经开始，所以能看到"火海汪洋"。

但军事斗争历来只是政治斗争的手段。战争是否需要继续打下去，不仅取决于军事实力和取胜的把握，更要服从政治斗争的需要。

一江山岛是大陈岛的门户和屏障。该岛失陷，大陈就直接暴露在解放军的炮火之下，无法坚守了。这时，国民党"国防部长"俞大维在台北紧急拜访美国兰金"大使"，国民党"外交部长"叶公超和"驻美大使"顾维钧，则在华盛顿拜会美国国务卿杜勒斯，他们指摘美国对一江山岛见死不救，并要求美国空军给大陈守军以空中支援，要求美国第七舰队介入大陈战斗。但美国没有同意，因为他有自己的利益和自己的观察。

在整个一江山岛战役中，美国顾问团驻大陈岛首席顾问华尔顿陆军上校和来接替他的麦克雷登上校，连日都在大陈岛山头观察。据他们俩说：解放军攻击一江山岛所使用的火力，竟比朝鲜战争中的更为猛烈。所以华尔顿上校的意见是：今后大陈的防务已无法确保；他的建议是：国民党军应撤出大陈。蒋介石被迫接受美国的意见，决定撤离大陈。

不过在撤退中，美国还是帮了国民党的忙。他们答应派舰艇来帮助撤退，而且为了避免与大陆直接发生军事冲突，美国国务卿杜勒斯将此事告知苏联外交部长莫洛托夫，希望苏联能够劝说中国政府，在国民党军队撤退时，不要加以攻击。毛泽东从整个国际形势出发，也不想再与美国开战，就答应了这个要求。这样，一江山岛战役，既是解放军第一次进行海陆空军立体战，也是唯一的一次。因为这是国共最后一战，以后就没有这样大规模的直接军事冲突了。

有记者评论道，蒋介石之所以想坚守大陈岛，只是"东方人的面子问题"，之外毫无实际意义。其实，大陈岛对于蒋介石和他的众多浙江部属来说，还有一层剪不断理还乱的乡情作用：这是他们与浙江老家的最后一点地理上和心理上的联系。所以当他守不住时，仍很重视大陈的撤退工作。虽然大陈岛自有其防卫司令（这时已是刘原一接任），但蒋介石还是派了他的儿子蒋经国来指挥，而且除了撤离军政人员之外，还将全岛居民都带走——据说仅有两三人漏网。蒋介石专为大陈撤退而发布的《告海内外同胞书》中说："此次国军撤离大陈，在军事战略上自认为甚少遗憾……大陈一万七千余民众，无论男女老幼，全体同胞皆至诚的自动要求来台……"

政治文告上的话语，自然当不得真。但大陈岛上从大陆逃亡来的人不少，再加上政治宣传的影响和对于炸弹、炮火的恐惧，自愿赴台的人当然不少，不过中国人一向安土重迁，要一批老年人丢下世代居住的家园，只带着随身行李，迁到一个陌生的地方去，真不知心里是个啥滋味。据说当时有个八十岁老太太，正在病中，是用被子裹着抬上船去的；还有一个妇女，挺着大肚子，再拖着四个子女上船，情景实在有点凄凉。

这批大陈移民在台湾基隆港上岸，受到热烈的欢迎。台湾当局称赞他们"义无反顾，摧家毁舍"。一两个星期后，陆续被送到宜兰、花莲、台东、高雄、屏东、桃园、台北等地，并建立了一批"大陈新村"来安置他们。这些大陈移民，按他们原来的职业，有些做工，有些务农，有些经商，也有投军从政的。到得第二、三代，还出了几个名人，如台东县长徐庆元、"民进党第一文胆"梁文杰，还有那位骑着机车飞越长城、黄河的特技演员柯受良。有些人移民到美国、欧洲，在那边落地开花。不过，大陈人毕竟还是普通百姓、弱势群体为多。而在"大陈新村"里，则长期保持着台州人的生活习惯：讲的是台州话，吃的是台州菜，还保持着许多台州风俗。我们在纪录片上，可以看到他们过年时还在包台州人的特色食品——麦油脂。

六十年时间过去了。两岸都在纪念大陈战役。虽然各有各的说辞，但也可见大陈战役已经写入了历史，不容后人遗忘。

而当事人没有想到的是，大陈移民却给后一辈人留下了绝好的统战话题。

2010年6月，浙江省省长吕祖善带领浙江省代表团访问台湾，受到国民党"荣誉主席"吴伯雄的宴请。代表团访问的主题是"探亲会友，交流合作"。"探亲"的主要内容，就是到基隆市中船里去探望聚居在这里的大陈居民。而大陈居民则张灯结彩、放烟花爆竹来欢迎"家乡父母官"。

象山县县长李关定，知道台东县有个大陈村，就于7月间专程访台，邀请他们返乡参加9月14日中秋节举行的开渔节。

当年随着军舰到台湾去的大陈人，有许多已经过世，活着的也已老迈。但后代甚多，已经繁衍到十五万人。两岸沟通之后，也有许多人陆续回到大陈岛上探视。据2013年4月6日中新网上报道：清明小长假进入到尾声，有着浙江"台湾村"之称的浙江台州大陈岛，陆续迎来了数批台胞返乡祭祖探亲。当地台办及大陈镇政府便在岛上设立数个服务站，并拉起横幅，以传统简洁的方式，热烈欢迎海峡对岸的亲人们"回家看看"。回来看的大陈人，已超过了三千人次。今年年初，大陈岛已向国务院提出建立国家级"海峡两岸交流基地"的申请。

当年国民党军一江山岛防守司令王生明之子王应文，与进攻一江山岛的解放军总指挥张爱萍之子张翔，在北京见面，互相推崇对方的老爷子是了不起的人物。王应文将这段历史概括为八个字"一江烈焰，和平曙光"；张翔回应了八个字"统一之战，和平之师"。其中都有"和平"二字，这是他们共同的希望。

大陈岛也早已今非昔比。大陈本来就是一个荒凉的渔岛，经过战乱，更加破烂不堪。国民党军撤退时，蒋经国降下了最后一面青天白日旗，颇有仓皇辞庙的感觉。因为连百姓也撤走了，所以留下的是一个空岛。时任中国共产主义青年团中央第一书记的胡耀邦，发出了"组成志愿垦荒队，开发建设大陈岛"的号召，从1956年到1960年，先后组织了四批台州和温州青年垦荒队，共四百六十七人，到大陈岛垦荒。后来，胡耀邦担任中共中央总书记时，还在1985年12月29日，登岛来探望老垦荒队员。为纪念此事,大陈人于2013年在岛上建立了胡耀邦铜像。

现在的大陈岛,已是高楼林立、交通发达的旅游胜地。不过来此旅游的人,大都意在看海景、吃海鲜,对六十年前的历史感兴趣的,不知还有多少?

古刹之劫

早年读《资治通鉴》，特别欣赏胡三省的注释。一则，胡注内容详实，见解深刻；二则，他自署"天台后学胡三省"，我以为他是我们台州府属天台县人士，为有这样一个乡前辈而自豪。后来才知道，他是宁海县人，该县早已划归宁波专区。但在他所生活的宋末元初时代，的确还是台州府属，说他是台州学者，还是不错的。以"天台"自署的学者，似乎不止他一个。元末明初，著有《辍耕录》《说郛》等书的陶宗仪，是黄岩陶阳（今属路桥）人，他也自称"天台陶宗仪"，可见天台已成为台州府的一个标志。

不过，这"天台"二字，非谓县治，而指山峰，即天台山。台州府的名字，本来就因此山而起，故以天台指称台州，也在情理之中，这是古代汉语中常用的以部分代全体的修辞手法。

天台山风景佳丽，早就名扬全国。东晋作家孙绰曾写过一篇《天台山赋》，赞道："天台山者，盖山岳之神秀也。夫其峻极之状，嘉祥之美，穷山海之瑰富，尽人神之壮丽矣！"唐代诗人李白则说是："龙楼凤阙不肯住，飞腾直欲天台去。"虽说浪漫诗人用语常有夸张，但他一生遍历名山大川，且出入过宫廷，毕竟是见过世面的人。

天台山不但以自然景色优美著称,而且还是一座文化名山。智者大师在此开创了天台宗佛学,张伯端在此建立了南宗道教,都产生了全国性的影响,成为中国文化史的重要组成部分。天台宗是中国佛教十大宗派之一,不但信徒遍布域中,而且远及东洋。早在唐朝,就有一些日本高僧,漂洋过海,来到天台山国清寺,学佛求法,并携带典籍,回国弘扬,建立了日本天台宗,成为彼邦的重要教派。

正因为天台宗佛教在日本有着广泛的影响,所以天台山国清寺也就成为日本人心目中的圣地。抗日战争时期,日本侵略军所到之处,肆意掠夺,烧杀奸淫,无所不为。但到了国清寺,却有所顾忌。据说,他们未到庙门,早就下马,来到殿前,跪

天台国清寺大门

古刹之劫

拜致礼,倒像个虔诚的信徒。因此,天台山国清寺在战争的烽火中,虽有日军进入,幸而没有受到破坏。

但是,这千年古刹,后来还是难逃一劫。这一劫,来自"文革"。

我是在"文革"刚结束不久的1979年第一次上天台山的。那年,台州师专(现扩展为台州学院)在那里召开浙江省高等学校文学史教学研讨会,我在上海复旦大学教书,不属浙江高校,但因同乡之谊,受邀参加。那时天台山上还没有宾馆或招待所,我们就借住在国清寺僧房里,也在寺内开会。使我感到奇怪的是,偌大一个国清寺,却没有几个和尚,显得冷冷清清。大概因为人少之故,有一条大蛇爬到厕所里,一连数日不走,和尚以慈悲为本,也不去打它、赶它,虽说是一条无毒蛇,但也有点吓人。

那时,住持和尚似乎也不太忙,还有空和我们聊天。我们问道:国清寺是佛教名刹,为何僧人这么少?住持答道,"文革"初期,县里人说我们光吃饭,不生产,而且搞迷信活动,要清理队伍,逼着和尚还俗,现在落实宗教政策,又要他们回来,但还俗的和尚大都有家室之累,也就不愿回来了;现在寺里的和尚,有几个是当年留下看庙的老僧,另外有一些是新招的青年人,他们白天来上班,晚上回家去。

与住持接触得多了,他还告诉我们另一些事情。他说,现在寺里的菩萨,不是原来的,而是外地来的"南下干部"。我们问是怎么一回事,他说,国清寺的菩萨,大都是用檀香木雕的,很珍贵,"文革"初期,红卫兵倒没有破坏,后来工宣队进驻之后，却把这些菩萨都劈掉了，劈碎的檀香木就卖给中药店做药材，价钱很贵，这些钱也不知道哪里去了。后来日本首相田中角荣访华，提出要参拜国清寺，周总理赶快派人来检查，做准备工作，发现菩萨没有了，只好赶快从外省的寺院里调来，所以我们称它们为"南下干部"。说得大家都笑了。

还有令人哭笑不得之事。有一次，我们参观鱼乐园，即放生池，发现池里也是空荡荡的，没有几条鱼，与杭州寺院里的放生池相差甚远。国清寺是千年古刹，放生池不应该如此冷落。问住持是怎么一回事，他笑着说，这也是工宣队做的好事。因为日本人信仰天台宗的人很多，与国清寺来往也多，工宣队硬说这里有外国间谍，而且说发报机就藏在放生池下面，所以他们就把水抽干来查找，当然是什么也没有查到，但是捉上来很多往日善男信女放生的鱼，都被他们分着吃了。

这真是古刹一劫！

到90年代初期，我与几位朋友一起出游，又一次来到天台山。这时，国清寺香火又很旺盛了，到处烟火缭绕。但来的大都是游客，而不是信徒。当然，许多游客也都烧香拜佛，祈求好运，但已少见那种专门朝山进香的人了。国清寺已成为旅游胜地。寺内僧房当然容纳不下这许多游客，寺院近处早已建造了现代化的宾馆。对于游客来说，当然是方便的，但却破坏了深山古寺的幽静气象。现代化宾馆与千年古刹毗邻，很有些不伦不类。寺院住持已没有空再来接待我们这些普通游客了，我们匆匆地走了一圈，就完事。

佛教，是讲清静、讲苦修的，如此热闹，如此繁华，如何

国清寺照墙

苦修?

我想,政治运动的干扰,对于佛教是一种劫难,商业的干扰,对于佛教说来,又何尝不是一种劫难呢?

故乡的饭菜

看电视节目《舌尖上的中国》，只见各地美食纷呈，引起了我对故乡饭菜的思念。

但吾乡临海，是浙东小县，并没有什么名菜名点，大抵是一些日常饮食。邻近的宁波人将小菜叫作"下饭"，即是说小菜是为下饭之用，不能多夹，更不是叫你专门去享受菜肴本身的美味。临海话中将"小菜"说成"菜蔬"，"下饭"说成"过饭"，其意相同。这都反映了当初老百姓贫困的生活状况。外婆曾给我讲过一个故事，说以前有个秀才，上京赶考，因为家里穷，买不起路菜，只带了一只自制的咸鸭蛋，一路上就用筷子头蘸一点这蛋的咸味来"过饭"，从出门时"过"起，一直"过"到回来的路上，还没有蘸完，有一天在海船甲板上吃饭，他又拿出这只咸蛋来"过饭"，蘸了一点就搁在船沿上，不料因为吃得差不多只剩蛋壳，太轻了，被风一吹，就吹到海里去，最后几天，他只好吃白饭。这虽然是说笑话，但对于小菜的"下饭"或"过饭"的作用，却也说得明白。

既然菜蔬是作为"过饭"之用，当然就要做得咸，所以临海人的口味很重。好在地处海隅，海盐便宜，多用一点也无妨。后来我在上海生活多年之后，回家探亲，母亲晓得我的口味变了,特地在菜蔬里少放点盐,但我吃了还觉得咸,而父亲却要用酱油蘸着吃,可见差别之大。

那时,临海的很多菜蔬都是腌制的,吃得最多的,就是咸菜,俗称"腌菜",即是现在进行小包装后放在超市里卖的"雪菜"。当时没有这么讲究,都是各家自行腌制、储藏,这样成本要低得多。用来腌制的一般是花菜,整担整担地买回来,晒干后腌在大缸里,家口多的,要腌几缸。腌制时,放一层花菜,撒一层盐,还要一个人站在上面用脚踩,铺一层踩一层,踩得结结实实,最后上面还要压一块大石头。这缸腌菜开始是干的,过些日子汁水就出来了,慢慢淹过了压着的石头。腌得好的,很香,腌得不好的,有股臭味。但不管是香是臭,你都得吃。有时单炒,有时配菜。配的什么菜呢?现在通行的是肉丝炒咸菜,但那时一般家庭都配不起肉丝,吾乡产竹,配的多是竹笋。冬笋较贵,一般人家吃不起,而春笋很便宜,大家都可以吃。现在连春笋也是美食了,而我们那时,却吃得生厌。因为竹笋吃油,需用很多的油炒起来方才好吃,那时穷人家用不起大量的油,只用少许油清炒一下,就不好吃了,据说还会将肚子里的油水都刮走。

同样常吃的,还有苋菜咕和臭冬瓜。这是将苋菜梗切成段(也有用芥菜梗或凤仙花梗做的),冬瓜切成块,腌制起来,还要加上霉菌,成熟之后,有一股臭味,但却能吊起你的食欲。六七十年代工宣队进校时,把我辈知识分子比作臭老九,有人说,他们有如臭豆腐,闻起来臭,吃起来还是香的,这句话又引起了一阵批判。临海人喜欢吃苋菜咕和臭冬瓜,大概也是觉得这东西闻起来臭，吃起来香吧。但临海人为什么要将臭苋菜梗叫作苋菜咕呢，想来大概是因为此物腌制好后，皮肉脱离，放在嘴里一吸，"咕"的一声，就将肉吸出来了，以声命名也。现在臭冬瓜极少见了，苋菜咕却推广起来。上海有很多绍兴饭店和咸亨酒店，都有这东西卖，不过是与臭豆腐配盘，做法也已高档化了。

此外还有咸鱼、咸蟹之类，现在看来，价钱也是很便宜的，但那时嫌贵，不是许多家庭常吃之物。如果是自家腌制，成本就低得多了。有些水产品，还可自己捕捉。有一次日本兵进城，我们逃到乡下，我曾跟着主人家的大哥哥们在夜晚到水沟里去捉螃蟹，那时种田不用农药，所以螃蟹很多，只要点起火把一照，就有许多螃蟹爬出来，我们大家赶快抓起来往桶里丢，一会儿就丢满了一大桶，拿回家在舂米的石臼里捣碎，加上盐放在小瓮里，没几天就是美味的蟹糊了。

另一类菜蔬，是干制的，如菜干、笋干、鱼干、虾干等。鱼干、虾干比较高档，平时不常吃，有客人来了，临时来不及张罗菜蔬，就下一碗面待客。一般家里都储有面干，相当于现在的卷子面，有一种还是用米粉做的。面碗上再用虾干、豆腐皮、金针菜之类做浇头，也算过得去了。鱼干，临海人叫鲞，以黄鱼鲞为最佳，干炒或放汤均好吃。还有一种小鱼，叫鳝苗，味极鲜美，因其只在立夏前后一段时间出现，上市时间有限，所以一般都是晒成鳝苗干储用，放汤或下面，都是上品。以前我母亲常托人带黄鱼鲞、鳝苗干到上海来给我们，我太太和女儿都留下深刻的印象，至今还想吃。我托妹妹去买，回信说，黄鱼鲞极难买到，而且没有好的了，鳝苗则多年不见踪影。

菜干、笋干，现在都是上席面的原料了。绍兴菜、上海菜中都有一道名菜，叫作梅干菜炖肉，很受欢迎。食客还常常专挑菜干和笋干来吃，说是比肉还好吃。但它之所以好吃，是因为其中吸收了许多肉汁的关系，以前清蒸菜干、笋干，就不那么好吃了。鲁迅在《马上支日记》中写道："正午，照例要吃午饭了，讨论中止。菜是：干菜，已不'挺然翘然'的笋干，粉丝，腌菜。对于绍兴，陈源教授所憎恶的是'师爷'和'刀笔吏的笔尖'，我所憎恶的是饭菜。《嘉泰会稽志》已在石印了，但还未出版，我将来很想查一查，究竟绍兴遇着过多少回大饥馑，竟这样地吓怕了居民，仿佛明天便要到世界末日似的，专喜欢储藏干物品。有菜，就晒干；有鱼，也晒干；有豆，又晒干；有笋，又晒得它不像样；菱角是以富于水分，肉嫩而脆为特色的，也还要将它风干……听说探险北极的人，因为只吃罐头食物，得不到新鲜东西，常常要生坏血病；倘若绍兴人肯带了干菜之类去探险，恐怕可以走得更远一点罢。"

鲁迅对这种饭菜的憎恶是有道理的，因为实在不好吃，他有亲身体验。绍兴也与临海相邻，早年宁（宁波）、绍（绍兴）、台（台州）联称，可见三地关系的密切，生活习惯也就差不多。不过，我想，宁、绍、台三地的老百姓之所以喜欢腌制或晒干食物，并不是因为对它的偏爱，而是因为生活穷困的关系。蔬菜和竹笋都是有时令的，旺季时很便宜，过时之后就没有了，鱼虾也因大潮小潮而行市不同。所以百姓们往往趁便宜时多买一些，用腌制或晒干的方法来贮存。后来形成饮食习惯，也就沿袭下来了。现在生活条件好了，饮食习惯也在改变。臭冬瓜、苋菜咕都已从百姓的餐桌上退出，菜干、笋干也不常吃了，腌菜还在吃，但很少有自家整缸的腌制，多数人家是到市场上买一点来，配上其他作料炒出来，味道也就不同了。

当然，上面所说，只是就平时的饭菜而言，到了过年过节，还是有好吃的东西。如过年吃年糕、麻糍、糟羹，还有炒米糖、花生糖、炒花生、蕃莳金枣等零食；元宵有汤圆；清明有青饼、青团；夏至吃麦油脂；立夏吃石莲糊、山乌饭麻糍；重阳节吃灰青糕；还有终年不断的小点心羊脚蹄、马蹄酥等。

但这些吃食，多数品种都是江南各省所共有的，并非临海的特色货。如年糕、炒米糖之类，现在到处都有，超市里随时可以买到。所不同的是，当时的年糕、麻糍、炒米糖、花生糖，都是在年前请做糕师傅和做糖师傅们到家里来做，一次做一大批，储以备用。我家住在宋家台门时，每年年底总有一批海边农民在一位老师傅的带领下，住在对门宋仁礼家的柴房里，许多人家都来预约，请他们到家里做年糕、麻糍，因为做得紧密，比街上买的好吃。晾干之后，用水泡在缸里，一直吃到清明之后。

但临海也有几样特色饭菜和零食，为别处所没有或少见的，如糟羹、麦油脂、灰青糕、石莲糊、山乌饭麻糍、羊脚蹄、马蹄酥等，其中以糟羹和麦油脂最为有名。

糟羹是将蔬菜、海鲜、肉类，切成颗粒，再用米粉浆（也有用红薯做的山粉浆）调制起来，成稠羹状，饭菜混而为一。关于这道饭菜的起源，还有着一些传说。我小时候曾听大人说，

临海的特色食品：糟羹

临海的特色食品：麦油脂，又称食饼筒

当初有一支军队和民工一起建筑临海城墙，一直筑到大年夜还没有完工，老百姓要慰劳他们，各家捐出过年吃的各种荤菜和蔬菜。但厨师可为难了，这些杂七杂八的东西，怎样分配呢？后来灵机一动，想出了一个办法，就把这些荤、蔬菜切碎，一起调制成羹，不料其味鲜美，大受工人的欢迎，因此就成为临海人的传统食物了。但后来我看到一本《桃渚胜境传说》，说是明朝某年年初，倭寇围困桃渚，戚继光带兵驰援，于正月14日到达，但是粮草却要15日才能解到，还缺一顿饭食无处着落，解粮官正急得无法可想，老百姓纷纷献出了年节的食物，厨师将这些东西切碎了一起调成糟羹，战士美食了一餐，奋勇杀敌，打得倭寇大败而逃。为了纪念这次胜利，当地百姓每年正月都吃糟羹，以后就成了习惯。桃渚是临海的一个镇，临海糟羹，就是由此而起。这两种说法，哪一种符合事实，现在已无从查考，反正都是传说。临海人喜吃糟羹，是因为它好吃，与它的起源，已经没有多大关系了。

麦油脂，又称食饼筒。除了夏至节之外，过年时也吃。大概因为糟羹毕竟太稀薄，不能耐饥之故，所以辅以麦油脂。麦油脂的做法，有似上海之春卷，用一层薄面皮包着许多食物，卷成一筒。但麦油脂皮比春卷皮大得多，裹的东西也比春卷多得多，有菜梗、肉片、芋艿、绿豆芽、菜头丝（萝卜干丝）等，体积当然也大得多，需用两手捧着吃。我在外地没有见过这种食品，只在鲁迅《两地书》上看到，他在厦门致许广平信中说，自己在林语堂家吃到一种卷起来像小枕头一样的东西，是主人卷好递给他吃的。颇疑这种"小枕头"，即是麦油脂。但我到厦门多次，想在饭店里寻访此物，却始终无缘得见。而在临海，现在是随处可见。只是，当初我们现卷现吃时，是不烤的，一顿吃不完，包好储存起来改日再吃时，再烤一下。现在则是当顿现包，也要烤起来吃，取其味香也。

灰青糕，是将稻草灰过滤后，溶进米粉中做成，清香可口。可惜现在已买不到了，大概觉得它不干净吧。其实，燃烧后的稻草灰是很卫生的。

　　还有零食中的蕃莳金枣,在外地也没有见到过。这是将红薯切丝煮一下,晒干后,在铁砂里炒过,香脆可口,是过年时节的必备零食。当时这东西流行,是因其便宜、易办,现在却已淘汰出局,大概因其太低档的缘故。但高档化之后,临海过年时所吃的糖果,与上海等地无异,也就失却了地方特色。而我所思念的,则还是有临海地方特色的东西。虽然这些饭菜和零食,极其普通,而且还有点粗粝,但它们一直存留在我的记忆之中。

清明忆旧

说到清明，人们很容易想起那句脍炙人口的唐诗："清明时节雨纷纷，路上行人欲断魂。"但在我的记忆中，少年时代的清明时节，总是阳光明媚的。并非吾乡临海的清明不下雨，而是下雨天总是呆在家里，日子过得很平常，没有留下什么特别的印象；清明节的兴奋点全在于上坟，而上坟的日子总是选择在晴天，所以就有了阳光的记忆。

清明是鬼节，上坟祭祖是第一要事。大户人家聚族而居，死了之后也葬在一起，所以他们专门置有家族坟山，还有专人看管。给老太公上坟也非常隆重，先在祠堂里祭拜，然后再到坟前祭奠，到者还发馒头之类。我家是小户，没有自己的坟山，只在别人的山上买了块坟地来埋葬祖宗。这样的人家还是多数，所以出得城来，许多山上总有一些零星的坟茔。那时不讲豪华，格局也大致相似，一个太师座椅式的坟包，匾额上写着"源远流长""山高水长"之类的吉祥语，坟前有石桌石凳，以供祭奠。

我家祖坟在南乡，出得南门约有一小时的路程。上坟之日，家里请一个男亲戚来帮忙，挑一副细篾编成的红漆庆篮担，大家相跟着走出城去。这时，野外的树枝和青草早已绿遍，而且满山开着映山红——吾乡叫作柴爿花,非常好看。到得坟前,首先要做的是,用砍刀将野草藤葛清理干净,再从庆篮担里取出暖锅、老酒、青饼、青团,放在石桌上,点上香烛,烧了千张——一种敬鬼神用的纸帛,大家轮番拜过,然后用炭火烧热暖锅,围坐下来吃一顿丰盛的野餐。餐后再折一些柴爿花枝,带回去插瓶,路过小溪,还可以下水捉一些螺蛳,回家当小菜。这样一路游回家去,已是晚饭时分。

坟中的祖宗我没有见过面,因此并无特别的感情,这一天对我来说,完全是春游;对大人们来说,大概春游之外,还有一份礼数和对祖宗的敬意。此外,我实在看不出有太多的迷信成分。

临海古为蛮荒区域,应是巫风兴盛之地。中古时代,吴越间又流行堪舆之学,更是讲究风水运命。但到了近代,情况却有很大的变化。一则,此处民风崇尚文化,教育事业比较发达,古代的书院就有二十七所之多,后来洋学堂兴办得也比较早,市民受到了理性思维的浸润,思想比较开通;二则,晚清时期,革命党的势力很大,民主革命的思想影响很深,这对于民情风俗都有潜移默化的作用。我母亲一辈人,接受过新式教育,对鬼神之说,已不大相信。他们的上坟、祭祖,只是随俗行事,并没有什么特别的意思。这有点像孔子所说的:"祭如在,祭神如神在",两个"如"字,表明并不真的相信鬼神之事。

他们的上一辈,信鬼神的人还比较多些,但似乎也并非笃信。我外婆是念佛吃素的,不过吃的是花素,每月初一、十五,还有别的几天吃素,平时则同我们一样吃荤。这有如六祖慧能隐居在猎户家中时吃肉边菜一样,心到而已,持戒并不甚严。外婆还有一批同道,定期在后山尼姑庵里聚会念经,她们叫作"做会"。"做会"当时有两种不同的概念:一种是某人急需用钱,他邀请数人一起做个会,每人出一定数量的份子钱,交给他先用,以后每隔一个月各人依次收取这份子钱,等于是经济上的互助组;另一种是几个人约在一起念经,也叫做"会",如九个老太婆在一起念经,叫"九龙会",念过经文的千张、纸钱,大家轮流带回家去祭祖,也是一种互助,而更多则是共同的信仰。外婆去做会时,有时遇雨,母亲要我送雨伞雨鞋去,我就在经堂里等候。只见她们念一会儿经文,就东家长西家短地聊天,有如现今社会的开派对;有时,她们也会请人宣卷,就是宣读宝卷,如《目连宝卷》《观音宝卷》等,也讲《珍珠塔》《玉蜻蜓》之类,这又有点像开故事会了。当然,宣讲的大抵是劝善惩恶、哀怨动人的故事,还有菩萨的本生经等。总之,这些活动都是信仰和娱乐两结合,是老太太们生活中的调剂,家里的新派人物并不反对,只当它是一种消遣罢了。

当时堪舆、命相之学仍然流行,但已不是那么被看得神乎其神了。造屋、做坟,自然还是要请风水先生来勘测,但一般也就看看地势的走向,水文的情况,并不指望选个吉地就能使后代兴旺发达。每当晴日午后,也常有瞎子敲着小锣,手持竹竿探路,穿过大街小巷,这是算命先生,但生意似乎并不太好。也有老太太请他进去算命的,算命先生总是说好话的为多。但主人也只是在半信半疑之间，很少有人会以他的言语作为行动的指针。至于一般的事情，则可以自行翻查"通书"，不必另请高明了。"通书"，就是历书，也叫黄历，就像时下的年历一样，不过还要复杂一些，除了月份、日子、节气之外，还有一些吉利和禁忌的规定。但我们家乡已没有《小二黑结婚》中二诸葛那样的人物，连下种也要选个黄道吉日；他们并不机械地照搬"通书"中的话了，老辈人翻阅"通书"，大概出于一种习惯，但也只是参考而已，一般总是按照实际需要办事。

当时的丧葬之事还办得比较隆重，不但出丧要吹吹打打，而且还要"做七"。从死者亡故之日算起，每七天做一次祭奠，从头七做到七七。丧家还要哭七。当时男人死得比女人早，一般是妇女哭丈夫为多，往往是哭得呼天抢地，而且还有腔有调。如果这次做七，祭菜有九大碗，她会一碗一碗地哭过去，叫作哭九碗。我还记得其中一碗的哭词是："第一碗捧出来是扁尖，我只望一株毛竹长上天，谁晓得会中途劈两边，呜呜，呜呜呀！"扁尖是一种竹笋制成的干菜，所以她以毛竹被剖作比方来表达死别之痛，是很切题的。但文学性太强了，显然是事先准备好的，或者本是流行的哭词，这就有点近于表演了。真如鲁迅所说："长歌当哭，是必须在痛定之后的。"我倒相信，那些无声啜泣的人，才是真正的悲伤者。

老太太们常有些禁忌，但有时也只是说说而已，并非真个相信。我家对门有位宋家阿娘，年纪比我外婆还要大些，已经不能东奔西跑，每天大都躺在门口的藤躺椅里。她也信佛，但只是初一、十五在屋檐下点几炷香,并不念经。她很喜欢我们这些小辈在她周围玩耍,也很爱护我们,还时常分一些自制的小点心给我们吃。我从小喜欢夜读,早上难免起得迟些,但总能赶得上上学时间,而且在早饭前还能读一会儿英文,这样大家都觉得很正常,没有什么不好。但我父亲从外地回来后,却很有意见。他长期过军旅生活,早起惯了,而且又是个儒家信徒,相信《朱子家训》中所说的"黎明即起,洒扫庭除"的话,要我照此实行,这样我就得一大早起来打扫院子,使我不能睡懒觉,很不习惯。宋家阿娘看我苦恼的样子,忽然一本正经地对我父亲说:"你叫小孩子每天扫院子,把我的财气都扫光了,我不答应。"这样我父亲只好叫我不要扫了。但每过几天,垃圾积得多了,她总要叫佣人清扫一次。我知道,她对我父亲说的话,其实是在帮我的忙,并非真个相信什么扫地会扫掉财气。

那时,临海有一些寺院、道观,自然都有人去烧香礼拜,香火最旺的是南山殿,听说那里的签诗最灵。但这南山殿,却既非寺院,也非道观,里面供奉的是唐代在睢阳拼死抵抗安禄山叛军的张巡。睢阳远在河南省,本与临海无关,不过据说明代初年倭寇侵犯台州时,张巡屡次显灵,吓退倭寇,被封为"靖海元帅",所以临海百姓建祠祭拜。这样看来,国事又多于佛法了。

临海航运发达,西洋之风吹得早些,西方的宗教也很早就传入了。我小时候,城内就有三所洋教堂:西墅下教堂、城关天主堂和板巷口耶稣堂。我家离板巷口很近,有时路过耶稣

清明忆旧

堂,我会进去看教徒们做礼拜,觉得颇为新奇。这些教徒很虔诚,但不像书上描写的山东洋教徒那样张扬,因此老百姓也没有像义和团那样去反对他们,大家相安,各信各的教,各做各的事。

当时也有些移风易俗的举措,如三四十年代的"新生活运动",而且很有些政治背景。但是执行不力,似乎没有什么大影响。这个运动当时对我辈学生来说,实际起作用的只有两条:一是操衣(制服)上的风纪扣要扣好;二是走路要靠左走(这是英国制式,后来受到美国的影响,这才改为靠右走),此外都是各行其旧。

对于宗教信仰和迷信活动真正实行冲击的,是解放后的历次政治运动。

土改时不但分掉地主的土地,而且也分掉山林,坟地的所有权就成了问题。后来平整土地,又平掉许多坟茔。比如东门外的山宫坦原是临海最大的贫民坟地,50年代中期回浦中学在市中心的校舍划归台州专署作为干部宿舍,学校迁到山宫坦去了,于是坟场就变成了校舍,坟墓都被平掉。后来城区继续东扩,回浦中学也继续东迁,山宫坦成为市中心。因为土地成为公有,地上的坟墓也就失却了存在的合法性。我后来曾问过母亲:"你们清明节还去上坟吗?"她说:"坟都没有了,还到哪里去上?"

而且,经过土改,经过工商业改造,当初这些有钱而且有闲的老太太们,日子也过得紧迫起来,谋生成为第一要义,没有心思再去拜佛念经了。到得"文革"期间又有"破四旧"运动,许多旧的风俗习惯,都被破得稀里哗啦。而寺院、道观和洋教堂,也有很多被拆或移作他用。

但是没有想到的是,改革开放之后,这一切旧事物、旧习惯却都恢复得很快,而且远远超过以往。全国各地到处都在重修家谱、族谱,不知是否打算重振族威?想当年(五六七十年代),人们以三代贫农出身自豪,时下却有许多人以世家大族相标榜,而且还要找一个名人做祖宗,真是此一时也,彼一时也;坟也做得愈来愈考究了,清明、冬至、过年三个时令上坟的人络绎不绝,而且拥挤到堵塞交通;九龙会的千张,过去是念经的人自家用的,现在则到处有得卖,比普通千张要贵好几倍,但已经没有人再肯花工夫去认真念经了,往往是用录音机播放经文来代替,或者连录音经文也懒得播放,只是用小棒头沾印泥在上面敲上点点红印,就算念过经文了;而寺院的香火则倍加旺盛,信徒却愈来愈年轻化,也愈来愈虔诚;命相之学大盛,自称大师者辈出,生意比过去算命先生好得多——瞎子算命只是混口饭吃而已,而"大师"看相则收费很高。

改革开放是为了向现代文明转化,为什么多年来已经消失或淡化了的旧风俗旧习惯却又变本加厉地发展起来呢?

这不禁使人想起了明代的"洪武改制"。朱元璋在洪武三年曾下过一道上谕,要各地城隍庙都搬掉土偶神像,用泥涂壁,画上山水,中立木主,前放几案,一如公署。但朱元璋死后不久,土偶神像就逐渐恢复起来。可见民情风俗,要靠国家强权来改变,是难以持久的。过正之举或可以矫枉,但反弹起来也就更加厉害。

清明忆旧

清明上坟。可惜已没有漫山遍野的映山红,也没有石桌石凳可以吃火锅

民风民俗只能因势利导,不能强制改变。而提高群众的文化水平,加强其理性思维能力,则是移风易俗的前提条件。以前,临海城没有垃圾箱,但却有写着"敬惜字纸"的字纸篓和焚纸炉,表示老百姓对于文字的敬畏,对文化的信仰。现在人们虽然很重视文凭,但往往是将它作为谋生和升官的资格证书,而不是尊重文化知识本身,文化知识的力量当然就削弱了。必须回到文化知识本身,它才能发挥出巨大的力量。

从抬阁吹亭到秧歌腰鼓

鲁迅在《朝花夕拾》里曾引述张宗子《陶庵梦忆》中对于迎神赛会的描写，说"真是豪奢极了"，虽然也有所保留，认为"明人的文章，怕难免有些夸大"。而在我看来，鲁迅笔下的迎神赛会，也很令人神往。余生也晚，懂事之日，已是艰苦抗战时期，家乡临海因为没有沦陷，不时还有些民间艺术活动，只是更为简陋了。

那时，国民政府正在推行新生活运动，其中一条，就是提倡过新历年，但老百姓却不理睬这一套，他们过得热热闹闹的，还是旧历年。从腊月廿三送灶日开始，一直忙到正月十五元宵节。除了送灶、接神、祭祖、拜年之外，还有许多娱乐活动。

最早出现的，是跳狮子和舞龙灯。跳狮子由三人组成一队，两个人合披着一件由布料做成的狮皮，上面还饰以麻线作为狮毛，前面一个人擎着木架制成的狮头，后面一个人则蒙在狮皮里，作为狮身随着转动，活动的方向，则由另一位手持绣球的人来引导，这叫作"狮子抢绣球"。表面上看来，拿木架舞狮头的角色比较吃重，但我从旁观察，倒觉得做狮身的那个人更难些，因为他整个人都蒙在狮子皮里，看不见方向，没有任何主动权，却要配合狮头，上下左右地跳，有时还要跳到桌子上去，并从桌上翻滚下来,很不容易。舞龙灯则需许多人配合进行,因为龙身比狮身要长得多,所以除龙头龙尾之外,中段还需几个人支撑着,配合起来很不容易。听说排场大的时候,龙身长达几十段,但我没有见过这么长的板龙,最多也不过五六段而已。就是这样的小龙,也已经很难协调了。不过比起跳狮子来,龙舞也有讨巧处,即他们都不是蒙头而舞,而是各用一根木棒支着龙身,舞者的眼睛都能看得见,大家容易配合。狮子进门,有时会跳到厨房、客厅,大龙进门,则只能在院子里舞弄几下。但只要一进门,主人家都要拿出东西来打发。多半是送些年前刚做好的年糕、麻糍等食物,也有给钱的,都是为了讨个吉利。

最热闹的,要算元宵节。宋人辛弃疾有咏元夕词云:"东

临海狮舞

风夜放花千树,更吹落,星如雨。宝马雕车香满路,凤箫声动,玉壶光转,一夜鱼龙舞。"可见当日的繁华景象。我小时候的灯节,虽比不上古代,但也还有使人留恋处。

店家早就准备好一些彩灯,元夕向晚纷纷挂出,形成节日气氛。这时,小孩子最高兴了,早早吃过晚饭,每人手提一盏小灯,或者身后拖一架用洋棉线卷木芯子做轮的兔子灯,拉着大人,到大街上去看热闹。除了彩灯之外,有时还能看到一些民间艺术表演,如高跷、抬阁、锣鼓亭、细吹亭等。

跷,是由两个卜字形木棍组成,即在每根木棍上各钉有一块小踏板,人踩上去,可以拉着两根棍子走路。我们小时候也玩过,因为那块踏板离地只有一尺多高,一旦失去平衡即可跳下来,没有什么危险。但高跷的棍子长,踏板高,而且是将木棍绑在腿上的,不能跳下,走起来难度很大。但正因为难度大,这才成为表演艺术。不过表演者往往手里拿一根长竹竿,既可以作平衡器,也可以用来支撑,这就减少一些危险性。抬阁,则是由许多人抬着一个大彩阁,彩阁上立一根木柱,柱上还有一个木盘,盘上立一化装成戏文中什么角色的小孩,配有乐队,吹吹打打到处游走。有一次,我忽然看见一位装扮成仙女高高地站在木盘上的女孩,竟是我的同学,兴奋之余,又很担心她要掉下来。锣鼓亭是一组锣鼓队跟着一个彩亭,边敲打边行进;细吹亭则由一组民族管弦乐队组成,有胡琴、京胡、箫、笛、琵琶、三弦、笙和扬琴等,乐手们边演奏边跟着一个彩亭行进,这就是所谓江南丝竹,演奏的乐曲大概是《霓裳曲》《步步高》《彩舞灯楼》《梅花三弄》之类,非常好听,我总要跟着转悠许久。

我不知道这些民间艺术当初与神鬼之事有什么关系，但当我站在街边观赏时，却是专门用来娱人的了，已不是什么迎神赛会。

组织这种娱乐班子的，是民间会社。但似乎有不同的帮派，除互相竞赛之外，有时还要拆别人的台。有一次，一位颇为活跃的民间艺人，扮演关云长，手提青龙偃月刀，胯下赤兔马，威风凛凛地在大街上游行，引来许多看客。却不料横道里冲出来一彪人马，主角扮演的是刘玄德，硬要关云长下马行礼。但关云长所骑的赤兔马是纸扎的，这种纸马像彩灯一样，用篾片扎架，糊上彩纸，前后两段，系在身上，靠人的两条腿走路，实在下不了马，弄得非常尴尬。我那时正热衷于看演义小说，对于其中套路非常熟悉，很想告诉他，你只要说声"兄弟胄甲在身，不能全礼"，不就可以过去了吗？但看热闹的人很多，我还没有挤上去，他已掉转马头逃走了。这也就是认输了，给对方留下了话把。

不过，这位关云长扮演者，毕竟是一个人才，他就靠从事这些民间艺术活动，盖起了一幢房子。这房子盖在从我家到学校的道路旁边，我每天上学放学都会看到它建造的进展情况。眼看它从打地基到上栋梁，慢慢成型了。但很可惜，这房子的木结构搭好之后，未及砌砖墙，未曾铺地板，主人就无力支撑了。因为1949年以后，社会体制起了变化，靠这种娱乐性的民间艺术活动，已不能发家造屋了。所以直到我离开临海时，这幢房子还没有完工。

那么，后来是否就停止了群众性的艺术活动呢？不然。应该说，那时候各类文艺活动更多了，不但过年过节时候有，就是平常日子也有。只是，这些文艺节目的性质有所改变：娱乐性减弱了，宣传性突出了。

随着解放军入城，首先流行起来的是秧歌舞。临海的民间文艺中，原先就有一种叫"秧歌"的节目，那是类似花鼓剧的小戏，由鼓公、鼓婆二人表演，鼓公击小锣，鼓婆击小鼓，边跳边唱，唱的是民间小调，如《孟姜女》《采茶调》《小滩簧》之类。但这种本地秧歌，后来就不演了，新流行起来的是陕北秧歌。这种秧歌，是1942年延安文艺座谈会之后，鲁迅艺术文学院的师生们为了贯彻工农兵文艺方向，从民间文艺中提炼出来的节目。1943年春节期间，曾大大地表演了一番，受到群众欢迎，得到领导赞扬，鲁艺有些学员如王大化，即因跳秧歌而出了大名。这种陕北秧歌，先是在解放区中流行，后来随着解放军的进军，而带到全国各地。我不知道王大化们表演的秧歌舞是什么样子，只是到得我们学习时，它已衍化成一种极其简单的程式，扭着腰，进三步，退一步，连续不断地跳下去即可。因其简单易学，所以很快就推广了，又因为它是革命的象征，所以大家争相学习。在我们学校里，不但学生们跳，而且有些老教师也扭着不很灵便的腰杆参加进来跳，虽然姿态不太雅观，但这是一种要求进步的表现，很受同学的欢迎。

解放以后政治运动不断，每一个运动都要大张旗鼓地进行宣传，所以各个学校都要组织学生到大街上去进行配合政治运

1949年10月回浦中学反银元贩卖宣队

动的宣传工作，秧歌队也就派上了用场。这时，秧歌队队员往往化装成各色人等，如工人、农民，还有扮演反面角色的，如美帝官兵或银元贩子，这就带有秧歌剧的性质了。当时我也热情高涨地参加了这类宣传活动，回浦中学校史室里还留有一张反银元贩子的街头宣传照，我也在其中。

但秧歌舞毕竟太单调，一股热潮过去之后，也就退出了历史舞台，宣传活动不久就为腰鼓队所代替。打腰鼓的技巧比扭秧歌高一档，也好看得多，但并非人人都能打得好，也就只有少数人参加了。我们班一位女同学，参加了腰鼓队，从临海一直打到邻近各县，到处进行宣传，很受欢迎。

而这时，学生的业余话剧演出也开始了。当时，新成立的人民文学出版社出版了一套"人民文艺丛书",意在展示解放区的文艺成果,体现文艺的工农兵方向。其中收入了不少剧本,如《白毛女》《刘胡兰》《赤叶河》《血泪仇》《王秀鸾》等,都是当时普遍上演的剧目。回浦中学的学生们,在教师的指导下,也都拿来排练、上演。有些剧目演的是全本,有些只是上演片段,像是折子戏。其中影响最大的,自然是《白毛女》,一则是剧本的宣传力量大,二则是演员的艺术水平高。饰演喜儿的陆青霜同学,嗓音很好,经过训练,达到专业水平,后来调到中国广播艺术团任独唱演员,还为许多电影唱插曲。我也参加了学生剧团的演出,在一个提倡生产自救,改造二流子的剧目《王秀鸾》里,扮演过一个二流子——三秃。

当时学生的演出队大概在政治宣传上很能起些作用,所以受到上面的重视,在土改运动时,还要学校组织小分队到乡下演出,我也被吸收参加了。演的什么节目早已忘记,大概都是一些配合土改运动的小节目吧,只记得在乡下巡回了一个寒假,每个村子住两三夜,演一两场,没有时间与村民接触,不知道土改的实际情况如何,只是按照指定的节目照演罢了。但因为那时的学生大都是城里人,平时很少下乡,所以觉得很新鲜,很兴奋。

但学生毕竟是以学为主,而学校也逐渐正规化了,太多的演出活动必然要影响学业,难以长久为继。于是政府部门干脆动员一批演出人才,脱产参加地区文工团。文娱积极分子陆青霜、陆小秋等人都离开学校参加了文工团。当时这叫"参干",即参加革命干部队伍,很光荣的。有一位女同学,父亲是留学归来的医生,科学救国的思想比较重,希望子女都能够读大学,成为科技人才，所以不同意女儿去参加文工团，但这位女同学却以为参加文工团即是参加革命，坚持要去，父女矛盾闹得很大。最终她是不惜与父亲决裂，还是出走了。但当这种宣传方式失却时效时，文工团也就解散了。这位女同学因为没有太好的艺术素质，未能继续从事文艺工作，这时她再想读大学，却为时已晚，而被分配在一个山区文化馆里。这时，她终于回到久别的家中，去探望父亲，父亲对于女儿当然是宽容的，于是父女重归于好。

不过这种事也难怪年轻人，他们单纯，往往是凭着一股热情往前冲，哪里能想到这许多后续之事呢？而世事变化莫测，即使是涉世很深的长者，也未必都能完全料得到。

俗语说，三十年河东，三十年河西。艺术活动本身，也在变化。如果说，从三四十年代到五六七十年代，文艺活动有一个从娱乐性到宣传性的转变过程，那么，到得八九十年代改革开放之后，又有一个从宣传性到娱乐性的回归过程。这时，上面不再强调"文艺必须为政治服务"的方针了，人们对于那些宣传性很强的节目也已经不感兴趣，娱乐性的艺术活动又逐渐回到老百姓的生活中来，临海又重新出现了民间艺术社团，节日里又有各种演出。只是，我远离故乡，没有机会再去欣赏了。但秧歌舞也重新出现了，不过已经不是革命的象征，也不作宣传之用，而成为老年人晨练之舞。这种晨练，春夏秋冬都进行，所以我任何时候回乡探亲都能看到。参加晨练的老人，大都比我辈年轻，他们大概不知道当年的革命秧歌为何物，所扭的舞姿，自然与我们当年有所不同，但大体上仍不脱那种程式，因其简单易学也。

为即将消逝的民俗留痕

前几年,我为写系列散文《鹿城纪事》,回到浙江临海老家搜集材料。一天,我要到出过许多历史名人的东塍镇去参观访问,由我的学生吴世永陪同。世永是东塍人,生于斯长于斯,现在台州学院教书,对临海的乡土文化比我熟悉,常常会出其不意,带我去参观连我这个老临海都没有去过的景点,是个很好的导游。但今天到他家乡参观,他却说:我专门请了一位朋友给你讲解,他叫周才双,不但同我一样,土生土长,而且还对东塍的历史有专门的研究,写过许多关于东塍的文章。我听了当然很高兴。

当我们到达镇上时,才双已在约定地点等候了。他带着我们走了许多地方,边走边讲,地理、历史、人物,都介绍得很详细。那天下雨,虽然大家都打着伞,但斜风细雨,个个都淋湿了。不过大家的兴致却很高。

才双是当地一位中学语文教师,他的业余兴趣就是研究故乡山水和故乡文献,想用散文的形式写一本关于东塍的书。我要写一本关于临海市的散文,他要写一本关于东塍镇的散文,范围虽然有大小之别,但志趣则很一致,彼此谈得很投机。这样,我们就交上了朋友。我发表的《鹿城纪事》系列,常寄给他看,他也不断发送些故乡的历史材料和图片给我。我这才发现,他不但在写东塍的历史散文,而且还在做着一项更重要的工作:他与他的老同学杜崇建一起,为临海即将逝去的民俗拍摄录像。

历史是不断发展的。无论是民风民俗,还是饮食用具,虽然有着一定的承续性,但总是随着生活的变革而不断地汰旧更新。从历史传承的角度看,如何保留旧迹,供后人鉴赏研究,是一个重要课题。鲁迅和西谛合编的《北平笺谱》就属于这种抢救性的工作。此类画笺,是用木刻水印方法,将人物、山水、花鸟等小品画作印在信纸上,十分雅致,但需用毛笔写字,才能相配。20世纪30年代,虽然还没有电脑打字,但自来水笔已经盛行,写信也常用与之相配的洋信纸,写毛笔字的笺纸,渐有衰落之势,所以鲁迅在《北平笺谱·序》中说:"顾迫于时会,苓落将始,吾侪好事,亦多杞忧。于是搜索市廛,拔其尤异,各就原版,印造成书,名之曰《北平笺谱》。"

周才双、杜崇建所面对的是民风民俗这类非物质文化遗产,或者虽是有形之物,亦无法将它翻印在纸面上,保存起来更加困难。好在现在照相、录像之术已经普及,他们一个是中学语文教师,长于文字工作,一个在电视台工作,擅于摄影录像,配合起来,倒也珠联璧合。几年下来,陆续做了四十五部片子。

其中有即将遗失或基本上已经遗失的生产工具和生活用品,如打谷子用的稻桶,本是农村常见之物,我年轻时下乡劳动也使用过,但脱粒机普及以后,稻桶就逐渐淘汰了,现在的许多青年人已不知此物；锡器，是过去常用之物，一般人家总有几件，装茶叶、糖果之用，吃老酒时所用的酒壶，也是锡做的，可以直接放在炉火上炖热酒吃，那时还有锡匠，挑着工具担子，沿街叫生意，上门做锡器，大抵是主人家将旧锡器拿出来，锡匠当场将它融化重铸，这叫作"打镴"，在临海，锡器就叫镴器，但现在已经少见了；临海是产竹子的地方，农村里到处都是竹林，农民没有文人学士那种"宁可食无肉，不可居无竹"的雅兴，却善于因材制器，用竹子做出许多生活用品，从竹椅竹床、竹笠、竹席，到笊篱、蒸笼，直至灶下的吹火棍，家家户户都充满竹器，农家晒谷用的帘子，也是用篾片打成，但现在塑料制品流行，代替了大部分的竹器，人们已很难看到篾匠的身影了。才双、崇建将这些拍摄下来，也是保存了一段历史文化。

农民正在用稻桶打稻

镴匠师傅手持镴壶

为即将消逝的民俗留痕　　　　　　　　　　　　　　297

篾匠在修补晒稻谷用的竹帘

还有当地流行的美食，为别处所未见的。这些特色美食，有些不但没有失传，而且还有推广开来之意，如麦油脂、糟羹，我在上海的台州餐馆里都能吃到。但也有些美食，虽然并未失传，却已不像过去那么多了，如乌饭麻糍、豆面碎，另有一些有产地特色的，如大石捶面、张家渡麦饼等，外地也无法见到。把这些食物，特别是它的制作过程拍摄下来，是很有意思的。

临海还有自己的表演艺术，我在本书里曾介绍过几种，如夏夜乘凉时的江南丝竹演奏，过年时的舞龙、舞狮，元宵节灯会上的细吹亭、锣鼓亭等，但只是文字回忆，无法留影，而才双、崇建都做了完整的摄影录像，保存下音容图像，有些连我这个老临海也未曾见过，如小芝花轿、临海词调等。此外，还有一些老街、旧路廊等老建筑的照片。虽然这只是海隅一地的资料，但毕竟是我们生活史和文化史的一部分，十分珍贵。

我问才双，你从事文字工作，描写乡情散文，怎么会想到去搞民风民俗的摄影录像呢？他说，开始也有点偶然。那年，台州电视台来东塍拍摄《追忆东塍》，他作为当地的知情人，受邀参加，客串主持人，由于自己对东塍的历史、地理了解较多，为电视台提供了许多可拍摄的内容，但电视台的人却从画面美观的需要出发，只选取了很少的一部分，许多有历史意义的地方倒反而舍弃了，他觉得非常可惜，这样拍出来的片子也不能反映历史风貌，而他所看重的是历史文化，所以就动了一个念头，想自己动手来拍。但他自己是搞文字工作的，不懂摄影，而摄影要有专门技术，外行人做起来有困难，于是他就想到了一位在浙江卫视工作的老同学杜崇建，问他肯不肯合作做这件事，杜崇建对此也很感兴趣，两人一拍即合。于是，周才双编写文字稿，杜崇建负责拍摄，分工合作。虽然杜在杭州工作，离家乡远些，但兴趣所在，也就无所谓了，周末或节日常赶回来，共同拍摄专题。

但工作起来，困难还是很多。

首先是资金问题。他们做这件事是出于业余爱好，不是哪个部门安排的工作，一切费用当然要自理。他们二人都是普通工薪阶层，没有几个多余的钱可用，而摄影录像还是要耗材的，所以弄得经济比较紧张。但既然觉得这事很有意义，他们还是坚持下来。后来，他们拍摄的片子以《临海味道》为题，在自媒体上传播，台州电视台也作过专题报导，产生了一定的影响，也就有企业家主动来联系，愿意出钱资助。但这两个书生却不愿接受。因为他们觉得，天下没有白吃的午餐，拿了人家的钱，必然要接受人家的要求，弄不好会把它变成广告片，至少要插播些广告，这样就把片子弄得变味了，从"临海味道"变为"商业味道"，离开了拍摄民俗的初衷。所以他们坚持自费拍摄，这样可以保证自己的拍摄意图，坚持民俗性，片子可以拍得纯一点。才双说，他想表现的《临海味道》，是要在俗世繁华里表现出一种纯真，在浅淡岁月里留下一丝痕迹，这里有紫阳街热闹的市嚣、小巷中担贩的吆喝声、老路廊的凋零、四合院的淹没、山珍海味杂陈于前、五谷杂粮点缀于案……这才是临海的味道。而要坚守这种味道，就得自己花钱。

其次，拍摄对象难找。他们既然把自己拍摄的范围定为即将逝去的民俗民风，那必然在生活里已是不常见的了，需要到处寻找，物色好对象后，还要约好时间请他们操作。有一次他们拍临海童谣的片子，这童谣，当然是由小孩子唱为好，但现在学校里推广普通话，要找讲得了纯粹方言的小孩子就很难了，他们一直找到西乡偏僻的山区才找到，小孩子不听指挥，他们就买了许多糖果来哄他们，先后花了一年时间才完成这部短短八分钟的短片。有些地方，大人也不好讲话，有一次在一个村庄拍片，拍完后村民提出要付费，不付费不让走，他们没有办法，只好自掏腰包付钱给他。当然，还是识大体的人多，愿意破费时间尽义务，认为这是做好事。有一次到一个山区去拍摄，村支部书记非常热情地组织乡人来支持他们拍摄，拍完后还请他们吃饭。后来,有了一定知名度,工作开展得也顺利得多了。

再则,写作方式不熟悉。才双中文系毕业,常写散文,原以为编写电视节目的文字稿应该不成问题。谁知一上手,才晓得要求大不相同。有时候写好后,发送给合作伙伴看,马上被否定了。有时一份文稿来来往往,要做十多次的修改,才能定下来。

此外,还有时间问题。单靠节假日来拍摄,时间总归有限,而且还要凑拍摄对象的时间,所以有时弄得非常紧张。有一次,他们要拍摄临海卖烧饼的老街景,拍摄地点在西里程村,这个村庄因为要建水库,马上要消失了,必须抢在消失之前拍好。那时刚好是三伏天,热得要命,但不能改时间,只好冒暑赶去。杜崇建也从杭州赶过来,短短的一天时间内必须拍完。拍的时候,身上没有一块地方是干的,拍完后已是夕阳西下,杜崇建还得开车赶回杭州,明天要上班。晚上10点多才到杭州,打电话来说,已经累得一点力气也没有了。

周才双和杜崇建都是20世纪60年代中期生人,离退休之年不远了。退休之后,正是做自己感兴趣之事的最佳时候,那时,他们就可以从从容容地做更多的题目了。

祝他们工作顺利!

后　记

年轻时,在生活的道路上只知往前直奔,很少有时间来回顾所来路径;进入老年之后,小时候所经历过的事情,所接触过的人物,所听到过的故事,就不断地在脑际涌现,挥之不去。这就是所谓老人多回忆吧!

不过,我一向也没有将它写下来的意思。退休之后,首先要做的事,是将历年积累的研究资料整理成书,并将已出版过的著作加以修订,生活过得仍很忙碌。直到《中国现代文艺思潮史》增订本发稿,我在等待看校样的空当期间里,写了两篇回忆小城旧事的文章,发给《书城》杂志编辑齐晓鸽女士,问她这类文章愿意发表否。晓鸽很快就回信说,他们对此很感兴趣,要我干脆给《书城》开个专栏。这激发了我的写作热情,在看完《中国现代文艺思潮史》修订本校样之后,就将这个专栏继续写了下去。但《书城》是月刊,发稿量有限,我同时又向《南方都市报》投稿,该报副刊编辑帅彦也说很感兴趣,要我继续写。所以这组文章,就在《书城》杂志和《南方都市报》分头发表。

这组文章在发表时,专栏名为"小城故事",现在编集,觉得这个名字太空泛,太一般,用在哪个小城市的纪事上都可以,因想起临海古称鹿城,这倒反映出山城的特色来,而且富有历史感,所以就改称"鹿城纪事"。

临海地处浙东山区,生活在那里的,当然有各色人等,但我所接触到的,大都是寻常百姓,芸芸众生。不过一个社会,本不可能全由头面人物组成,占多数的原是基层民众。在他们身上,或者更能反映出时代的变动,历史的命运。我在临海生活的时间虽然并不很长,1953年十七岁时离开临海,到上海复旦大学读书,毕业后留校任教,就在上海定居下来。但我在临海这些年,却正是中国历史的大变动时期,对于社会问题或者能够看得更清楚一些。

写回忆文章,既要有亲身的感受,也需做一些调查研究,以便弄清事情的来龙去脉。可惜我做此项工作,起步太迟,老一辈人大都已经逝去,同辈人也走了不少,但我还想尽量做些补救。所以曾多次回到临海去调查访问。亲友们听说我要写临海旧事,都非常热情。老同学胡舜海、张可佩、邵掬英和郭友于,已是八十岁以上的人,还陪我跑了许多地方;老同学周至义身体欠佳,不能远行,但也为我到处打电话,搜集材料,联系知情人;青年朋友吴世永、邵凯云、许从平、苏小锐、郎伯凌、周才双、周立新、陈兴志等,或提供资料,或陪同寻访,也出了不少力气;回浦中学校史室王金龙先生,为我提供许多校史资料,非常热情,一并在此表示感谢!

吴中杰
2021年教师节

图书在版编目(CIP)数据

鹿城纪事/吴中杰著. —上海:复旦大学出版社,2023.1
ISBN 978-7-309-16074-1

Ⅰ.①鹿… Ⅱ.①吴… Ⅲ.①散文集-中国-当代 Ⅳ.①I267

中国版本图书馆 CIP 数据核字(2021)第 274847 号

鹿城纪事
吴中杰 著
装帧设计/马晓霞
责任编辑/张雪莉
复旦大学出版社有限公司出版发行
上海市国权路 579 号 邮编:200433
网址:fupnet@fudanpress.com http://www.fudanpress.com
门市零售:86-21-65102580 团体订购:86-21-65104505
出版部电话:86-21-65642845
江阴市机关印刷服务有限公司

开本 787×1092 1/32 印张 9.625 字数 200 千
2023 年 1 月第 1 版
2023 年 1 月第 1 版第 1 次印刷

ISBN 978-7-309-16074-1/I·1305
定价:68.00 元

如有印装质量问题,请向复旦大学出版社有限公司出版部调换。
版权所有 侵权必究